ハヤカワ文庫JA

〈JA1280〉

ヤキトリ１
一銭五厘の軌道降下

カルロ・ゼン

早川書房

8033

章扉デザイン：世古口敦志（coil）

Contents

ヤキトリ1

一銭五厘の軌道降下

ヤキトリとは？　――商連地球総督府発行採用促進広告

①概要
・商連海兵隊の安価な代用品
※機能的に商連海兵隊を代用しうるのみであり、互換性を保証するものではありません。地球総督府当局は、ヤキトリの使用により生じたいかなる損害からも免責され、損害補償は本国通商法の規定にのみ従属するものとします。

②法的地位
・備品

③品質
・スペース・リンガ・フランカを記憶転写済み／知性を除き、意思疎通に支障はありません。
・標準戦闘課程を記憶転写済み／海兵隊初期教育課程合格済みの個体だけが出荷されています。

④メリット
・コスト面／極めて安価です。
備考：リユースは可能ですが、リユースを前提とした商品ではありません。

⑤運用上の注意点
艦隊の環境で生存可能ですが二点、留意が必要です。

・薬物依存（常習的／矯正可能性は皆無）
反乱・集団自殺・暴動を即座に誘発しうるため、茶（惑星地球産の依存成分を含有する植物：致死性あり）に関する限りは薬物規制を解除する必要があります。

・鎮静音楽の必要性
無重力空間における異常行動の発生率が地表に比して多く、予防のために鎮静効果のある音楽を流すことが欠かせません。原住種の脳波構造より、有効性が認められた現地音楽（個体名：モーツァルト）を流してください。

結び

地球総督府は商連当局の認証を得た公的派遣業の提供元として実績・信用を積み重ねております。惑星降下作戦のコスト低減を検討するならば、ヤキトリの採用をご検討ください。最も安価にして、必要最低限のサービスを提供する最良の選択肢です。

中華帝国とセネガル、ブラジルとニュー・ヘブリディーズ諸島、モロッコとニカラグアに各々共通するものと言ったら人類という共通の仲間意識以外に一体何があろうか？

エリック・ホブズボーム

プロローグ

汎星系通商連合航路保守保全委員会管轄星系
惑星原住知性種管轄局、選定訓練施設（キッチン）
火星――第三ヤキトリ野外演習場――第三模擬拠点ビル

「……くそっ、長すぎるぞ」

待機時間のあまりの長さ――気に入らない連中と黙って見つめあうというのは秒単位で長すぎる――に耐えかね、思わず俺はぼやいていた。周囲の連中から咎《とが》めるような視線が浴びせられようが、知ったことじゃない。

連絡があるまでは、愚痴一つこぼすな？　ヤキトリ訓練所には馬鹿げた規則が山盛りだが、その中でもずば抜けて馬鹿げた規則。

とどめにこの空間ときたら意欲を根こそぎさらってしまう！　テラフォーミングされたと

はいえ、火星の環境はかくまでも劣悪極まりない。

防護スーツなしでも地球同様に活動できるという謳い文句は、『特殊な訓練を受ければ』という小さな、小さな、それこそ拡大鏡がなければ読めないような但し書き付き。肝心の項目を見落としたアホが昏倒するのは、ヤキトリとしての通過儀礼だとか。

人をとことん、馬鹿にした話だ。

もちろん、俺だって快適なファーストクラスで惑星旅行を楽しめるとまでは期待しちゃいなかった。

地球から、火星、そう、火星だ。そういう名前だった青い惑星までの航路での待遇は必要最低限そのもの。スリランカ語でいうエコノミークラスとは、要するに、『貨物運送クラス』ということだとしっかり学習しちゃいたんだよ。

とはいえ、かつては先進的だったと過去の栄光に縋りつく没落諸国の技術を『子供の遊び』と笑い飛ばした商連人様だ。ご自慢の先端技術で仕事をやったと聞いていたんだ。そりゃあ、テラフォーミングぐらいお手の物だろうと考えたのがケチのつき始めだった。

……ようするに、だ。

お偉い商連人は惑星に降下する当事者ではなく、他人事《ひとごと》というわけだ。

こんな惑星で訓練するのはヤキトリぐらいなのだから空気に奇妙な異臭がしようと、酸素濃度がやけに薄かろうと、『誤差』で済ましやがる。

いよいよ脳が煮立ってくる直前、随分と長く待ち望んでいたノイズを耳が拾う。レシーバー越しに飛び込んでくるのは、情け深きこと慈母の如き訓練官殿のスリランカ語。

「チキン共、こちらキッチン。戦闘開始5分前だ。もう喋っていいぞ」

標準化されたスリランカ語で、どうしようもないほど非人間的な訓練官の口上に合わせ、俺は手元の時計を確認する。

待機命令は体感に比べ客観時間ではさほど長くなかったらしい。……きっと、気に入らない連中と見つめあっている不愉快な時間だったから長く感じたのだ。

「訓練想定はサーチ・アンド・デストロイのサバイバルとなる」

標準訓練の一つ、総当たりによる生存性と捜索・撃破能力を競い合う鬼ごっこ。チキンらしく、びくびく震え、寄ってたかって弱い者いじめに精を出す素敵な火星の遊戯。

「併せて、今回は弾丸に互換性がない想定だ。手持ちの装備のみでやりくりせよ。ヤキトリ諸君、幸運を。開始まで残り4分と30秒だ。キッチン、オーバー」

こちらの思惑など知ったことかとばかりに、言い捨てるなりキッチンからの通信は終了。いつものことだが、人を馬鹿にしたやり取りだ。

地球産チキン呼ばわりされ、火星キッチンで焼かれ、宇宙ヤキトリになる？

ふざけた話だ。

笑えないとすれば、俺も、周囲の連中も、全員がそうなるしかないという現実だろうか？

「聞いての通りだぞ。どうする？」

「隠れましょう。生き残ることが最善よ。はやく、ここから離れないと」

ましな屑の言葉に、一番ひどい屑が応じる。これもいつものパターン。タイロンには我慢できるが、アマリヤの独善さと思い上がりには我慢が難しい。

黒白つけるという日本語があるが、俺は、黒人のほうが信用できると火星で学んだ。黒が正義だ。白は、くそ野郎だ。

ついでに前言を撤回しよう。沈黙しておけという規則万歳だ。こいつらを黙らせることで地球の平和に貢献したとノーベル平和賞を商連人に贈呈してやりたい。

「おいおい、サーチ・アンド・デストロイなんだぞ？　どうせ、総当たりなんだ。ここで、籠城する方がまだましだ」

分かりきったことを、何度説明すればわかるのだとばかりに俺は肌どころか頭まで真っ白に違いない間抜けへの言葉を続けてやる。

「スコアがないとどのみちドベだ！　逃げ回った挙句、『また』一方的に撃たれろとでも？冗談じゃない。火星くんだりまでやってきたのは、負け犬とつるむためじゃないんだぞ。だったら、拠点を作り、抵抗する方がまだましだ！」

「無謀なリスクをとることを勇気と勘違いする男は、これだから困るのよ。弱い犬ほどよく吠えるって、本当ね」

「我らがアマリヤが口先の半分でも有能であれば、どれほど心強いことか」

「はっ、そっくりそのまま返すわよ」

アマリヤときたら、まったく学習しない。

「前回も、前々回も同じ馬鹿げた主張をそっちは繰り返している。その挙句、結果はどうだったか？　チキンの頭で覚えられないならば教えてやるが、見事なまでにぼろ負けしたぞ？」

「……試行錯誤の段階よ。少なくとも、伏撃のほうが生存性は高い」

「ああ、その通り。で、正しいやり方は？　他の連中が知っていることを、俺たちが学べるのはいつのことかな？」

にらみ合えば、視線の先にあるのは忌々しい碧眼。あれを殴り飛ばし、歪ませてやればどれほど気分爽快だろうか？

だが、予定調和のごとく声が割って入る。

「二人とも、そこまで」

ここまで、ほぼ、前回、前々回と同じ。スリランカ語のリスニング試験でもやっているのかといいたいほど、一言一句違っちゃいない。

「ズーハン、君はどっちなんだ。籠城か？　それとも、かくれんぼか？」

「どっちでもいいわ！　時間がないのよ!?」

「どっちでも？　ダメよ、ズーハン。どっちか、選んで頂戴」

アマリヤに賛同するようで気が乗らないが、『選べ』というのは俺も同感だった。あえて賛成してやる道理もないので口は噤《つぐ》むが、敵か味方かはハッキリ示してもらわないと困る。

「二人とも、決めるというのは賛成なのよね？　この際、コイントスでも何でもいいから、とにかく、早く決めましょう」

眉を寄せ、抗議の表情を造るのがうまい女だ。建前を口にするのはお上手だが、本心がどこにあるのかは心底から疑わしい。挙句、今回も旗幟を鮮明にしていない。取り持つ努力といえば聞こえはいいが、自分の意見を明らかにしようとしない態度は目に余る。

結局、中華系のお貴族様だ。外見を見ればいい。ぴしりと皺一つない標準戦闘服。黒髪には精油でも塗っているのか、ささくれ一つなく、おまけに、微かに香るのは香水に違いない。

なんとまぁ、ご優雅なことか！

野外演習場をプロム会場か何かと勘違いしている手合だ。社交界の常識を火星に持ち込む非常識人め。何一つ、彼女から自分が説かれるべき筋合いはないだろう。

「ともかく、決めましょう！」

ちらり、と残りのメンツを見やればエルランドが諦めたように頷く。寡黙な自称北欧人め、こんな時まで北欧人ごっこか。一言ぐらい、口を動かせばいいものを。

「隠れるべき！　こんな目立つところで籠城？　正気とは思えないわ」

「だから、逃げ回ると？　……馬鹿馬鹿しい。俺たちは、一番ド下手糞なんだぞ！　他人と同じようにやれば、うまいやつにかなうわけがない！　だったら、拠点で抵抗する方が成算は高い！」

そして、アマリヤは黙ることを覚えるべきだ。くそったれの白人連中め、地球のラジオで飽き足らず、火星の地表でも戯言を吐き出し続けるとはどうかしているぞ。

予期しない前触れだったのだろうか？　なんとまぁ、驚いたことだ。今の今まで沈黙していた男が口を開く。

「アキラの言うとおりだ。できることを考えれば、籠城が正しい。今回は、籠城を検討するべきじゃないか？」

しかも、エルランドが俺に賛成だ。こいつは、今日一番の進歩かもしれない。万が一にせようまくすれば、アマリヤに理性が宿るやもしれない。

「だからって、リスクを最大化する!?　ここにいれば、全チームから狙われるのよ！　そうなれば、全滅！」

「かもしれないな。だが、スコアは得られるだろう？」

「エルランド、あなたまで馬鹿にでもなった？　全滅するのよ？　スコアなんて、全滅すれば無意味よ!?」

訂正だ。アマリヤを黙らせるには、商連人の新技術とやらを探すほうが期待できるかもしれない。

そして俺ときたら、思わず口を挟んでしまう。

「あほか、これは、訓練！　ゲームなんだぞ!?　試してみたって、いいだろう！」

野外演習場の模擬拠点。初期配置としては、最高の条件だ。周辺の連中がニードル・ガンを手に突っ込んでくるところを迎え撃つ方がまだ成算ありだとなぜわからん。

「実戦では？　全滅することを前提に、拠点防衛とでも？　大した無能さだこと。貴方の勇気は知性と反比例なのね」

　癪に障る言い回しだった。

「そっちの実力と口先が反比例の間違いだろう？」

「アキラ！　アマリヤ！　お願いだから、止めて。あと3分。これ以上は時間の浪費。決めて！」

　はぁ、という小さなため息が改めて揃って5つ。どいつもこいつも、状況を何とか進めないといけないことだけは理解している。理解していながら、改善できないというのは呆れるべきか？　いや、俺もその中のバカ騒ぎに加わっているんだ。

　協調性のある連中と、仕事ができればと切実に思ってしまう。

　俺の願いを神様とやらが聞きつけたのだろうか？　いたたまれなくなっていた空間で、一人の勇者が口を開く。

「たまには仕掛けるのはどうだ？」

「タイロン、僕たちは他の連中のように動けない」

　おまけに、と北欧人は言葉を続ける。

「撃ったところで、銃を当てられるかも怪しい」

　興味なさげに傍観していることに気まずさでも覚えたのだろうか？　まともな頭が残っているらしい会話が飛び出してきたのは幸いだった。心なしか、疲れたような表情のタイロンとエルランドが代案を提案してくれるというわけだ。

「そりゃ、お前たちの問題だ。さすがに、多少なら俺は当てられるぞ」

「じゃ、タイロンを援護する形で……」

仕掛けようじゃないかという北欧人の提案は、相変わらず、最低の屑にさえぎられる。

「ダメ」

「は？」

「どうせ、弾を浪費するだけよ。また、弾薬費減点を食らうだけだわ。それぐらいならば、生存時間ペナルティを減らすほうがよっぽど合理的よ」

否定のための、否定的な意見か。

ほとほと、嫌気がさしてくる。俺は、こういうのが嫌いで日本の『福祉』から飛び出したはずだったんだが。

「減点方式か？　うんざりだ」

「合理的なのよ！」

「あきらめることが合理的だって？　はっ、とんだお笑い草だ」

嫌というほど日本で耳にした言い訳だ。俺は、それが、嫌で、嫌で、嫌で、どうしようもなく嫌で仕方がない。

「やけっぱちになった人間に、言われるとは光栄ね。自分の正しさを再確認できて、ホッとしているわ」

「自称賢明な大人様とやらか？　てっきり、地球限定種だと思っていたが、火星くんだりまではびこっているらしいな。商連人め、何が『検疫は完ぺき』だ。ざるにもほどがあるぞ」

「売り言葉かしら？」

ぶん殴れば、黙るだろうか？

「二人とも、やめて！」

「ズーハン、君もそろそろ腹を見せろよ。どっちの味方なんだ？　いつまでも日和見が許されるとでも？」

「どっちでもいいわよ、意見が一致さえするなら」

こちらを凝視する黒い瞳に浮かぶ苛立ち。咎めるような目線に込められた感情を、口に出せない嘘つきめ。

「またそんな適当なこと！　いい加減にして！」

「いい加減にするのはそっちだ、アマリヤ」

時間がないというズーハンの言葉だけは正しいのだ。

「コイントスだ」

決めるぞ、と周囲に一応の筋を通す。

「……時間がないわ。賛成」

「同じく」

ズーハン、タイロンが賛成。ちらりとみれば、エルランドも首肯。騒ぎ続けているアマリヤもこれで反論はすまい。

「表なら、お前が指揮官。裏なら、俺だ。コインの出目は逆がいいか？」

「あなたが投げるの？」

猜疑心の塊めと俺はため息をこぼす。どうして、こいつは、いちいち、突っかかってくるのだ。協調したくないにしても、足を引っ張ることもないだろうに！

「こっちで投げよう。後腐れなしでたのむぞ？」

「……私が表ね？　いいわ、エルランド、投げて」

表だけはだすなよという俺の視線を受け取ったエルランドは頷き、コインを一枚放り投げる。硬い金属音をきれいに響かせ、ゆっくりと落下するコイン。

出たのは……　くそっ、くそっ、くそっ！

「表だな」

バクスターが呟くなり、得意げな表情のアマリヤがふんぞり返るのが未来予知できてしまう。運が悪いと自称するエルランドに投げさせるべきではなかった！

「……私ね！　じゃあ、さっさと逃げるわよ！」

ご立派な表情で馬鹿が叫ぶ声に合わせて、俺たちは駆け出す。

徒労の結果をご報告するならば、単純だ。

頭に戦闘技術を焼かれていない俺たちは、火星での正しいアンブッシュ方法など『知らされていない』。他の連中は、『α《アルファ》からω《オメガ》』まで知り尽くしている。ゲームになるはずもないのだ。隠れたつもりになっている俺たちは、いつものように、あっけなく発見されてしまう。

あとは、哀れなヤキトリの運命を追体験だ。

ニードル・ガンに串刺しにされるという素敵経験をもう一つ。だから、撃たれる寸前に俺は吐き捨てるしかない。

「くそったれめ」

商連総督府発行――惑星地球概要

①政治状況

可住惑星。原住種あり。星間知性種認定基準を満たすものの、惑星統一政府なし。林立した部族政体に近い統治機構が存在するため、原住種の文化保護を規定した倫理基準に従い、総督府は惑星地表での間接統治プログラムを運営中。

自由貿易に対する反抗運動はおおむね撲滅済み（原住種の分裂政体に関しては、１９０以上と数えられる。詳細は、別掲の学術報告書を参照のこと）。

②経済状況

市場としては著しく小規模（間接統治を直接統治に切り替えた場合、赤字は確実）。特筆に値する工業基盤なし。極めて原始的な製造業の萌芽程度であり、原住種の工芸品が辛うじて市場価値を有する程度。一次産業（有機系）の供給源としても辺境惑星の域を出ず。商連に対する貢献は、ヤキトリの提供／航路上の経由地程度である。

③原住種の保護に関る現状
・惑星地表における自治権を保証／惑星主権のみ行使中。
・商連における市民権／属州民として登録中。
・宙賊対策／艦隊により人身売買を阻止中。

④倫理審査（列強派遣団による信頼醸成のための第27次保護星域相互監査報告書より）
・概ね完璧／統治状況に倫理上の瑕疵なし。
課題：原住種の保有する旧式の熱核兵器管理について、彼らに対する啓発不足の指摘在り。
対応：『核兵器』に対する宗教的熱情（ＭＡＤという宗教と思われる）への干渉が原住種の信仰の自由を侵害しないか倫理委員会が検討中。

第一章
『選択』

商連は、自由貿易のみを望む。
さながら、かつてインドや中国に対し
『自由貿易』を要求した英国《我々》が如く。

匿名の英国自治政府関係者が
『商連との貿易交渉』を嘆いて

ロンドン宇宙港――第3ターミナル

ロンドン宇宙港とやらは、嘘の匂いだらけだった。酷く小奇麗な空間。清潔さに対する病的な拘り。真っ白なフロアに、煌々と灯される照明の明るさ。俺のぶち込まれていた収容所も外向けの区画はこうだった。上辺以外はヘドロだったが……体面だけは大した面の皮の厚さ。初めて降り立った瞬間、奇妙な既視感に襲われてしまうほどだ。

もっとも、全部が全部そうってわけじゃない。俺には好奇心ってやつがある。社会福祉公団様の施設外を見るのも久しぶりなんだ。

全く、何年ぶりだろうか？　本当に、随分と糞のように久しぶりだ。昔、まだ、俺が自由だと言われていた頃以来だろう。

だというのに、新鮮な気持ちって感想を持てない。原因の半分以上は、お馴染みの腰縄と手錠の存在ってやつだ。

もう半分は、同行者が性根の腐りきった社会福祉公団の『保護者』様ってやつだからに違いない。正直、俺も独り立ちしたい頃なんだ。とにかく俺が好き好んで『大変にお忙しい職員の皆様』へ同道を願ったわけじゃない。

おせっかいな彼らは、つい先日まで『恵み深く』も『お世話』とやらになっていた『矯正施設』の『優しい』職員様だ。曰く、国連経由のリクルーター様へ引き渡すまでは、断固として『責任をもって保護』するだとか。

ふざけた口実で、ロンドン宇宙港まで勝手に付いてきやがっただけだ。旅費という名のこづかいがほしかっただけだろう。寄生虫め。

だが、忌々しい連中と同じ空気を吸う辛抱もあと少し。

「国連のヴァーシャ・パプキンさんですね？」

肩からぶら下げている翻訳か通訳か知らないが、言葉を訳す機械を、はい、と頷くのはガタイのいい男だ。

社会福祉公団の弛んだ腹が出た職員共と違い、奴のそれは引き締まり、率直に言って殴り合いが得意そうな肉体だ。にもかかわらず、その男、パプキンは胡散臭い微笑みを顔面に張り付けている。要するに、虚勢を張る必要がないタイプの野郎だ。

「日本の社会福祉公団より、ただいまをもちまして伊保津明君を引き渡しいたします。受領書類にサインを」

「護送、ご苦労様です。ここにサインですね？」

へぇ！　と俺は小さく口笛を吹きそうになっていた。俺を『送迎』してくださった公団職員の皆様から『君』と呼ばれる！　これが生まれて初めてだ。いつもは、認識番号やら罵りやらなのだが。

物事が、変化している証拠だった。少しばかり明るい展望っていえるかもしれない。全ては眼前で俺の受領証明書とやらを公団職員に手渡している男、パプキンのおかげだ。こいつが俺をどんな風に利用する腹積もりなのかは知らない。だが、今までとは違った未来を期待するぐらいは、悪くないだろう。

そんなことを考えていると、俺へパプキンがちらりと視線を向ける。

「正直、随分と大げさなことに思えます。日本の流儀は存じ上げませんが、青年一人の引き渡しなんですよ。やりすぎでは？」

「とんでもない！　全ては伊保津君の人権を『彼自身から』保護するためです」

噛みついてやりたい戯言を口にする職員共だが、今ばかりはおとなしくするしかない。土壇場で物事を壊すほど、俺は、短絡的じゃないんだ。

あと数分でこいつらとお別れできるというならば、殺意だって飲み込んでやる。

「……彼が、自分自身を保護できないからあなた方が？」

「ご理解いただけたようで幸いです。大崩壊以来、行き過ぎた自由が社会と個人を苛む事例が多すぎますからな。商連にも、困ったものです」

成程と、パプキンが愛想笑いと共に頷く職員様の言葉は聞き飽きた代物。本当に、本当に、本当に忌々しいぐらい耳に叩き込まれているそれ。なんでも、かんでも、悪いことは宇宙人のせい。聞き飽きた妄言だ。

商連人とかいう宇宙人なんぞは、知ったことか。俺にとって、ぶん殴りたいのは貴様らだ。俺は成績が良かった。何しろ真面目に勉強したからな。サボっていた他の連中と違い、俺は、俺だけはまともだったんだ。だから、権利ってやつを主張した。アホ共と同じ労働共同体以外の進路ってやつを求め、大学へ出願しただけだ。何も間違っちゃいない。

だってのに『みんながやっているのに』だの、『一人だけ別の道を』だの馬鹿をいう連中に翻意を迫られ、断ったら反社会的性格認定だ。普段は仕事の遅いお役所も、人の邪魔だけはいっちょ前。あっという間に、俺を社会福祉公団の収容所へ『保護』しやがった。

一つ聞きたいんだが、このどこに商連が関係しているんだ？　商連とやらがどうであれ、貴様らに俺を拘束しろと命令したのは誰だ？　商連の連中じゃないだろう。

「では、確かにお引き渡しいたしました」

「はい、ミスター・伊保津の身柄、確かに責任をもってお引き受けいたします」

「電子鍵はこちらに。ご忠告ですが彼のためにも、解くときは周囲に注意し、最大限の配慮を払ってくださいね。では、我々はこれにて失礼いたします」

その台詞と共に、忌々しい社会福祉公団の制服を纏った屑どもは俺をパプキンに委ねて立ち去っていく。願わくは、二度と会いたくないものだ。奴らが死んだとかで、死体確認とかだったら喜んで駆けつけるんだが。

「ロンドン宇宙港へようこそ、ミスター・伊保津。仰々しいのもあれなので、アキラと呼ばせてもらっても？」

パプキンは手を出しながら大げさな口上を述べ始める。

「快適な長旅だったかはさておき、歓迎しよう。ああ、歓迎の握手はお嫌いかな？　そうだとしても、君が纏っているちょっと独特な、そう、日本風のアクセサリかな？　腕のそれと縄は外させてもらうが、ご容赦ねがうよ」

「やっぱり、似合っていないとあんたも思うか？」

「伝統的な民族服だったりするのかな？　そうならば、気を悪くしないでほしいものだが、センスのないことだとは思うね」

その一言と共に、パプキンは手錠の電子認証を解除し、同時に手錠に絡めてあった腰縄を振りほどいてくれる。アホ共の忠告を真に受けるほど頭にウジが湧いていない人間ってのは、良いもんだ。

「やぁ、これで男前になった」

改めて差し出される手を俺は力強く握り返し、改めて謝意を口に出す。

「ありがとう、パプキンさん。全部、あんたのおかげだ」

「なんだか面映ゆいものだね。どうせ、近い将来には邪悪な商連の狗《いぬ》と罵られるんだと想像ができても、なかなか愉快な気持ちになれる」

とはいえ、とパプキンはそこで言葉を変える。

「立ち話もなんだ。場所を変えようじゃないか」

実に素っ気なくいうものだから、俺はなんとなく頷いてしまう。

この男がどこへ向かうかも分からず、付いていった先にあるのは小奇麗な宇宙港に相応しいオシャレな飲食店。俺とは、徹底的に縁のない世界ってやつ。

殆ど好奇心だけで、俺は店の看板に視線を向けていた。煌びやかな電飾のアルファベットだが、幸いなことに俺には読めた。収容所にぶち込まれていても、それ以前の受験勉強で覚えたことを全部忘れてしまったわけじゃない。

エムシードナルドって店だろう。読めたことがちょっとうれしく、メニューを覗き込んで俺は後悔する。さびれた語学力じゃ掲示されているメニューまで読むのはきついが、パネルの写真を見る限り本物のパンと肉を提供している高級店だ。

眩しくてたまらない。

「マクドナルドでいいかな?」

「なんだって?」

Mとcでエムシーじゃないのか。いや、それ以上に……こんなところに入るはずもないと思っていたが……そのまさかだ。信じがたい思いの俺を置き去りに、パプキンの野郎は平然とした足取りで店内に足を運び入れている。

唖然とする俺の前で、カウンターにおいてある機械の前に立ったパプキンの野郎はそこで、信じがたいことに暴言を口にする。

「ミスター・アキラ。君は、何を注文するかね？」

「は？」

ぽん、ぽん、ぽん、とタッチパネルに何事かを叩き込んでいるパプキンは知らないのだろうか？　俺はすっからかんだと。知らないはずがないだろうさ！　収容所にぶち込まれて、手持ちなんてどこにもない。貯金なんて没収されている。

ここまでくれば、十分だろう。

全部承知の上で見せつけているのか？　だとすれば、随分とふざけたやつだ。舐め腐っていやがる。選べる人間は、いつだって傲慢だ。自分ができないことを、見せびらかされるのは腹に来る。

「無視しないでくれ、注文だよ、注文」

注文とやらを済ませたパプキンが話しかけてくるが、うっとうしい。

こいつが、俺をつい先ほど社会福祉公団の手錠を解除してくれたリクルーターでもなければ、文句なり拳なりの一つでも見舞ってやりたい気分だ。

……初対面の際なんといってたか覚えちゃいないが、要するに、俺はパプキンの野郎に傭兵か何かに誘われ、飛びついた。それ以外に、道がなかったからだ。そんな人間に、こいつは、なんと言いやがった？

「選べるとでも？」

「何だって？　好きに選べばいいじゃないか」

衝撃的な発言、侮辱的極まりない。拳を握りしめ、俺は思わず歯を食いしばる。

選ぶ？　選ぶだって？

金も配給券もないのに、どうやって選べと？

俺に選択肢がないことを知っている癖に、良くも言えたもんだ。屈辱に拳を握りしめながら、俺は辛うじて平静を装って口を開く。

「パプキンさん、少しいいかな」

「なんだろうか？」

ぽかんとした間抜け顔が心底から憎たらしい。

「あんたが存じ上げてくれていると幸いなんだが、俺のちっぽけな財産とやらは政府に『没収』されている」

「お金の問題ということか？　つまり君が気にしているのは会計ということだね？　なら、問題はない」

「大問題だろう」

金がない。一体全体、どうすれば、これで問題がないなんて言えるんだか。人を嬲《なぶ》りやがって。

「問題ないさ。ミスター・アキラ。君にくっついてロンドン観光にお越しいただいた社会福祉公団のタカリ屋連中の出張費まで国連持ち。まぁ、なんだ。商連人の財布ってことさ。遠慮はいらない。君の食費ぐらいはこっちが経費で落とすよ」

「なんだって？　本気か」

「好きに注文すればいい。支払いはこっちでもつさ」

眼前でパプキンは躊躇《ためら》うことなく断言してみせる。

いや、厳密に言えばそいつの言葉をそいつが肩からぶら下げた機械が翻訳して、機械音声を垂れ流してくれているというべきか。

思わず、なんと返すべきか戸惑う発言だ。

好きにしろ？　選ぶ自由があるってことか？　家族でもないのに、奢ると？　何に驚くべきか迷うというのは、人生においてこれまでに類例がない代物だ。

翻訳機が壊れているといわれる方がまだしもありえそうだ。

いや、そうだ。

機械をどうして信じたのだ？　よそ様がどうなっているのか知らないが、商連が来る前は品質で世界一だったとか老害共が自慢する日本製を見ればわかる話だろう。収容所の機械なんて、しょっちゅう故障だらけだった。

「その機械、壊れてないか？」

「翻訳機は正常だ」

パプキンの返答は、自信と奇妙な確信に満ちている。それこそ、自分の肩にぶら下げている翻訳機の様子を一瞥することもなしだ。

「確認もなしか？　言葉が通じているか確信がないが、念押しさせてくれ。まさか、そいつを信用しているのか？」

「信用しているとも。この上なく。法的業務へ仕様が許可されている商連／国連認証済みKSAH－632782カテゴリーのD32級だからね。こいつが製造寿命で故障するより、人間の方が先にくたばるだろうさ」

「すまん……なんだって？」

「官僚的な言い回しまで、実用上は完璧な翻訳機ということだ。ミスター・アキラ。君の言葉はきちんと私に伝わっているし、私の言葉も君に伝わっていると思うのだが」

分かるだろうとばかりにパプキンは笑みを浮かべて見せる。

「個人的な意見だが、こいつは商連が珍しくいい仕事をした代表例だ。国連標準語の意思疎通用としては最高だと思うが」

「……だとすれば、機械の問題ではないんだな」

今までの経験則から、機械は信用しないことにしていたんだが、俺が間違っていたらしい。言われてみれば、確かに翻訳機とやらが壊れているようにも思えない。

したがって、原因は単純だ。

機械は糞のように故障するし、まともに動作しないとはいえ……大抵の人間よりは余程マシだ。機械ですら、人間に比べればずっと信用できる。誰にだって異論がないだろう。

「人間が問題だったと思い出したよ。旨すぎる話は、信じないことにしているんだが」

「ミスター・アキラ。何か誤解があるのでは？」

「誤解？　じゃあ、本気で食事を奢ると？」

困惑した表情を浮かべるパプキンだが……随分とまぁ表情を造るのがうまいことだ。日本の政治家といい勝負ができることだろう。

食べ物を、選ばせてくれる？　いい冗談だ。挑発的ですらあるだろう。

並べられた単語の意味は、本当の意味と違う。これまでずっとそうだった。正しくは、『我慢する』という意味合いだ。俺は、我慢することを選ばされていた。誰かの都合が悪くならないように、ずっと、ずっと、皆に合わせろと生まれてこの方ずっとだ。

選ぼうとして、収容所にぶち込まれれば嫌でも言葉の裏を勘繰《かんぐ》るようになる。そうなるのが、当然だ。今さら、それを、変えられるはずがない。

「嗜好品を？　それこそ正気か、あんた？」

「別に変な話でもないだろう。食事を一緒に取るのがそんなに奇妙か？」

「むちゃくちゃだ。とても、信じられない」

不信感を分からないとすれば、そいつは、きっと、血税を啜《すす》るのが大好きな特殊階級（国民福祉特恵待遇カテゴリー634‐高度代替困難職務遂行者）の吸血鬼に違いない。

連中、自分の言葉を俺たちが信じていると信じ込んでいる。……そうでなければ、あんな戯言を口に出せるはずもないじゃないか。

「これまでにも、なんどか会話したおかげで信用を勝ち取ったつもりだったんだがね」

「あんたと喋ったのは、社会福祉公団施設で一日だけ。しかもパプキンさん、大半はあんたが一方的にしゃべってただけだ」

政治家や学校の糞教師共と同じだ、という一言を飲み込みながら俺はまた拳を握りしめる。

選べる自由なんてなかった。

ずっとだ。

生まれてから、この方、ずっと。

選ぶことが権利だといわれつつ、選ぶと罰せられた。

我慢しろ。

公平に分担しろ。

皆と同じようにしろ。

平等に分かち合え。

戯言のような理想、いや、糞のような戯言を口いっぱいに頬張った『先生』とやらが、俺たちの耳に無理やり押し込みやがったフレーズはいくらでも反復できる。

我慢して、アホ共の尻拭いを強制され、ノルマを割り当てられ、めげずに抜け出そうと頑張った俺は、優等生だった。皮肉なことに、学業で一番の優等生だった。

労働共同体の福祉労働以外を夢見て、大学へ出願できるほどにって言えば過去の努力も伝わることだろう。奴らが、成績を口実に却下できないほどに、俺は数字を出していた。

結果、反社会なんとかとやらで収容所で『再教育』される羽目に陥ったんだが。今になって思えば、なんだって厭味に聞こえて仕方がない。だからこそパプキンの心底から困惑しつつ憐れむような表情が癪に障る。

こいつは、なんで、俺を、哀れむのだ。

「OK、では、同じものにしよう」

「なんだって？」

「勝手に注文する。費用もこちらで負担する。別に請求もしないし、食べたからなにかを要求するということもない。気が向いたら自由に食べてくれ」

そういうなり、奴は注文端末に何事かを音声で申し込む。

同時に、懐から取り出したカードをさしかざせば……注文と決済やらが、終了らしい。受領を意味するらしい音声と共に、吐き出されてくるレシート。

それをパプキンは財布に挟み込むと笑顔で俺に話しかけてきた。

「今、スタッフが用意してくれているから席を選ぼう」

無造作な発言だが、俺は心中で苦笑してしまう。

まただ、と。

呆れるほど頻繁にパプキンの口から飛び出してくる『選ぶ』という単語。苛立ちと困惑を覚えてしまうほどに、軽々しく扱われる言葉は俺にとってどれだけ重いか知りもしまい。

「ついでに説明すると、ここでは自由に席を選べる。まぁ、話をするには静かなほうがいい。折角だから、空いているあそこにしよう」

自由、選ぶの連発に酔いそうだ。

正直に認めよう。俺は、このパプキンという男の在り方が理解できない。こんな人参をぶら下げるなんて、いったい、俺をどう利用するつもりなのだ？

ペラペラと口を回し続けるパプキンに対し、俺はただただ疑念を抱く。

「大崩壊以来、日本自治政府の社会保障政策には課題が多いらしいね。君の優しい保護者とやら、どうしようもないよ。私の母国もまぁ酷いものだが、ディストピア度合いで行けば負けるやも知れないな」

訳知り顔で語る男の表情は、何も俺に窺わせようとはしない。内心が読めない人間というのは、酷く厄介だ。小奇麗な席に腰かけ、座り給えと勧めてくるパプキンは経験則にないタイプだと認めるしかないだろう。

腹をくくり、俺はパプキンに相対するシートに腰を下ろす。……空路の移動機と同じで、硬くない座り心地は妙になじまないものだが、それにしても座りが悪い。

「向かいに失礼。言葉遣いも容赦してくれ。どうやら、俺は反社会的性格の持ち主らしくてね。おかげで、社会福祉公団から何人も心配してついてきてくれてな」

「いや構わないさ」

俺の皮肉に苦笑しつつ、パプキンは相槌を打ってくれる。

「リクルートしている側がいうのもなんだが、大抵の場合、日本自治エリアからの応募者には問題が多い。過剰に卑屈になるか、極端に反抗的かの二パターンだ。君の場合は、反骨心もあるにはあるんだろうが……」

　何がウソか、何を偽っているかはさておき、臭さはわかる。……こいつだって、腹に一物抱えているのはわかるんだ。なのに、今は、なぜか、こいつの態度に違和感がない。

　怖い。

　純粋に、初めての感情だった。わからないのは、恐ろしい。

「まぁ、おいおいわかる話だ」

　その通り。相手のことを知らないと、いつ、寝首をかかれるかもわかったものじゃない。

　今のパプキンは天敵や不倶戴天でないにせよ、将来の保証などなし。

　ナイフを手放していいのは、生きる意志を失った羊だけだ。

「少しばかり話でもしようじゃないか。君が最終契約書にサインする前に、お互いのことを知っておくのは悪くないだろう？」

「部分的には同感だ」

　頷きつつ、俺は思い切って問い返す。

「だがパプキンさん、あんたが俺のことを知ってどうすると？　雇用した兵隊の行方なんて、あんたに関係するのか？」

　誘われた時、傭兵だなんだとかいう話だとは理解している。俺が行ってしまえば、その後、こっちのことなどパプキンの奴に関係ないだろう。強い視線でじっと見つめると、パプキンは肩をすくめてこちらの背後に視線を向ける。

「どうにも取り付く島がないな」

そこで微苦笑を浮かべ、やつは、突然俺の後ろに立っていた人間に声をかける。……俺が、他人の足音に気が付かないなんてよほど緊張しているのか？

どっちにしても、嫌な汗が背筋に流れて仕方ない。

「ご苦労さま、ちょうどいいタイミングだ」

ごゆっくりどうぞ、という建前だらけであろう言葉とスマイルで残されたのは、紙箱で梱包された何かと使い捨て容器の飲料物。

揃いの食事だというが、本当に、揃いで手配したらしい。

「やれやれ、マクドナルドは相変わらず仕事が早い。銀河一、誰にでもフレンドリーだと思わないかい？」

「……ん、ああ、そうだな」

無造作に紙箱に手を伸ばしたパプキンが取り上げるのはハンバーガーというやつだ。受験勉強中、何かの文化資料で見たことがある。パン、肉、野菜、チーズ。サンドイッチという文化と似ているという話だったか。

だが、そんなことはどうでもいい。

忌々しい合成プラントの味は散々に覚えさせられている。ゴムのような食感に、奇妙な異臭。トドメは腐ったような味わいと来ている。配給券で選べるのは、それだけ。選べるってのは要するに、我慢する権利ってことだった。

それが、どうだ。目の前にある箱から漂うのは異臭というよりも芳香だ。においが、食欲をそそる。唾がこぼれそうになってしまうほどだ。生まれてこのかた、飢え以外で食欲を刺激されるのは……初めての経験だった。社会福祉公団の収容所にぶち込まれる以前でさえ、そんなことはなかったというのに。

「冷めてしまう前に食べ始めよう」

パプキンは実に無造作にかぶりつく。

認めよう、羨ましい。

「食べないのかね？」

食べていいのか？　食べるとどんな代価を要求されるのか？

だが、これを逃せば……次にこんな上等な食事にありつける機会がいつある？　いや、そもそも、次があるのか？

迷いを押し殺し、俺は取り繕いの言葉を口に出す。

「……初めてなので、食べ方がわからない」

「食べ方は、まぁ、見ての通りだ。特にマナーもなにもないぞ。フォークとナイフというような食事でもないんだ。ガブリといくとなかなかイケる」

「返せと言われたって、返せないが？」

葛藤の末に吐き出した言葉だった。

眼前でうまそうに貪られ、香りが嗅覚を刺激してくるというのは慣れないだけに強烈極まりない。

「構わんとも。……少しは信用してくれ。なんなら、毒見でもしようか？」

「毒見？」

「ロシア人の食事だからって、警戒されているのかとね。別にポロニウムもダイオキシンも入っちゃいない。必要ならば、その旨を記載した宣誓供述書を用意してもいいんだが」

訳の分からない単語を連発したのち、パプキンはこちらの戸惑いに気づき口を噤む。どうにも俺には理解できないネタだが、冗談だったのか？

距離感の分からない男だ。

「同胞へは鉄板のネタなんだがね、ダメだったか」

もぐもぐと美味そうにハンバーガーを咀嚼し、良く冷えたドリンクでそれを流し込んでパプキンは苦笑して見せる。

「翻訳機の欠陥でないにせよ、文化的な障壁を訳した言葉が撃ち抜けるわけではないと思い知らされるよ」

なにしろ、と彼はハンバーガーを片手に言葉を続ける。

「意味が伝わっても、面白さが伝わらないのはもったいない。言葉とは不思議なものだね。その点、味というのは好みこそあれ人類共通の分かりやすさだ」

召し上がれ、と続けられてそれ以上断る理由もない俺はおずおずとハンバーガーを手にする。

　思いきって噛みついたとき、俺は戸惑う。混ざりもの、じゃりっとした突っかかり。一瞬だけ欠陥品を喰わされたのかと憤りかけたところで俺は違いに気が付く。

　職員の嫌がらせで完全栄養食に混入したゴミではなく、パンの上にまぶせられている粒のような調味料だ。

　なにより、歯ごたえがある。ゴムのような食感じゃない。

　遅れて舌に伝わるのは……肉の味だ。数回だけ味わったことのある、肉モドキとはけた違いに旨味を含んだそれ。噛めば噛むだけ、味が出てくる。

「味はどうだね？」

「……それを聞くか？」

　合成じゃない、牛の肉。

　温かく、きちんとした食感のある肉。

「無粋な質問だったね。もしよければ、追加してくれてもいい」

　涎が口の中で溢れるほどに蠱惑《こわく》的な誘惑だ。

　毒を食らわば皿までという衝動に身を委ねてしまえればどれほど楽だっただろう。きっと、なけなしの自制心がなければ飛びついていた。

　だから、俺は、勿体ないと叫ぶ心の一部を押し込め話題を強引に移す。

「飯を奢れるなんて、パプキンさん、あんたはどんだけ稼いでるんだ？」

「ミスター・アキラ。一つ訂正しよう。調理師なんだ。稼ぎの多寡にかかわらず食事代ぐらいもつのは当然だろう」

「調理師？　あんたは、リクルーターだとばかり思っていた」

俺を商連の軍隊だか艦隊だかが使うというんだから、募兵係、リクルーターだろう。ついでに言えば、眼前の男には調理師なんぞとても似合わない。包丁よりも、ナイフで敵を刺し殺しそうな体格じゃないか！

「だいたい、あんた、調理師というには物騒すぎる」

言動の物腰こそ丁寧で柔らかだが、本質を偽るには足りないだろう。なにしろ眼光に険がありすぎる。普段、厨房で調理しているとはとても思えない剣呑さ。いうなれば、隠しても奴からは狼の牙がちらつく。

「心外だな、これでも立派な調理師だよ。勿論、正式名称というか法的な呼び方は違うが通称では調理師だ」

「通称？」

「説明するとも。だが、その前に追加のオーダーがないかだけ確認を。こっちは年で節制も必要だが、君のように成人したばかりの世代ならば話も違う。がっつり食べられるはずじゃないか。まだまだ行けるだろう？　追加注文は本当にいいのか？」

誘惑を諦めない態度といい、ここまで挑発されて穏やかさを保つ物腰といいすべてが剣呑極まりない。

吠えないからと言って一律に相手をどうしようもない臆病者だと考え、自分の強さを誇示しようと叫ぶやつほど、弱い負け犬だ。

叫ぶ犬は撃ち殺せる。

だが、叫ぶ必要のない犬は本当に怖い。

「……歳だけが理由じゃないさ。ただ飯にがっつくのは、どうにも後が怖い」

「欲張らないってことかな？　なかなか、色々な経験を重ねているようだね」

俺の一言から、どんだけ読み取るのだろうか？　物騒で頭の回転が速いのは察していたが、いよいよこいつは強敵だ。

自信、傲慢さ、そして丁重さの混合？　実に最悪だ。一番、厄介な手合いじゃないか。

「あんたの想像が正しいだろう。自分の取り分はさっさとだ」

「どこも変わらないわけだ」

寂しさを携え、パプキンは手にしていたハンバーガーを丁寧にプレートの上に戻す。別に食べ方ぐらい好きにすればいいし、放置しても構わないのだろうが……この男のハンバーガーへの執着は何なのだろうか？

日本でも、食べるペースぐらいは選ぶ権利がある。もっとも、公共財たる公共食堂でモタモタ席を占有していると『反社会的占有罪』で告発されるが。

誰からも監視されず、せかされもしない食事というのはめったになかった。公共秩序警察の屑どもがロンドンに居ないのは知っている。だが……正直、今、この瞬間にも人の足を引っ張るのが大好きなお役所の連中の姿が現れないか不安でならないほどだ。

「宇宙に上がれば、その意見も変わるだろう。良い意味でも、悪い意味でも。とはいえ、今ばかりはゆっくりでも悪くはない」

当人としては意味深に呟いているつもりなのかもしれないが、片手でケチャップのボトルを握りしめているのでは台無しだ。

「せめて、フライドポテトの追加はどうかな？　君が今食べているものだ。芋をあげただけだが、これが、中々奥深い」

「どうも合成食を思い出すんだが」

「まぁ、澱粉だからな。とはいえ、マクドナルドのフライドポテトに地球のケチャップをたっぷりつけて食べるのは宇宙勤務者に大人気なんだぞ」

食べればわかるだろうなどと言いながら、ケチャップをまぶしたフライドポテトを口に運ぶ様は……随分と子供臭い。

これが演技だとすれば、狼がよくもまあ上手に羊の皮をかぶったものじゃないか。

「随分と熱弁を振るうんだな」

「君も宇宙に出れば同意してくれるだろうさ。この雑な塩味、流石《さすが》に地球だ」

「宇宙では違うとでも？」

「ああ、大いに違う。『大満足』って言葉を君は知るだろうさ」

力強い首肯の言葉。同時にパプキンの言葉には、珍しくあからさまな感情すら込めてある。

馬鹿げているかもしれないが、奴は本気に見えた。

俺には、どうにも理解できない。

「商連の船に乗ってしまえば、嫌でも分かる。人間にとって、マクドナルドが商連勢力圏で一番高級なファーストフードだ。これを愛さない人類がいるとすれば、残念だが友達になれるとは思わない」

「ご高説の力説中にすまないが、俺はもう十分に味わったし、あんたの好みにとやかく言うつもりはない。仕事の話を進めてもらいたいが」

「仕事？　やれやれ、仕方ない」

気障《きざ》なことに、パプキンはポテトに伸ばしていた手を引っ込めるなり、卓上においてある白い紙の束に手を突っ込む。無造作に数枚つかみ取り、それで手を拭う。

そうだとは思っていたが、やはり、ここでは何もかもが使い捨てらしい。

「となると正式な契約説明だな。その手続きに入る前に、形式的で恐縮だが法的要請を果たそう」

ええと、どれだったかなどと呟きながら、パプキンは書類カバンに手を伸ばす。

マクドナルドの磨き上げられたテーブルの上に取り出されるのは、分厚いフォルダと頑強そうなタブレットだ。

「ああ、これだ。一応、これを読み上げて資格証明するのが義務だからね、忍耐してきいてくれよ？」

取り出した書類を手にしてパプキンは読み上げはじめる。

「汎星系通商連合航路保守保全委員会指定による惑星原住知性種管轄局選定により業務受託を行う国連・総督府弁務官事務所合同許認可機構によって認証される特殊宇宙保安産業管轄汎人類担当官認可資格保持者として、自分、ヴァーシャ・パプキンは説明業務を行います」

「は？」

翻訳機から流れてくる単語は、まるで呪文だった。

さっきまでの言葉が秘められた本意を疑うべき類《たぐい》だとすれば、今の言葉は文字通りに理解が及ばない代物だ。

「商連に雇われる前の形式ってことさ。哀れなリクルーターに課せられた規則ということだと思って協力してくれ」

「お役所仕事ってのは、どこもか」

納得できる説明だった。宇宙人の商連政府様も、我らが慈悲深い日本政府も変わらないってことだ。

「伊保津明氏、公式の手続きに基づき、私の資格を認証する旨を音声にて発してください。機械にて録音します」

「……どうしろっていうんだ？」

「この紙通りに読み上げてくれ。一応、日本語のはずだ」

手渡された書類は、確かに日本語だ。問題があるとすれば、ついさっきまでのパプキンの言語と同じく奇怪な代物ということ。

意味がさっぱり分からない。

「汎星系通商連合航路保守保全委員会指定による、なんだこりゃ」

「お役所文法、お役所方言だ」

意味が分からない書類にサインする？　馬鹿げている。ありえない。そんなことをするのは、自殺志願者だけだ。

「訛ってきついとは思うが、まぁ、合わせてやってくれ」

「だめだ、説明してもらう」

俺を利用しようとするのはいい。俺も、相手を利用する。だが、俺が納得できない方法で活用されたくはない。だから話を聞いて自分で決める。

隠し事がおおいのだろう。相手が面倒くさがったり、露骨に嫌がるとは承知している。しかし、譲れない一線なのだ。

俺は、自分が分からないことについてサインしないと決めていた。絶対に、だ。

「説明？　構わないが、何を」

「この文の意味だ」

さぁ、どうくるか。

渋るか？

ごまかすか？

……どう出てくる？

「契約書の説明を求められるのは、久しぶりだ。よろこんで説明させてもらおう」

「は？」

「は？　と言われても困る。君の質問だろう。何から説明すればいいんだ？」

面倒を予想し、腹をくくっていた俺はあっけにとられパプキンの表情をまじまじと凝視していた。渋られるかと覚悟していたにもかかわらず、奴の返事は快諾だ。

本気か？

「じゃあ、まずは舌を嚙みそうなこいつ、汎星系通商連合航路保守保全委員会指定による惑星原住知性種管轄局ってのは、なんだ？」

「要するに、商連からみた地球の国連ということさ。それでもって、国連・総督府弁務官事務所合同許認可機構という組織を宇宙人が『公的な許認可組織』として認めているって意味だ」

真に驚くべきことは、パプキンは言葉通りスラスラと説明をしてくれているということに他ならない。

「特殊宇宙保安産業は？」

「正しく、今、君が応募している傭兵モドキの正式な法的カテゴリーだ。職業自体は軌道降下をする歩兵となる。地球だと、もっと多種多様な罵詈雑言で表現されているが、公文書だと無味乾燥なものだろう？」

かみ砕いて説明しているのだろう。少なくとも俺が理解できる範疇に限れば誠実な回答だ。

ついでに言えば、嘘の匂いが少ない。ない、と断言するのは危険だが……こいつは臭くないのだ。

よほど卓越した詐欺師か、何かの思惑があって素直に答えているかのどちらかだろう。ひょっとすると、両方かもしれない。

「管轄汎人類担当官認可資格保持者ってのは？　パプキンさん、こいつは、あんたのことだと思うが」

「その通り。ついさっき、調理師と俗称で語った私の正式な肩書だ。私、ヴァーシャ・パプキンは邪悪な商連の手先でね。地球人を宇宙の傭兵モドキとして売り飛ばすんだ」

……地球の支配者様の手先、宇宙人の傭兵募集係というわけだ。

「さて、ミスター・アキラ。君は説明を受けることに同意してくれるかな」

「同意だ」

他に選択肢もないだけに、話を先に進めるために俺は頷く。

「大変結構。ではミスター・アキラ、説明の前に一つ良いだろうか。君について改めて簡単な質問だ。日本地域を管轄する自治政府の社会福祉公団と称する自治団体から『精神鑑定書』とかいうへんてこな書類が出されている。これについて確認させてくれ」

俺は思わずパプキンの顔をぶん殴りそうになっていた。相手がやつでなければ、或いは、殴ったかもしれない。

「……何を話せと？　愉快な話じゃないんだが」

パプキンは俺を反吐《へど》のような収容所から、連れだしてくれた。胡散臭い男の言葉に応じたのは、それ以外に道がなかったからではあるが、おかげでヘドロの底から出られたのは間違いなく事実なのだ。

どんな性根や思惑をパプキンが抱いているにせよ、結果としては今のところ良い方向へ物事が進んでいる。結果、結果がすべてだ！

無礼な言葉を聞いても、殴り掛からない程度に我慢するのは、そのためだ。

しかし、しかし、だ。感謝すると言っても物事には限度がある。不愉快な過去を荒らされていいわけがあるか？　ないだろう、普通。

「別に根ほり葉ほり事実関係を確認したりはしないとも。むしろ、はっきり言っておくと私はその辺に興味がないほどだ」

「じゃあ、何を話せって？」

「なぜ、この紙がでているか……君の自己認識を聞かせてくれるかな。何でもいいが、君の意見をぜひとも知りたい」

「はぁ？」

思わず聞き返していた。誰もかれも、俺が有罪だと決めつけて問いかけてきたことはあるが、意見を求められたのは初めてだ。

「カウンセリングでもするってか？」

「いや、そちらもまったく。なにしろ私は精神科医でも、精神医学の専門家でもない。カウンセリングは商連政府の専門部署に任せる仕事だ」

さっくりとした言葉。裏腹に、パプキンの目はえらく鋭い。

これがつい先ほどまで、ハンバーガーとフライドポテトについて喜々として熱弁を振るっていた男だと？　とても、同一人物とは思えない。パプキンの変貌ぶりは、かくまでも劇的だった。

「さ、聞かせてくれ」

豹変し、むき出しの凶暴さすら交えた眼差しが俺を凝視する。のぞき込もうとしてくる視線は、酷くこちらを落ち着かない気持ちにさせやがるではないか！

「君は、どうして、隔離されたと思う？」

答えを求める声。

糾弾するでもなく、軽蔑するでもなく、純粋な問いかけ。だからこそ、不安すら掻き立てる。いったい、何故こんなことをこの男は求めるのだ？

理解できない未知だった。どうすればいいのか経験則で理解できず、俺は思わず普段から思っていたことを口にしてしまう。

「正気だったからだろ？」

「……君が正気だったからと？　興味深いな。ぜひ、続けてもらえるかな」

ちらり、と。

パプキンが俺を観察する視線に妙な色が浮かび始める。

「どいつもこいつも、自分の世界に逃げ込んでた。プライドだけが富士山よりも高くて、現実はド底辺。だから、都合の悪い事実から目を背ける」

俺の遺伝子提供者とやらも、そうだったらしい。

……らしい、というのは不公平だ。なにしろ、俺は、連中のことを殆ど知らない。尤も一般的な日本人で『親』のことを知っている奴の方が珍しいのだろうが。

ともかく、俺の知る限り、現実から集団で逃避する空間だった。

悪いことは、人のせい。自分たちは、犠牲になっているんだと誰もが口にするゴミのような空間。で、不都合な真実を突き付けられると騒ぎだしやがる。

プライドだけが超弩級。口先だけの屑ども。

「『自分たちのような勤勉な人間が苦しんでいるのは、邪悪な商連のせいだ』と生まれてこのかた真面目に働いたこともない連中が、素面で、素面でだぞ？　真顔で語るんだ。政府の餌が不味《まず》いと一人前に叫ぶくせに、仕事をしようとはしないんだ」

そして、俺は働いて、自分の金で食い物を手に入れたかった。手に入れかけた。そして、奪われた。いつだってそうだ。ごみ共は、頑張った人間の足を引っ張る方に喜びを覚えやがる。

「不都合な真実なんて見向きもしない。自分は被害者だって連中だらけ。……そんなところで、俺がまともじゃ都合が悪いんだろうさ」

「どう都合が悪いんだい？」

「俺が、自分の人生を自分で動かしたからだ」

全員が、選んだ振りをしていた。俺は、選びたかった。だから、選ぼうと抗《あらが》った。労働共同体の福祉労働なんてまっぴらごめん。だから、勉強して、受験資格を獲得した。獲得した折角の権利だ。そいつで、大学に行って、掃き溜めから抜け出そうとし、足を引っ張られた。たったそれだけの話だ。

あんなに苦労して勉強していた理由は、驚くほど、些細でささやかな願いなのだが。俺は、ただ、自分の自由を確保したかっただけだ。

「……動かせない人間には眩しすぎたのかな？」

「絶対正義の『みんな』と違うことをしたのさ」

給付栄養とやらではなく、労働の対価を求めようとしただけだ。ほかの連中がタラタラしているところで、抜け出そうと人一倍に頑張っただけだ。

要するに、俺は、勤勉だった。不平不満よりも、手を動かして糧を手にする男ってやつだろう。ちょっとばかり、人間理解でしくじったのが致命的だったが。

周りの愚鈍な連中が途方もなく馬鹿だとは嫌というほどに知っていたんだが、どうしようもなく愚劣で恥知らずだったということを……理解し損なっていたことだ。俺はまともなだけに、屑っていう人種相手に仕方ないっちゃ仕方ないんだろう。

「成功に対する屑どもの嫉妬心は、俺の想像を超えていた。最低の輩ってのは、矜持《きょうじ》もくそもない。挙句、人の足を引っ張ることだけは得意なんだよ。前に進めないゴミでも、進む真面目な人間を止めることはできるってことだ」

「随分と哲学的だ。ミスター・アキラ、君は哲学書を書くことに興味はないかい？」

「哲学で、一冊の本に仕上げるだって？　俺の認識では、そんなことができる連中はよほど暇だったんだろう」

「理由は？」

簡単さ、と俺は笑う。

「真理とやらはいたって明瞭だからだ」

試しに、哲学書とやらを書き始めてみよう。

シンプルな事実——世界というのは、くそ野郎・ゴミ野郎・まともな俺の同類という三要素で構築されている。おそらく、異議を唱えるふりはみんなするだろう。するだろうが、心底から否定できる間抜けがどこにいる？

ともあれ、進歩的に知性を持つとうぬぼれた連中向けに説明するとしよう。

やや複雑な事実——世界を構築するくそ野郎には、程度問題でましなのもいる。発見というべきか、屑にも良し、悪しがあるのだ。どうしようもない糞から、我慢できなくもない糞まで世界というのは多様性とかいうやつを持ち合わせている。

理解されやすい事実——ゴミ野郎は、殺すか埋めるかしないといけない。だいたいは、くず野郎の進化系だ。

素晴らしく簡明に二要素を語ったところで、真実を知っている人間向けに最後の英知を記そう。

正確無比な事実――くそ野郎どもというのは、結局、くそ野郎だ。マシだろうが、どうしようもない最底辺だろうが、屑＝ゴミという本質は変えようがない。くずもゴミも燃やせ。

以上が、素晴らしく長々と書き記す哲学書というやつだ。こんだけ単純な事実を説明するために、一冊の本が書けるとは！

「哲学者ってのは、屑だったんじゃないかな」

「というのは？」

「よほど、自分の仕事を忙しくするように見せかける天才だったに違いない。俺の周りにも、ああ、昔の俺の周りによくいた連中も口先だけは達者だったよ」

『忙しい、忙しい』が口癖で、さぼることと、他人の成果を自分のものにすることに汲々とした寄生虫共。恥で死んでいないだけに、心があるのか疑わしいぐらいだ。ゾンビだったんじゃないのかと思いたい。

きっと、哲学者とやら、ああいう手合いだったに違いないだろう。

それとも、宇宙から商連人共がやってくる前の地球人類というのは物事を違うベクトルで考えていたのだろうか？

今となっては、知ったこっちゃない。

ハッキリしていることは、たった一つ。

「俺は、自分の仕事をする。さぼるやつとは、別にしてくれ」

「勤労意欲と評価が適正な点では、宇宙の方が君の性に適《かな》うかもしれないな。正直に言えば、地球人には評判のよくない仕事だが」

「仕事なら、なんだっていいさ」

なにしろ、と俺は本音を投げ続ける。

「選り好みするタイプじゃない」

「ミスター・アキラは随分と勤勉なことだ。これが、全滅したとかいう古き良き日本人というやつかね？　今日日、大抵の人間にしてみれば、『自分に相応しい仕事かどうか』を病的なまでに気にするものだがね」

「支払いがあるなら、別に、なんだっていいだろう？」

俺の稼ぎは、俺のものだ。そうあるべきだし、そうでなくちゃありえん。単純で、分かり易くて、公平だろう。商連の侵略だとか、地球人だとかをトヤカク叫ぶ趣味もない。

「宇宙人の軍隊に入るのだって、たいして変わらない」

俺の一言は、しかし、パプキンの注意をひいたらしい。

「誤解があるようだから訂正しておくと、君が入るのは軍隊ではないよ」

「なんだって？　話が違うのか？」

「別に違うというわけではない。私がリクルートしているのは、ああ、ちょっと長くなるんだが……」

はぁ、とため息をこぼすとパプキンは頭を振る。

「汎星系通商連合航路保守保全委員会指定による惑星原住知性種管轄局選定により業務受託を行う国連・総督府弁務官事務所合同許認可機構によって認証される特殊宇宙保安産業の第３２１組の募集だ。Ｋ３２１ユニットと便宜的に呼ぶものだね」

「……その舌を噛みそうな名前は誰が考えているんだ」

「知らないが、会ってみても愉快な会話ができるとは思わないね」

思わず、同感だと俺は頷く。

大抵のお役人ってやつは、人を見下し、平然と馬鹿にしてくる連中だ。例外的な話せる連中がいたとしても、話していて楽しい隣人というレベルじゃない。

社会福祉公団の職員をみて、理解できないならば病気だ。

「Ｋ３２１での仕事は、リクルートされた新兵としては標準的なものだ」

「パプキンさん、あんたには当たり前の知識でも、こっちにはちがう」

「もちろん、説明するとも」

肩をすくめつつ、パプキンは少し考える様に頭を振る。

「具体的には、傭兵だと思ってもらえばどうかな？　ある程度、仕事の内容も想像しやすいんじゃないだろうか」

「傭兵？　さっきから気になってたんだが、軍の募集じゃないのか」

「法的には商連正規軍の枠組みに組み込まれる。旧時代の外人部隊が一番近いかもしれないな。ただし、一つ注意してほしい。商連はリクルートされた君たちを最大限好意的に見て武装警備員だとは思っても、軍人だとは絶対に認めない」

「じゃあ、俺たちは一体なんだってんだ？　商連とかいう宇宙人の軍隊に雇われるんだろう？」

「商連にとって、厳密に言えば軍人というのは宇宙艦隊のクルーだ。宇宙艦隊海兵隊のような非艦艇部門がないわけではないんだが、彼らの主戦場は宇宙に限られる」

重苦しい表情でパプキンが告げてくる内容は、俺にとって慣れた話だった。

要するに、地球人は、『別枠』扱いだ。いや、こっちが『別枠』というよりも、連中と俺の世界が分けられているということである。……忌々しい区切りは、商連だろうと地球だろうと、相変わらず変わらないということだ。

「要するに、商連は『宇宙』の住人だ。少数の勇者というか、冒険野郎が海兵隊として降下してはいるがね。それ以外では『惑星』に降下するのは、左遷やハラスメントの類だと本気で信じている」

「だから、やりたくない仕事に俺たちを使う？」

「その通り」

理解できる話だ。忌々しいが、正直な話、『それぐらい』なら納得してもいい。連中はやりたくない仕事を、金を払ってやらせる。

……ある意味、フェアだ。

「商連人は地球人に『地上戦』という惑星での任務を主として期待している。普段の職場はステーション駐留だが、いざとなれば惑星降下作戦は必須だろう」

「飛ばされるってことか。俺は、どこの戦場に行くんだ？」

困ったような表情でパプキンは言葉を継ぎ足す。

「……実際のところ、Ｋ３２１を含めた新品の配属先は列強の情勢に左右されやすい。私としては、分かり次第、通知するように努力するとしか約束できない」

「どこだっていい。給料が払われるんなら、どこへだっていく」

金は、自由の偉大な一歩だ。俺は、かつてそれを手にしかけていた。こんどこそ、もう、誰にも邪魔はさせない。商連人が払ってくれるというならば、仕事をきちんとこなしてみせる。

「結構だ。ああ、忘れる前にもう一つ。仮に契約した後の話だ。自己都合の退職は原則として禁じられているが、一つだけ例外がある」

「例外？　自殺でもすればいいと？」

思わず俺は笑い出しそうだった。わざわざ宇宙に出向いて自殺するならば、とっくの昔に収容所で首をつって管理者の責任問題にしてやっていただろう。

奴らへの嫌がらせには、本当にそれを検討してもいいぐらい心を惹かれるってやつだ。

もっとも、あんなちっぽけな屑野郎どものキャリア如きと引き換えにするには、俺の中で俺の命は貴重すぎたのだが。

「宇宙ステーションで自殺なんてやめてくれよ？　昔、反商連のテロリストか、神経衰弱か原因は知らないが、ステーションの一区画を巻き込んだ糞の自殺があって以来、みんな神経質なんだ」

宇宙空間で自爆まがいの自殺がいかに脅威かは知らないが、パプキンの苦々しい表情を見れば想像はつく。馬鹿野郎の巻き添えはごめん被りたい。当然の要望だ。

「契約後、新応募者を新兵にするために火星のキャンプで訓練を受けてもらう。この際、例外的に、自分に合わないと思えば自己都合で契約解除を申し立てできる仕組みだ」

「で？　罰金は？」

「罰金？」

ぽかんととぼけるパプキンは、俺を何だと思っているのだろうか？　俺は俺が馬鹿じゃないと釘を刺すべく口を開く。

「契約を解除するんだから、裏切りだ。裏切りを放置すると？　最低でも罰があるんだろ？」

「とくには何も」

「商連人は、契約を重んじると読んだんだ。隠さないでくれ、パプキンさん」

過去の栄光を物語るという我が日本自治政府の歴史教科書を読んで、商連人とはどういう存在か多少は理解しているつもりだ。

被発見日以来、大崩壊で日本経済がどれほど深刻な被害を被ったかを学校ではさんざん繰り返し教わっている。『私たちは、被害者なのです』と。普段は信じてもいなさそうな薄っぺらい言葉を吐く教師も、その授業時間だけは妙に気持ち悪い熱を込めて語っていた。

おかげで商連人と商連に対する罵詈雑言を何パターンも学べたほどだ。受験に役に立たないことだけは、熱心に教えてくれたわけだ。ごみ共め。

「俺だって、教科書を丸のみにするほどおめでたい頭じゃない。だが商連人というのは血も涙もない『契約主義者』で、契約に情実の入り込む余地がないという点は確かだろう?」

被害者ぶった連中が、力を込めて『ひどい目にあわされた』と騒ぐ部分は、いつも決まったパターンだ。由来となった元の話も、きっと、そういうことだろうと想像はつく。

「勉強熱心なのは結構だが、地球の資料は偏りがちだということを忘れないでくれ」

「じゃあ、人間味にあふれているとでも?」

「確かに商連人はがめついが、自殺するかもしれない兵員を宇宙空間に抱え込むリスクは『費用対効果』が悪すぎると判断できる程度には合理的だ」

渋い表情でパプキンは言葉を続ける。

「契約放棄のプロセスもかっちりと整備されている」

「本当か? 具体的に説明できることなのか?」

「明確に規定されているさ。契約解除後の給料はなし。道中分は返金だ。退職金だって当然でない。だが火星から地球に帰る船便の4等船室チケットは無料で手配される。とにかく、放り出されるにしても、地球へ優しく放り出してくれるわけだ」

意図的か、単なる吹かしかは分からないが……優しく放り出すという言葉に俺は強い嘘をかぎ取っていた。

罰金がないというのは、悪いことだ。アホは単純に喜ぶかもしれないが、要するに、それは、ペナルティがなしというわけじゃない。逆だ。

……たぶん、地球に放り出すだけで『処罰』になる『何か』があるんだろう。

「つまり、負け犬になれば帰れるというわけか。結構だが、俺は負け犬へ興味がないし、素よりなるつもりもない」

「随分と強気だな、ミスター・アキラ」

「強気？　冗談じゃない」

生きたいだけだ。

自分の人生を生きたいにすぎない。

どうとらえたのかは知らないが、しかし、パプキンはそこで頷くと話題を次のものへと転じてくれる。

「OK、じゃあもう二つほど。一つは待遇の説明だ。もう一つはリスクの説明になる」

「とても大事なことだ」

パプキンは俺の言葉に力強く応じていた。負け犬以外の道を、俺は、歩む。そのためにも待遇とリスクは、とても大事だ。

「汎星系通商連合航路保守保全委員会指定による惑星原住知性種管轄局選定により業務受託を行う国連・総督府弁務官事務所合同許認可機構によって認証される特殊宇宙保安産業の支

払いは商連通貨建てだ。レートにもよるが、基本的にＰＰＰ換算で地球上における一生分の生活費も二、三年で稼げるだろう」

意味がまたしても、よく分からない。パプキンがぶら下げている翻訳機の故障であれば、あたりをつけるのも簡単だった。だが、あれは正常らしい。

……単純に、パプキンが紡ぐ言葉の長さに俺の頭が付いていけていないだけだ。なんと俺を苛立たせることだろう！

「つまり？」

「金払いはいいが、そのほかの待遇は劣悪だ。基本的に、劣化した現代版のセポイだと思ってくれ」

翻訳機ではなく、人間が翻訳する。少し奇妙だが、役所の文法をかみ砕いてもらうとはこういうことだろう。もっとも、俺にはセポイが何なのかよくわからないが……世界史の授業でちょろっと目にした記憶はある。傭兵の隠語か何かだろうか？　歴史の授業で、商連に対する恨みつらみの時間が減っていればもう少し分かっていたのかもしれないが。

つくづく、無能な教師共め。そして、分からないことを放置するのは座りが悪い。

「パプキンさん、セポイというのは？」

「植民地から雇われた現地人の兵隊のことだ。歴史的な定義に興味があるのであれば、百科事典にでもアクセスしてみるかね？」

「いや、傭兵だとわかればいい」

別に傭兵の名前に興味はない。肝心なのは、中身だ。

「それで？　リスクは？」

「端的に言えば、実にひどい。この仕事最大の難点だと明言させてもらおう」

「はっ、どこだって仕事ってのはろくでもないさ」

「捉え方次第だな。ミスター・アキラ。ハッキリ言っておくとしようか。諸君は、投入され次第、激烈に消耗する」

「消耗？」

単純な質問のつもりで口にした瞬間、珍しくパプキンの表情に羞恥の色が浮かぶ。あたかもまるで……いや、違う。間違いなどではなく、奴にとって今の一言は不用意な失言だったのだ。

「……すまない、忘れてくれ」

首を振った奴は顔面に平静さを取り戻したようだが、作り物じみた表情だ。露骨にでるなど、それほど厄介なミスだったのか？

「現実を数字で話そう」

意図的に話を逸らすべく紡がれる言葉。消耗という単語は、奴にとってそれほど恥ずべきなにかだったということだ。パプキンを理解するうえで、覚えておこうと俺は決意する。

「毎回一度に千人近くを宇宙に打ち上げるが、生きて二年の第一契約を満了できるのは半数にも満たない」

「死亡率が５割超え？」

衝撃のあまり、思考が固まる。宇宙で殺し合いをやれば、死ぬリスクがあるのはわかっているつもりだった。だが、半分が死ぬ？

「違う」

「は？　単純な計算だ。それぐらい……」

「これは個人的な忠告だが、統計の見せかけに騙されないことを勧めよう」

重たい表情でパプキンは言葉を続ける。

「生き残ったヤキトリの過半はバージンだ。その大抵は衛星軌道か惑星の駐屯防衛組で、実戦に参加せず任期を満了したために部隊丸ごとが無傷というパターンだ」

含みを俺は読み解いてみる。

半分が死ぬ。随分と危険な仕事だ。ただし、生き残った部隊の半分は戦争をしていない。

……じゃあ、それは、参加部隊は半分以上死ぬということじゃないか！

「実戦に参加した連中の詳細な死亡率はどうなると？」

「降下作戦での死亡率は平均して７割。惑星降下までは、麗しき商連艦隊のおかげで２割程度と低消耗だが、地表では作戦参加部隊が全滅するか、成功するかの二つに一つだ」

７割？　７分ではなく、７割？

冗談じゃない数字だった。

「防衛の場合も同様だ。成功すれば死亡率も低くなるが、失敗した場合は９割９分、実質は

10だと思ってもらっていい。商連と覇を競う他列強の軍隊は、非列強市民の権利なんぞ微塵も考慮しないぞ」

「参考までに聞きたいのだが、実戦へ参加しない方法は？」

「ないね。運よく実戦を経験しなければ……と大勢が思って志願し、おおよそ半分ぐらいは死んで帰ってくる。ちなみに、死体収容はしないので死亡通知一枚で地球送りだ」

圧倒されかけた俺は、思わず、マクドナルドの真っ白い天井を仰いでいた。覚悟はしていたつもりだが、想像を遥かに超える仕事らしい。

わずかに沈黙が広がったのち、パプキンは警告の続きを口に出す。

「もう一つ補足しておくと『生きて戻ってきた』ヤキトリも無傷ではありえないな。半数は傷病退役に近い。五体満足で退役するのは、宝くじを当てるようなもんだ」

「パプキンさん、あんたがさっきから口にしているヤキトリってのは？」

「ああ、まぁそのうちわかることだろうが……リクルートされた兵隊モドキこと軌道降下する歩兵の俗称さ。もっとも商連人は、地球人を『ヤキトリ』だと公文書に記載しているがね」

思わず、俺は反吐を吐きそうになる。

ヤキトリ？　ヤキトリとは、あの焼き鳥のことか？　標準栄養食の前で、見せびらかして食っていた……いけ好かない連中の手にしていた料理のことか？

自分たち以外を差別するというのは、古今東西珍しくないのかもしれないが、商連人の差別主義も大したものじゃないか。

「焼かれて喰われろと？」

「そうか、君は日本人だったな。であれば、単語の響きへ抱く違和感も理解できなくはないが……」

「商連人ってのは、酷いセンスだな」

「彼らの名誉を擁護する義務はないが、身内の不祥事を他人に擦り付けるのはフェアではないので訂正したい。地球人由来だよ、その名称は」

信じられない思いで俺は首をかしげる。何を考えていれば、自分をチキンの焼かれた存在だと称するのだろうか？　正気か？　それとも、何かのジョークか皮肉なのか？

それにしたって、選び方というものがあるだろうに。

「ばかじゃないのか、そいつら」

「さて、どうかな」

パプキンはそこで軽く笑う。軽薄な笑みでありながら、しかし、それは、どこか凄みを含んでいた。

「満期後、君から感想を聞くのが楽しみだ。馬鹿げているとその時言えるのであれば、お好みのワインなり酒なりを一本用意するとも」

「……楽しみにしているよ」

微笑み返しながら、俺は今の言葉を心に刻む。この先に何が待ち受けているのかはわからないが、覚悟だけは決めておくべきだった。

死にたくなんぞない。俺だって、怖いものは怖いんだ。だが、他に俺に選択肢なんてあるのか？　どうせ、ここで断れば日本の社会福祉公団へ送り返される。そうなれば、俺にあるのは死ぬまでぶち込まれる運命だけだ。

外で生きるか死ぬかを選べるだけ、まだ、まし。

商連にしっぽを振る方が、糞野郎に保護されるよりも、よっぽど幸いだ。言い換えれば、選ぶんならばマシな悪を選ぶってやつだろう。

知っておくべきを知っておけば、狼狽《うろた》える醜態だけは避けられる。

「話を戻そう。リスクの話だが、説明義務があるので明言しておくと……実は君のリスクは少し低くなる」

「そいつは素敵だが、理由は？」

「なんとなれば、実戦参加期間が短縮されるからだ。入隊に合意した場合、君はユニット、ああ、まぁ、分隊の一員として火星でトレーニングを受けてもらう。ここまでは標準的なんだが、K321は通常の訓練期間よりもはるかに長期間のトレーニングを火星で受けることになる予定なんだ」

「それはなんでだ？」

「これは、テストヘッドとしての役割が強い。商連では新品の教育改善に取り組んでおり、新手法の開発・研究が急務だ。このため、私がリクルートする新任はこのプログラムへ参加してもらうことになる」

そうか、と俺は頷く。

質問ばかり繰り出し、相手の出方を調べていたが……質問を歓迎すると語ったパプキンの言葉に偽りは見いだせない。

少なくとも、返答を厭うことはなかった。ならば、話を進めるに限る。

「納得できた。入隊の手続きを済ませたい」

「じゃあ、いよいよ書類仕事だ」

「書類？　おいおい、今までのは？」

「単なる法的説明になる。そして今からはこまごまとした書類作業だ」

これを、とパプキンが差し出してくるのは机に並べられていたタブレットだ。少しだけ触ったことがあるが……実は、俺はこの手のやつが得意じゃない。なにしろ、成人前に収容所送りだ。触る機会自体がろくになかった。

「商連も商売だけは超効率主義だが、自分たちが関わるわけではない分野については酷く雑でね。分厚い書類の山があるのさ」

タブレットを受け取り、俺はモニターに目を通す。アラビア語、中国語、英語、スペイン語、フランス語といった五大主要言語しかなければ絶望的だ。

微かな緊張と共にモニターを眺めるが、幸い、杞憂に終わった。この辺は融通が利くのだろう。この手のタブレットは日本語も選択できるらしい。

慣れないながら、言語を選択し、俺は質問プロトコルとやらを起動する。

インターフェイスの指示によれば、これから問われる問題にYESかNOで答えればいいらしい。二択というのは、迷わずに済むだろう。

「……あなたは、反モーツァルト主義者ですか？　モーツァルト？」

表示された質問を前に、俺は思わず疑問の声をあげてしまう。YESかNOかの二択はいいが、肝心の質問文の訳が分からない。なんて厄介な。

「モーツァルトってのは、なんだ？」

「正確には、誰か、だね。彼は音楽家だよ。地球生まれの地球人。被発見日のずっと昔に活躍し、割と有名な曲を作っているんだが」

だとすれば、音楽の質問か。妙な質問というか、珍妙な質問だ。一体、どんな意味を持っているのだろう。

「で？　反モーツァルト主義ってのは？」

「モーツァルトの作曲した曲を聴くと、神経症状がでたり、他人を攻撃したり、スピーカーを殴りたくは？」

ぎょっとして俺はパプキンに訊ね返す。話を聞く限りまともじゃない。

「ひどい曲なのか？」

「いや、名曲だとは思う。勿論、好き嫌いには個人差はあるだろうがね。別に赤ん坊に聞かせたって問題のない曲だよ」

「NOだ」

興味もない話に、時間を割くのは馬鹿げている。タブレットのNOを選択し、俺はため息をこぼす。次の質問ぐらいは、まともであってくれるといいのだが。

軽く願いながら、表示された次のページを読むなり、俺はまたもや失望を味わう。

「反カフェイン主義・カフェインアレルギー・反カフェイン的宗教のいずれかに該当しますか……？」

意味不明にもほどがあるだろう。

「一番大事なことだ。正直に答えてくれ」

「はぁ!?　これが？」

くそ真面目な表情で問いかけてくるパプキンを見る限り、冗談じゃあないのだろう。にしたって、理解できない。胡乱げに睨んでいると、奴は少し説明してくれた。

「入隊後、火星で健康診断をやるが、毎年十数人が食物アレルギーで除隊になる。多少であれば、商連も調整しえるが……カフェインアレルギーは、例外なしだ」

「ああ、まあ、それはわかる」

花粉症のようなものだろう。宇宙に行って、アレルギーで倒れたとかでは、笑えない。そう思えば、まともな質問なんだろう。

……正確には、というべきか。

俺はNOを選び、今度こそは変な質問でないことを祈り始めていた。

結果から端的に言えば、ダメだった。モーツァルトもカフェインも、どうでもいいくらいに馬鹿げた質問が続き、俺は早くも疑問の声をあげざるを得なくなっていたからだ。

四足歩行の動物由来のたんぱく質に対する宗教観とやらにNOと回答した時点で俺は耐えきれずに口を開く。

「20個ほども、馬鹿げた質問に答え続けたがさっぱりだ。で？　このくだらない質問票はあとどれくらい続くんだ？」

キリスト教・ユダヤ教・イスラム教・その他多神教の戒律から自由に食事できるかという質問と重複している。いや、馬鹿馬鹿しいことにカフェインが宗教的タブーかという質問が別箇にあることを思えば無頓着なのか？

「どうしたんだい」

「パプキンさん、確認だ。俺は、銃を撃ちに行くんだよな？」

「そうだが？」

当然のように頷くパプキンの分厚い面の皮。実に大したものだ。

「それで、戦争ごっこのイントロダクションがこれか？」

お役所の仕事はさっぱりだ。これまでに回答した中で一番まともな質問が、カフェインアレルギー？　時間の無駄にもほどがある。

「こんなに不毛な質問票には、いつまで答えればいい？」

「どういうことだね？」

呑気に頬杖を突くパプキンに対し、俺は憮然と指摘する。

「ほとんどの質問がどうしようもなく無意味だ。真剣な意図があるのか、これ？　ふざけているとしかおもえない」

人を馬鹿にする以外の意図があるならば、聞いてみたいほどだ。これが入隊前の試験か確認か何だか知らんが、目的がさっぱり読めないだけに気持ち悪い。

「これを作成した連中は、何を考えているんだかさっぱりだぞ」

「いい指摘だ、ミスター・アキラ」

満面の笑みをたたえ、俺があたかも重要な事実を指摘したかのようにパプキンは手を叩いて拍手してやがる。

「馬鹿にしているのか？」

「とんでもない。むしろ、本気で感心している」

「感心だって？」

その通りだとばかりにパプキンは大仰にほほ笑む。

「大半の面接者がどんな反応を示してきたと思うかね？　是非とも想像してほしいが」

「呆れ果てるに決まっている。あるいは、途中で席を蹴ったりだろう」

「残念！　正解は『さも重要な質問集であるかのように振る舞う』だ。ミスター・アキラの示してくれた健全な懐疑的精神は、実に素晴らしい。本当に、本当に、素晴らしいものだ」

大絶賛され、逆に俺としては思わず吹き出してしまう。

「ちょっと待った。パプキンさん、あんた、『こいつ』を大真面目に答える面接者ばかりだって？」

「就職活動というのは、過酷なものなのだ」

重々しく告げるパプキンは、何を考えているのかさっぱりうかがい知れない。

「私が見た中では、これを、態度テストの一種だとみなし、くそ真面目さをどれだけ保てるかと頑張る志願者が過半だったがね」

「そいつらは、考える振りをしただけだろう。意味がないものに、意味があると思い込んだんだ。普段から頭を使っていないゾンビだから、そうなる」

「なぜ、そう思うんだい？　無意味試験で反応をみるのはありえるのじゃないか？」

「無意味試験とやらをやるならば、もっと、馬鹿馬鹿しい問題集がいくらでも用意できるはずだろう？」

おいおい、とパプキンは肩をすくめて見せる。

「こいつも、十分に馬鹿げた質問用紙だ。なにより、君自身が馬鹿げていると指摘したばかりじゃないか」

「役所ってやつの馬鹿馬鹿しい形式主義ってやつは、わざわざモーツァルトだの、反アルコール同盟だのを持ち出すのか？」

日本自治政府の役所だけが、ずば抜けて間抜けでもない限り、無意味な書類とやらを量産する人間に役所が事欠くのか？　そんなユートピアは、傲慢極まりない政治家だって口にしない。ありえなさすぎる。

「なるほど、大正解だよ、ミスター・アキラ。だからこそ、私は感心したんだ。王様は裸だと叫べる人間は少ない。まして、君らのような境遇の人間であれば驚異的ですらある。我々のリクルートに応じる人間なんて、どだい、『後がない』人間ばかりだからね」

「前言撤回だ、パプキンさん。俺は間違っていたらしい。馬鹿だといったが、そいつらは、まだましだ」

俺は、間違いを認める。忸怩《じくじ》たる失敗だ。周りが屑だらけだからといって、一律まとめて屑と呼べば、俺だって屑にカテゴライズされてしまう。

「抜け出そうとする意欲がある馬鹿と訂正しよう。そいつらは、屑かもしれないがマシな部類にいれる必要がある」

「なんだって？」

「ようするに、戻りたくない人間が志願するってことだろう？　だとすれば、残る連中よりは、人間としてよほど上等じゃないか」

足を引っ張るよりも、前に進もうとする人間はマシだ。

「ハラショー。それでこそ、期待した価値がある」

「期待？　ミスター・パプキンよぉ、あんた、本気で言っているのか？」

「胡散臭いと？　疑われるのに慣れていない訳じゃないが、傷つかない機械人形というわけでもないんだ。勘弁してもらえるかね」

とても傷つくとは思えない声色で、パプキンは続ける。

「説明したはずだがね。新しい訓練方法を開発したいんだ。そのために、自分で考えられる人材が欲しかったんだ。君のように反骨心・批判精神に富む候補者を今日日の地球でリクルートできるのは本当に運がいい」

ああ、なるほど。そんな感想と共に、俺は皮肉な笑いがこみあげてくることに気が付く。何の目論見もなく、わざわざ社会福祉公団の収容所まで足を運んだ訳じゃないってことか。

こいつ、最初からそのつもりだったわけだ。

「あんた、だから、収容所に来たんだな」

「その通り。思わぬ掘り出し物を見つけたと喜んだものさ」

それは、つまり、最初から、俺のような類を引っ張るつもりだったということだ。色々と説明を丁寧にやったのも、結局は、俺を軍、ああ、いや、傭兵へ納得ずくで放り込むため。

「周到かつご苦労なことだ。正直、何故、そこまで細かくやるのか疑いたい」

「貴重なテストなんだ。関わる人員にも、入隊前の意思確認を徹底したいのさ。そろそろ、本題というか最後の結論にいこう。要するに、契約するかの最終確認をさせてもらってもいいだろうか」

「最初からイエス以外選択肢が俺にはないだろう?」

「ミスター・アキラ。言わんとするところは理解できなくもないが、社会には形式というものがあるんだよ」

そういうなり、徐《おもむろ》にパプキンは口調を改める。

「伊保津明氏に対し、公的認証資格D418２5７2号に基づく意思確認を行います」

翻訳機が紡ぐ機械音声に、色はない。無味無色な機械音声だ。それでも、スピーカーからこぼれてくる言葉は呪文に近い。聞きなれれば、しかし、案外と大したことを言っていないのが分かってくる。随分と大仰なことじゃないか。

「あなたは汎星系通商連合航路保守保全委員会指定による惑星原住知性種管轄局選定により業務受託を行う国連・総督府弁務官事務所合同許認可機構によって認証される特殊宇宙保安産業への従事に際し、十分かつ適切な説明を受けたうえで、なおも自発的意思により志願されますか？」

こけおどしじみた言葉に、俺は頷く。

当たり前の話だった。俺は、俺の意思だけで動く。

だから、その先には本当に何があるのか……俺はあまりわかっていないまま覚悟だけを決めて首肯していた。

「イエス」

「大変結構。これにて、契約は終了だ」

満足げなパプキンの言葉には、一仕事を終えたという安堵が微かに混じっていた。結構なことだが、それはパプキンの都合だ。たぶん、俺の仕事はここからだろう。だから聞けと言われたとおりに俺は尋ねていた。『今日、契約したとして入隊日まではどうすればいいのか』、と。

質問に対し、パプキンは肩をすくめるとこちらに一綴りのパンフレットを寄越す。曰く、『ガイダンス』。簡明なことだ。

「入隊までは、自由時間だ。ロンドン宇宙港から船が出る都合上、ここで待機してもらう。ああ、希望するならばだが、君はロンドン近郊のリクルート施設に任意で入ることもできるだろう。そこで、君の分隊仲間と顔を合わせることになる」

「滞在費用がないんだ。選択肢がないのは、知っているだろう？」

「選択を提示する義務がある。これも形式というやつでね。それに悪い話じゃない」

なぜだ、と俺が問うまでもなかった。聞かれるのが分かっているからだろう。パプキンはきちんと理由を説明し始める。

「同僚と顔合わせするのは早い方がいい。なにしろ君たちは運が良ければ、二年間を一緒に過ごす仲間になるだろうからね。私としても、しっかりとお互いを知って仲を深めておくことを強く勧めよう」

一見すると、正しい助言だが……何か気に入らない話だった。

俺はそこで漸く問題の所在に気が付く。何か気に入らないと思えば単語だった。『仲間』という戯言は、癪に障ってしまうのだ。

一緒に働く同僚がいるのは仕方がない。俺だって、軍隊に行く以上は気に入らない屑どもと肩を並べる日が来るのは覚悟している。納得すらできるだろう。

だが、仲間とは呼びたくない。お友達ごっこをしに行くんじゃないのだ。俺がやるのは仕事であって、仲良しごっこじゃありえない。履き違えられちゃ、困る。

「私からは以上だ。なにか、他にあるかな？」

「とくには。しいて言えば、他に何かしておくべきことは？」

大して有益な助言が得られるとも期待していなかったが、返答は予期せぬものだった。

「出発前にかね？　好きにすればいい。ただ、火星までの道中は引率者の指示に200％従うことを強く推奨するがね」

「200％？」

「それぐらい真剣に、ということだ」

真剣な表情でパプキンはちらっと俺をのぞき込む。まるで、俺が助言を軽んじるんじゃないかと疑っているのだろうか？　だとすれば、パプキンの観察力も大したものだと認めるしかない。

「毎年、引率者の指示を軽んじたアホが火星で悔やむ羽目になるのさ。先人の助言というのは、きちんと聞いておくべきだろう。挨拶と敬語も忘れないように」

「嫌味もお説教も勘弁してくれ」

「いやいや、善意からの忠告さ」

目と裏腹にどこまでも軽薄さを感じさせる口調。善意、忠告、要するに戯言。胡散臭さを極めているとは、こいつのことだ。

目と口先であれば、目ほど物を語るものもないだろうから本心がいずこかも明白だろう。

「いうべきは言った以上、これ以上は踏み込まないが、覚えておいてもらえると幸いだ」

「覚えておきましょうともさ。ああ、そうだ、ごちそうさま」

「いやいや、お互いに満足できるようで何よりだ。では、また火星で」

その言葉と共に、パプキンは立ち上がり手を差し出してくる。差し出された手を俺は握り返していた。

こうして、俺は、一歩を踏み出したのだ。

……踏み出したというよりは、選ばざるをえなかったというべきかもしれない。なにしろ、自由を手にできる宇宙勤務か、素晴らしく慈悲深い日本自治政府の代用監獄かだ。

日本国自治政府に精神異常者呼ばわりされた俺が、宇宙を選ぶ羽目になったのが俺の本意かどうかは永遠の謎だろう。

選べるならば、宇宙で戦争なんてやりたくない。

でも、俺は選ぶしかなかった。

だから、選んだ。

果たしてこいつを、自由意思って呼ぶのかは偉い学者の先生だけが知っているに違いない。

なんにせよ、俺は未来ってやつを摑むために、負け犬共の掃き溜めから抜け出すべく立ち上がった。

なんだっていい。俺を、俺の未来を、邪魔するな。邪魔する奴は、全部、死んでしまえ。

第二章 『貨物』

エコノミークラスとは?
とどのつまり『経済的理由』により
『貨物』となることを
選んだ階級の事である。

商連標準『貨物』船クルーの戯言

地球——火星間の定期運航貨物船ＴＵＥ－２１７１は、星系内での運用を主眼として商連で広く運用されているＫＰ－37シリーズに属する標準的な貨物船である。運用者・運航当事者の両者から手放しで歓迎されている同シリーズの評判は、完全自動運航も広く行われるほどの優秀船として伝説的ですらある。

徹底的な省力化と効率化の追求を行いつつも、商連の奇特な設計主任技師は枯れた技術だけでＫＰ－37を設計してのけた。商連人の気質を知っていれば、驚愕しかない。

いつだって、連中は統計とコストを最優先にする。だというのに、同シリーズはそのようなコスト意識最優先の伝統的商連式設計と信頼性・安全性を両立した。

堅実で、運用が容易で、整備性に優れた星系内貨物船は引く手あまた。地球——火星間の定期航路にＴＵＥ－２１７１を投入するに際しては、商連内部で『そんな辺境航路にあんな優秀船を投入するのは勿体ない』という反対意見が噴出したほどだ。

そんな裏事情を、俺は、後ほど出世に伴い嫌というほど知る機会に恵まれた。

信じがたいことだが、地球の商連総督府としてみれば、ヤキトリの搬送に際して『格別の配慮』に心を砕いていたのだ。俺が茶の味ってやつを覚えたのも、その一環だったたんだろう。

だが、商連の諸氏族と違い、属州民とかいう扱いで乗り込んだ側だった俺としては言わざるを得ない。初めてTUE‐2171に乗り込んだとき、俺は商連が『ふざけている』としか思わなかったということを。

ロンドン郊外――商連管轄宇宙港関連宿泊待機施設

乗船までの段取りは、酷く単純だ。寝床で惰眠を貪るか、タブレットで何か読むか、或いは軽く腕立て伏せでもするか。要するに、部屋で時間をつぶすだけだ。

てっきり、不愉快な社交の時間が必要になるかとも覚悟していたんだが、当てが外れたらしい。パプキンの奴が前口上で『お互いを知っておけ』などと尤もらしく嘯《うそぶ》いたせいで覚悟させられていたんだが……ロンドン郊外にある待機用の施設に足を運んでみれば、人影どころか空室だらけ。

まぁ、理由なんて見ればわかる。

商連の用意したのは食堂とちょっとした寝床だけの施設だ。歩いて回ったところで、見るべきものなんて碌にない。暇を持て余す。すぐ近くに、大崩壊以前に栄華を誇った大ロンドンの史跡が多数だ。そりゃ、金さえあればしけた施設なんて飛び出し、観光に行く。誰だってそうするし、俺だって金さえあればそうしただろう。

空室だらけの状況から察するに、俺以外の四人とやらは小金程度は持っているってことになる。ロンドンの物価がどれほどかは知らないが、自由に使える金ってやつだ。パプキンの奴から給料の前借をしておくべきだったかもしれない。だが、そこまで考えて俺は首を横に振った。金を借りるってのは首輪をつけられるようなもんでもある。

正直、電子手錠と腰縄から解放され自由を得たと思った瞬間に、首輪を嵌《は》めてもらう趣味はない。

ありもので満足しろってことだろう。慣れた話だ。それに、他の連中が大ロンドン観光に繰り出しているのも、悪いことばかりじゃない。ろくでもない連中に顔を合わせる時間を先送りにできた挙句、5人部屋を広々と使わせて貰えたことには感謝すべきだろう。

パプキンのいうように人となりを知った方がいいという考え方も、理屈の上では一理あるにせよ、俺に言わせればそいつは馬鹿げた空想でしかない。

どうせ、屑ばかりだ。

他人ってやつは、期待すると裏切るし、信用すると裏切るし、警戒しても襲い掛かってくる。馴れ合うっていうのは、自分の死刑執行書類にサインするようなもんだ。

とはいえ、俺はまともな人間で、『妥協』が必要だっていうのも理解しちゃいる。緊張緩和ってやつは欠かせない。不愉快だが、そのためにも意思疎通を避ける訳にもいかないってやつだ。

受験勉強で学んだアルファベットだけで外国語マスターって訳にもいかない。困ったことに、他の連中が日本語を話せるって保証もなしだ。まぁ、幸いなことにというべきか。流石に商連の連中も、その辺は理解しているんだろう。

俺を火星行の船へ詰め込む乗船直前に、肩掛け式の翻訳機と耳栓のようなレシーバーを支給してくれた。パプキンが絶賛していた型と同じやつだ。

そいつを受け取り、指定されたブースで矢鱈と職員に勧められた炭酸飲料のフリードリンクとやらを呷っているうちにぽつぽつと人が顔を出す。同じユニットの連中と顔合わせって試練である。

最初に顔を出したのは妙に陽気な黒人だ。ガタイはしっかりしているし、四角い表情からすれば威圧感すら放ってもいいだろうに、表情の明るさがそれを打ち消していた。

なにより、調子のいい声で奴が英語で何事かを話すと、耳に突っ込んであるレシーバーから女性風の機械音声が、妙に丁寧な発音の日本語でまくし立てるのは変なアンバランスさで笑うしかない。

まぁ、それは、お互い様なんだろう。

一応のお愛想でもって、俺が投げやりに返事をしたところで、奴もこっちと同じように笑い出していた。

「妙になよなよした奴だな。そっちの人間か?」

「お前の言葉も女声だよ」

「なんだ、こいつのせいか」

ぽんぽんと肩に吊るした翻訳機を小突き、男は気障に肩を竦めるとブースのラックから適当な雑誌を取り出し読み始める。

お互い、過剰な干渉はなしだ。

これぐらいならば、まぁ、と思っているうちに姿を現すのは、やや色黒で寡黙な男とアジア系らしい愛想のいい女性。

「ご一緒することになるのかな? まぁ、よろしく」

新しい来訪者二人の片割れが手を上げ、もう片方の女は礼儀正しくぺこりと頭を下げる。

正直、こういうタイプの女はガミガミと煩いのだろうかと覚悟したが……幸い、こいつも、ついでに言えば新しく入ってきた男も煩《うるさ》くはなかった。

ご丁寧なことに、聞かれてもいない自己紹介を始めるあたりは気に障らなくもない。

だとしても、まぁ、色黒なこいつはスウェーデン人だと自己紹介されねば想像しようがないのも事実だ。てっきり、資源貿易で潤った中東辺りの暇を持て余した小金持ちが、冒険気分で首を突っ込んできたのかと変な誤解をするところだった。

ついでに言えばこれは意外なのだが……女は中国人らしい。黒人がアメリカ人、俺は日本人だ。ここにスウェーデン人を入れれば、かつての先進諸国出身者が勢ぞろい。

軒並み没落した国家に未来なんてない。俺たちは未来を摑もうとおもえば、宇宙で傭兵の真似事なんてやるしかないのだ。対照的に、巨大な埋蔵資源と人口を力に富裕さを楽しんでいる新先進国の中国人が、なんだって傭兵稼業になんて顔を出すのやら。

とはいえ、人それぞれ。

俺は礼儀正しいし、他の連中もそんなことを明け透けに踏み込むほど馬鹿でもなかった。

問題は、残り一人。

そいつは、時間ぎりぎりに姿を現すなり室内を見渡し盛大に溜息すら零して見せる、いけ好かない白人女だった。

外見は、まぁ、整っているというべきなのだろう。背筋はしゃんと伸びていたし、意志の強そうな碧眼だって悪いものじゃない。

とはいえ、乗船直前に初っ端から喧嘩腰！

なにしろ一番最後にやってきた挙句、溜息を零すにとどまらず、『パプキンの奴ったら、一体、どんな基準でこいつらを選んだの？』なんてほざきやがった。

全く、なんて物事が早いんだ。呆れという感情は侮蔑への第一歩なのだろうが、突き詰めた馬鹿に対しては違う感想も抱きうる。あまりといえば、あまりの衝撃から俺は思わず感心すらしてしまう。いっそ、糞度胸と褒めるべきか？

その女がずかずかと入室するなり、室内の雰囲気が見事に変わっていた。険悪、剣呑、何より最悪極まりないことに疑心暗鬼。

初対面の人間ってやつは、危険度が分かりにくいのが気に入らない。何を言い出すかも分からず、距離感もさっぱり見当が付かないと来た。無関心を全員が装っているにせよ、こいつは一触即発。触れたくもない爆弾だ。

奇妙な緊張感がブースに漂い始める中、前触れなく響く『こんこん』、という音がそのにらみ合いを吹き飛ばす。投げやりなノックだと気が付いたときには、もう、扉は開いていた。姿を現したのは、船員と思しき制服姿のくたびれた男。室内から浴びせられる視線をものともせず、そいつは軽く手をかざす。

「失礼するよ」

何系かさっぱりだが、耳のレシーバーからは相変わらず無個性な翻訳された柔らかい女性の声が流れてくる。そうして、その男はそっけなく名簿と思しき紙の束を取り出すや、俺たちの顔を見渡し始める。

「全員、時間通りに揃っているとはな。やれやれ、珍しいパターンか」

納得がいったのだろう。小さく勝手に頷くや、そいつは肩を回し始める。

「パプキンさんのユニットだね？　手間がかからなくて結構だ」

確認の態だが、実際のところ、こちらが何かを言う間もない。そいつは勝手に話を進めていく。

「荷物を持ってついてきてくれ。寝床に案内する」

それ以上の言葉も、それ以上の説明もなし。ぐちゃぐちゃ言わない態度は酷くそっけない。

とはいえ、制服姿の連中なんて大体そんなものだ。サービス精神旺盛なのは、こっちを嵌めるときぐらいなんだから、むしろ落ち着く。

身一つだと、こういう時に楽だ。

さっさとブースを出ていく船員の背中を俺は機敏に追う。残された連中が慌てふためくのを尻目に、ちょっとばかり乗船まで周囲をぐるりと観察できた。

軌道エレベーターと宇宙港が直結した複合港湾施設ともなれば、音に聞く商連人も一人や二人ぐらいは目にするかと期待したが、影も姿も見当たらない。大方、現地人とは別のスペースに居るか、まぁ、居ないかのどっちかだろう。

どうせ、訓練施設のあるという火星に行けば、嫌でも目にすることになるはずだ。

道中、せめてもの無問題を期待していた俺だが、その願望は船に乗り込むなり別の懸念にとってかわられる。

船内に足を踏み入れた瞬間から目につくのは、殺風景な船内通路だ。収容所を思い出させるような無機質な床。ついでに、酷く粗雑な仕切りで船室というよりもコンテナというほかにないような部屋は『快適さ』とは無縁の旅になるだろうと覚悟させてくれる。

はぁ、とため息をこぼしたくなるに十分だ。

とはいえ、仕方ないとばかりに案内された船室に足を運びこもうとしたところで、俺は不愉快な金切り声を耳にしてしまう。

「冗談じゃないわ！　こんな狭い部屋で、なんで、男と一緒なの！」

翻訳機越しにまき散らされるヒステリックな叫び声は、乗船早々気持ちを萎《な》えさせてくれる代物だ。白人女に対する俺の評価が、白い騒音源《ホワイトノイズ》になり果てるのも当然の帰結だろう。

まぁ、確かに、広いとはお世辞にも言えないが……そんなところで騒ぎの種と同室だ。全く、なんてことだろうか。先が思いやられてしかたない。

ため息交じりに俺が天を仰ぎかけたところで、船員の言葉がトドメを刺してくれた。

「ＴＵＥ－２１７１へようこそ、貨物諸君」

狭い寝床、呆れるほど簡素な船室というか、スペースを前にこれ以上は望めないほどに簡潔な説明だ。

つまるところ、俺たちは火星へ運ばれる生きた貨物というわけか。薄っぺらい建前で取り繕わない船員の言葉に対し、俺としてはむしろ感心すらしちまう。そりゃ、貨物船に詰め込めるだけ詰め込むわけだ。下手に嘘くさい建前を口に出されるよりは、よほど、気分がいい。

まぁ、翻訳された無機質な単語の羅列が愉快かといえば……程遠いのも事実ではあるのだが。

「はぁ!?」

冗談じゃないわと叫ぶ未来まで予想できるほど顔面に血を昇らせる白人の女に対し、船員の男は慣れた素振りで呆れたように吐き捨てる。

「君には、女性用Ｔシャツと男性用Ｔシャツのコンテナを隔離して積み荷する奇妙な習癖でもあるのかね？」

そんなわけはないだろうと言外にあざ笑い、億劫そうに彼は手を振る。

「勝手にやってくれ」

「はぁ!?　なんて無責任なの!?」

制服を纏った人間に噛みついたところで、そいつが意見を変えるなんてありえない。

ついでにいえば、まともな制服組に喧嘩を売るのはアホだけだ。この制服野郎がこっちを騙そうとか嵌めようとかしているならばいざ知らず、そいつはきちんと説明をしている。

先行きの暗さを感じ取り、俺は頭を振る。最初こそ威勢のよさとある種の気骨に感心もしたが、こいつ、ひょっとするとひょっとして……どうしようもないアホなだけかもしれない。

だから、俺は物事を推し進めるために横から口を挟んでいた。

「時間が惜しい。ほかに、こっちが注意すべきことは？」

「ちょっと!?」

翻訳機で訳されるまでもなく、女が怒り狂っているのは理解できた。こいつの碧眼が何よりも良い証拠だ。射殺《いころ》さんばかりの視線に晒《さら》されるが俺も船員も気にせず話を進めていく。

「続けても？」

「もちろん」

構わない、と俺が応じかけたところで横からくだらない邪魔が入る。

「人の話を遮らないで！」

「君たち同士で解決してくれ。具体的には、後で若い紳士淑女として礼儀正しく話し合え。

どうせ、火星までの時間は他にやることもないのだからな」

続けても、と視線で問われたので俺は頷く。バカに時間を割いて得をすることなんて、何一つない。

「君たちには、パプキンさんの指定によって火星までの道中、軽い研修と講義がある。それだけは、さぼらないように」

そこで男は更に何事かを思い出したとばかりに、手を叩く。

「おっと、いかん。忘れる前に付け足しておこう」

白人女にさっと向き合うなり、彼はため息交じりに淡々と言葉を継ぎ足す。

「規則上、君たちはお互いに自己紹介することが推奨されているが、それ以上は船室を移ろうが、同衾しようが、お互いに殺し合いでもしない限り我々が何か言うことはない」

以上だ、と一言を残すなり、これ見よがしに疲れたぞと肩を回し、頭を振って見せている素振りと共に男は港でブースに足を踏み込んできたときと同じ無造作さで立ち去っていく。

その制服姿は、あっという間に俺の視界から消えていった。

かくして、怒り狂った一人が猛然と口を開く。

「……じゃ、続けさせていただいてもいいかしら?」

案件はわかるでしょうとばかりに俺たちを睥睨《へいげい》する碧眼は、自信と確信に満ちている。いったい、何をどう勘違いすればこんな傲慢さが身につくのやら。

「何をだ。自己紹介でも始めるのかい」

　スウェーデン人は前向きに話を進めようとするが、彼の努力は無駄というやつだ。はん、と鼻で笑い飛ばすなり白人女はのたまいやがる。

「部屋を分けるわよ」

「なんだって？　君は、本気かい？」

「スウェーデンでどうなのかは知らない。けれど、普通は男女の寝室を一緒になんてしないのよ」

　言外の意味は明白だ。どうせ、性別で分けるから出ていけということだろう。人を舐めた話だが、こいつは、それが正しいと信じ切っているらしい。

　だから、後ろから蹴り飛ばしてやろう。

「ああ、良い提案だ」

「日本人？」

　どうしたんだ、と目線で問うてくる黒人を無視しつつ、俺は慇懃無礼に『僕』という単語を繰り出す。

「実は、僕もそうすべきだと思っていたんだ。言い出しにくかったが、君から言い出してくれて気が楽になったよ、イギリス人」

　嘲るように『僕』は言葉を継ぐ。

「じゃ、君たち、荷物を持って出て行ってくれ。代わりに紳士二人を受け入れることはやるから、まぁ、交代してくれる親切な紳士をみつけるんだな」

「ちょっと待ちなさい！」

冗談じゃないとばかりにいきり立つ彼女は、酷くわかりやすい。

「なんで、私が、出ていく前提なの⁉　逆でしょ、逆！」

「僕らが言い出したわけじゃないだろう？　というか、言いだしっぺは君だ。……なんだって、俺が出ていくんだ」

出ていけとばかりに俺は扉を指さすと、寝床に飛び込む。硬いマットレスとも言い難い代物だが、まぁ、慣れている。

「男は男で適当にやっているさ」

そっちも、好きにやってくれと手を振ってやる。

「日本人のいうとおりだ。我儘を言っているのは、そっちだろう、ジョンブル野郎。パプキンのやつだって、豪華客船で火星旅行なんていってない。ありもので我慢するか、出てくかだ。引き留めはしないぞ」

道理が分かった言葉だと俺は頷く。

最初から割と好印象だったこの黒人とは、うまくやっていけるかもしれない。

もう一人の、なんといったか、とにかくスウェーデン人も今まで余計な口をきいていないのは評価に値する。

そこで、俺はもう一人を思い出す。

「そっちは、どうするんだ？」

旗幟《きし》を示せよと俺と黒人の視線に晒された中国人は軽く肩をすくめて見せる。気障な所作というほかにないが、奴がやるとなぜか、様になっていた。

「どうするも、こうするも、どうするの？」

「なんだって？」

理解できないとばかりに問い返す俺に対し、そいつは軽く黒髪に手を這わせながら呆れたソプラノの声で呟く。

「何？　さっきから、『君たち』って私も追いだすつもり？　それはフェアじゃないわ」

ちらり、と俺を睨みつけてくる黒い瞳に浮かぶのは苛立ち。

はた、と俺はそこで気づく。

確かに、その通りだった。

わめきたてているのは白いゴミであって、中国人は関係ない。

「……それもそうだ。別に、こっちも追い出したいわけじゃないしな」

深々と頷き、俺は自分の誤りを認める。俺だけが突出すれば、背中ががら空きだ。正直、しくじりだった。こいつは、どうにも気まずい。……矛を収める頃合いだろう。

言葉の応酬がひと段落したところで、パン、と手が叩かれる。誰だと見やれば、困ったような表情のスウェーデン人だ。

「仲間内というには気が早いが、同室で殺伐とするのもやめてほしい」

「俺だって、戦争には反対だ。だがなぁ、こういうのは筋がある。文句があるにしても、始めた間抜けに言ってくれ」

スウェーデン人が仲介し、黒人が同感だとばかりに頷きつつ、黙りこくっている白人の女へ視線を向ける。あいつが始めたトラブルなんだが、と言いたいのだろう。

困ったことに、スウェーデン人は玉虫色ってやつが大好きらしい。反論が噴き出す前に、如才なく話を適当にまとめてしまう。

「別に揉めたくはないんだな？」

その通りだと俺と黒人が頷くや、パンと奴は再び手を叩いて話を勝手に進めていく。

「じゃあ、無駄な時間を使ったということにしよう。翻訳機械の問題か何かだったということにしようじゃないか」

そして、今しがたまで曖昧に微笑んで見せていた中国人が同調し始める。決まったわねとばかりに、彼女は話を継ぐのだ。

「よくわからないけれど、とりあえず自己紹介を始めるのでいいかしら。勿論、皆がよければ、ということだけれども」

同時に彼女はそっと目くばせを白人女に飛ばす。

どうやら、情勢の不利を悟れる程度に、頭はあるのだろう。四対の視線に晒されていたそいつは、作り物とわかる見事な笑顔で微笑むと頷いて見せる。

「そうさせていただければ、幸いね。ご面識を得られて、光栄だわ」

これで、ひと段落。

ああそうかい、と手を振るなり黒人が口を開く。

「では、まぁ、よろしく。紳士淑女の皆様。タイロン・バクスターだ」

自己紹介の時間というやつだ。名前で呼び合う仲ではないし、本音で言えば馴れ合う腹なんて微塵もないにせよ、知っておくに越したこともない。

他の連中も思惑がどうであれ、似たようなことを考えているんだろう。名乗った黒人に続く形で時計回りに他の面々も口を開き始める。

「楊紫涵《ヤンズーハン》。ズーハンでいいわ。そっちが名前」

「エルランド・マルトネン。よろしく頼む」

順がめぐってきた際、そうだな、と俺も口を開く。

「伊保津明だ」

最後の最後になって、白人の女も愛想よく笑う。

「私はアマリヤ。ああ、アマリヤ・シュルツよ」

もっとも、台無しにするのも一瞬だ。

「あまり、馴れ馴れしくしないでくれればいいわ」

つっけんどんなセリフは、まぁ、こいつと仲良くやっていこうという奇特な人間がいたとしても突き放すには十二分すぎる。端から、見下した台詞っていうのには感激だ。くそ野郎め。

外見はさておき、中身はヘドロのような性格もいいところだろう。性根が腐りきっているに違いない。折を見てゴミに出すしかないかもしれん。

　にも拘らず、というべきか。

　諦めない中国人が場を取り繕うのには驚かされる。

「まぁ、ちょっとばかり尖った発言だけれども、彼女の言い分にも一理はあると思うわね。実際のところ、私たちはお互いのことをよく知らないもの」

　そうでしょう、と彼女はスウェーデン人に話を振る。案に相違せず、スウェーデン人は骨折りの労を惜しまないらしい。見た目こそ中東系だが、こいつも平和愛好家のスウェーデン人ってことなんだろう。なんで宇宙へ傭兵稼業に来るんだか。

「そうだな。彼女たちの言い分も分からなくはない。追々にせよ、お互いを知っていこうじゃないか」

「俺たちが仲良くおしゃべりでもするってか？　一体、なんについて語り合えばいいかご教示いただけますかね」

　皮肉気に哂《わら》う黒人の突っ込みに対し、平然とした表情でスウェーデン人は返す。

「例えば、そうだな、なんだって僕たちがヤキトリと呼ばれるかとかは？　僕は気になっているし、折角だ。皆の意見を聞いてみたい」

　ピンポイントな話題選びだった。全員が関心を持つ部分であり、それでいながら差し障りのない無難なテーマ。

　反論するのも馬鹿馬鹿しくなったのだろう。キョトンとしていた黒人は苦笑しつつ、負けたとばかりに軽く頭を振る。

「じゃあ、スウェーデン人に倣って知恵を寄せ集めてみようじゃないか」

だがなぁ、と同時に黒人から放たれるのは根本的なぼやきだ。

「この稼業で俺たちがヤキトリと呼ばれるらしいってのは、まぁ、聞いている。てっきり、外国語か何かで翻訳されれば分かるかと思っていたんだが、どうもこの翻訳機はヤキトリ＝ヤキトリと認識しているみたいでな。意味がさっぱり分からん」

誰か知っているか、と問うような目線に応じたのは白い騒音源だった。

「ヨーロッパ由来の言葉には思えないわ。……少なくとも、ラテン語由来ではない。外来語かしら？　でも、聞き覚えがないわね」

ああ、そうですかと流した俺とは裏腹に、スウェーデン人は興味深そうに頷いていた。きっと、その気になればいくらでも無駄話に頷くことができる精神構造なんだろう。

この手の人間というのは、あまり信用するべきでないかもしれない。……すぐ付和雷同するタイプかはさておくにしても、どうも、気に入らないのだ。

「そうだな、僕も聞いたことがない。中東やヨーロッパじゃないとすればアジアかアフリカだろう。そっちはどうだ？」

スウェーデン人に話を振られズー、なんといったか、とにかく中国人が頷く。

「正直、奇妙な発音ね。……ただ、日本語の発音に聞こえなくもないわ。悪いけれど、あなたは、知らないかしら」

俺はそこで自分が問われていると気づき、口を開く。

「ヤキトリ……ああ、畜生、翻訳されたのが分かる。こいつは、ヤキトリ、ヤキトリ、違う、焼き鳥だ！」

「焼いた鳥？」

キョトンと問い返してくる中国人に対し、俺は頷く。

「そうだ、焼いたチキンだ。日本語でそういう意味になる」

「ジャパニーズ、僕たちは焼かれたチキンだということか？」

「俺に聞かれても分からん。すくなくとも、日本語としてはそういう意味だ」

焼き鳥という単語ぐらいは知っている。俺の配給券や収入じゃ碌に食べることもできず、代わりに三食共に合成プラント製のゴム味じみたゴミを食っていたが。

どちらにしたところで、一体全体なんだって、傭兵がヤキトリと呼ばれているのかなんて由来まで俺が知るわけもないだろう。パプキンに聞いておけばよかった。

「つまり、日本語とスリランカ語で焼かれたチキンって意味？」

白い騒音源も、普通に会話することができるらしい、まともな音量で会話しえるなんて、商連の連中が地球に来訪した時以来の衝撃じゃないだろうか。

だが、そこで俺は引っ掛かりを覚える。

「スリランカ語？　ああ、いや、聞いた覚えがあるような……」

「商連での公用語だぞ、日本人」

説明してくれる黒人に、俺は頭を下げる。そうか、そういえば、そんな話を聞いたことがあるような気がしたんだ。

「それは、本当なのかしら」

ああ、またか。なんだって、この女はと俺は軽い苛立ちを込めて白い騒音源に視線を向ける。

「どうして疑うんだ。こいつの言っていることが間違っているのか？」

違うわ、とそいつは金髪頭を横に振りながら言葉を継ぐ。

「……わざわざ宇宙からきた連中が、常識的に考えて地球の言語を利用する理由なんてないはずよ。そもそも、スリランカ語なんてあったかしら」

「はぁ？」

よく分からないことを言い出す奴だなと、俺はそこで匙を投げだす。

分かっていたことだが、こいつらと議論したところで何一つ進歩しない。仮にしたところで、むき出しの暴力でぶつかり合いにならないだけ、マシだと割り切るべきなのだろう。

「まぁ、何はともあれ落ち着いたようで何よりだ」

「ええ、それが一番よ」

スウェーデン人と中国人が取り持った平和というやつだろうか。

何よりであるという点には同感だが、果たしてこれでトラブルの芽が摘めたかは酷く疑わしい。それでも、進捗ではある。一歩、前進というわけだ。

分からないことが、分かったぞと不承不承ながら全員で一致できるのは、まぁ、仮初《かりそめ》にせよ部屋の雰囲気をよくする。

どんな連中とだって、最初からけんか腰で殴り合うことは稀なんだ。だが最初こそよくたって、後から悪化するのはありふれている。ほどなくして罵りあい、手が出るに至るものだ。

笑顔で和やかな談笑とまではいかずとも、俺たちは狭い5人部屋のモニターで船が火星へ飛び立つのを視聴して過ごす。

「船長より乗員ならびにヤキトリ諸君、本船は只今より出航する」

全艦放送で船長が宣言し、ハッチが閉じられるや船内は閉鎖環境系に移行する。

管制の誘導灯に導かれ、火星への旅路に出発だ。景気づけか、前途を祝うためか、兎にも角にも威勢の良い調べを艦内スピーカーが流し始める。

そうして、定期運航貨物船TUE-2171は定刻通りに宇宙港のドックより離床した。

かくして、俺は『ヤキトリ』なる珍妙な呼び方をされる傭兵として宇宙への旅に乗り出していくことになる。

地球から突き出たポートから離れた瞬間、旅立ちを意識したのも束の間のこと。港湾施設とチューブで連結されていた際には気が付きもしなかった問題が、出航した瞬間から押し寄せてくる。

ただ、まぁ、認めるのは癪なんだが……俺も幾らかは油断していたんだろう。マジものの喧嘩に至るまでは、いくらなんでも、ちょっとばかり、多少にせよ、だ。落ち着く時間くらいはあるだろうと。

ハッキリ言えば、全然、時間なんてなかった。

狭い船内が混むのは当然予想できていたが、俺は人混みには慣れていた。福祉ってやつは、いつでも密集した狭苦しい団地、公共食堂の混雑、きわめつけはどうしようもない過収容の慢性化した収容所のセットだ。

人混みは、いうなれば俺が生まれた日本では、生まれた瞬間から所与の前提だった。

だから、軽く考えていたのだと認めよう。宇宙に出れば、嫌でも狭い空間で生活を他人と共にすると聞いた時も……我慢できると単純に考えていた、と。

俺にはどうにも、想像力とやらが乏しかったらしい。

宇宙船という閉鎖密集空間は、悪夢だ。これに貨物として乗るという時点で懲罰に等しい。それこそ、信じられないことにベッドだけで言えば、社会福祉公団の収容所を恋しくさせるにすら十分だ。

人工重力の気持ち悪さは、三半規管にとって我慢の限度を凌駕している。

脱臭装置が機能し、機内の空気は正常だと表示されるのは癪に障る。正常であって、清浄ではないのだ。

直ちに影響がなければ、問題ではないらしい。奴隷貿易船とやらだという黒人の評価に、俺は心底から同意する。詰め込まれた千人単位の呼気が中途半端に循環するなど、他に例えようもない気持ち悪さだ。

挙句、騒音が付きまとう。

いや、白い騒音源のことじゃない。あいつも頭痛の種ではあるが、もっと悪いのは出航と同時になり始めた『モーツァルト』とやらの曲だ。

最初こそは、威勢のいい音楽だと歓迎もしえたが、これが四六時中となると話は別になってくる。ただでさえ悪い気分のところに、エンドレスリピートされれば殺意も湧き起こるのは必然だ。

乗り合わせたほかの連中だって、そういう気分になるのは当然だろう。スピーカーをぶち壊そうという努力が払われたのは自然な現象だった。くそ野郎をぶちのめしたいのは、誰だって同じだろう？

が、破壊活動への意欲は一瞬で散華していた。

呆れたことに商連人は、音楽を流すスピーカーを軍用の装甲板か何かで防護しているらしい。それどころか、攻撃されると音量を増す仕組みが組み込まれていた。つまるところ、叩けば叩くほど、音量が増える素敵なシステムだ。

散々にモーツァルトの曲が氾濫する船内で、状況を把握した船長がスピーカーの音量を調整しなければ、全員が睡眠不足で倒れることになっただろう。酷い話じゃないか。宇宙に出る際、散々、リスク説明とやらは受けた。だが、誰一人として宇宙船生活がここまで過酷だと語らなかったのは許しがたい詐欺も同然じゃないか。

一刻も早く、惑星におりたい。本物の重力が、まともな寝床が恋しくて仕方がなかった。

そんな願望にもかかわらず、TUE－2171は航程の半分を通過したに過ぎないのだ。こんな状況でパプキンのいうところの、新しい教育プログラムとやらに基づき、基礎的なガイダンスとやらをK321ユニットこと俺と残り4人だけが受けさせられたのは、事態を最悪にする。

教育プログラムとやらが翻訳機で5言語をまき散らす騒音の中で、知識を暗記するように求められる！　正気とは思えぬ所業だった。レシーバーの設定を変え、耳元に直接届くように改善されるまで、これに耐えた俺の忍耐力は勲章物だ。

ただでさえ頭が回らず、はっきりといえば気持ち悪い気だるさに詰め込み教育が加わる感覚は形容しがたい。一言でいえば、最低だ。

しいて言えば徹夜した時の感覚に近いのだろうが、眠気の酷さと、体のダルさは比較にならないほどに億劫きわまりない。

トドメは、船内の食事だ。劣悪、その一言に尽きる。無重力空間でも食べられるようなチューブ食だというのは、まぁ、良い。宇宙で食べるんだから、そういうものだと言われれば理解できるし、我慢もする。

問題は、中身だ。

バリエーションがなし。僅か一種類の味とくれば、せめて味わいだけでも期待したいところだが、こいつに至っては最底辺決勝戦に相応しい代物。

完璧な栄養バランスを謳っているパッケージラベル曰く、商品名は『大満足』。でかでかと、数か国語で『大満足』なんて印刷されていやがる。なにをどうすれば、どこに満足の欠片があるのか聞きたい代物とはこいつのことだ。

そんな食生活と閉鎖環境へ訳の分からない特別な教育プログラムの三重苦だ。まともな俺が被るストレスってやつは、計り知れないほど深刻だった。

俺ですら、そうだ。フラストレーションを溜め込んだ人間が狭い船室に詰め込まれているとくれば。トラブルなんぞ、それだけでも時間の問題だろう。

「空気がだるすぎる。おい、ジャパニーズ。冷却器を動かしてくれ」

「もしくは、スピーカーを黙らせる方法を探そう」

「大賛成だ。なんとかしよう。モーツァルトに対する殺意で頭がおかしくなりそうなところだったんだ」

俺と黒人が軽く愚痴をこぼしながら、船室でわずかな自由時間を平和に過ごしていた際、白い騒音源が嚙みついてきたのもある種の必然だった。

「やめなさい。冗談じゃないわ。それ以上、学習もせずにまたスピーカーを煩くしたいの？」

そんなわけないだろうに、なんだって吠えるんだか。冗談も分からないとは、それこそ冗談じゃない。

はぁ、と黒人がため息をこぼしつつ口を開く。

「イギリス人、頼み方ってやつがあるだろ」

「まったくの同感だ」

礼儀ってやつを弁えろと俺は促してやる。

「ええ、ええ、そうね。では、親愛なる愚者紳士諸賢、まことに僭越ながら愚行はおやめあそばしいただけるかしら?」

翻訳機越しにせよ、嘲るような言葉はあからさまだった。なにより、本当になによりも俺の癪に障るのはあいつの表情。

見下し、平然と侮蔑している姿は捨て置けない。

「黙れ、ホワイトトラッシュ。騒ぐだけならば、お前もスピーカーも同じだ」

カチンときた俺は、短く吐き捨てていた。

きょとん、と一瞬耳のレシーバーを押さえたあいつはそこで表情を怒りで沸騰させるや、爆発する。

「ジャップ、そっちこそ黙りなさい!」

一触即発の空気。

いっそ、殴り飛ばして黙らせてやろうかと実力行使を俺が考えたところでぽん、と肩に手が置かれる。

「……別に我慢できない温度じゃないだろう? 無理にもめる必要はない」

「スウェーデン人、放っておいてくれないか」

「そうしたいのはやまやまだが、時間をみてほしい。お勉強の時間だ。移動しなければ」

ＴＵＥ－２１７１は貨物船だ。したがって、講義室なんて気の利いたものも本来であればあるはずがない。だが、幸か不幸か、ヤキトリの搬送船として長らく活用されているうちに小さなスペースくらいは誰かが設ける必要性に思い至ったらしい。

おかげで、俺たちは、くだらない勉強を延々と繰り返す羽目になっている。

「教育ＡＩのマグナスです。いつものように授業を始めましょう」

機械的な合成音声。それが耳元のレシーバーから流れてくる。まぁ、英語、中国語、スウェーデン語、日本語と音声が混じるよりはヘッドホンから流れる方がましだ。

モニターを映し出す都合か、室内の光源が消灯してるため奇妙な眠さに誘われる。そして繰り返されている授業内容だが、こちらも眠気を誘うに十二分な代物ときている。

なにしろ一度聞けば分かることの繰り返しで、殆ど真新しいものがない。基礎的なガイダンスとかいうやつは、大したことを俺たちに教えてはくれないのだ。

例えば商連は現在、複数のいわゆる列強と微妙な関係にあるらしい。列強、要するに宇宙の覇権をも握りうる存在。もっとも、実際のところ宇宙は広漠極まりない。領土をめぐり争うという発想自体が、狭い惑星上での思考なんだろうか？　宇宙の場合、列強同士は戦争なんて『高すぎる』という発想で、冷戦状態らしい。

直接的な衝突は回避しつつ、大植民時代ってやつだ。地球のように、列強が発見した惑星に『統一政体』がない場合、早い者勝ちということもあって熾烈な競争の真っ只中だとか。だから、ゴタゴタも多い。対応のために俺のように『商連市民』じゃない地球人にお声が掛かるってわけだ。

ここまで俺が理解する限り、主として三つの主要な勢力が商連にとって目下のライバルらしいが……正直なところ、その何れもがどういう存在なのかさっぱり理解が難しい。そこらの説明を求めようにも、教育ＡＩとは名ばかりのマグナスは碌《ろく》に答えもしないのだ。こっちは、こいつがまくし立てる言葉を記憶する以上にやることがない。

「ヤキトリに求められるのは、惑星地表における地上戦への対応です。商連艦隊司令部は、惑星上の事態に対応するためのありとあらゆるソリューションを模索しており、その一手段としてヤキトリは期待されています」

要するに、鉄砲玉。商連の高貴な商連人様は、惑星がお好きじゃないのだ。汚く、きつく、危険な３Ｋは自分たち以外にやらせるというのは宇宙人も日本人も変わらないらしい。

ああ、いや、と俺はそこで皮肉気に哂う。この点でいえば、商連人はフェアだ。強制するわけでもなく、代価も支払ってくれるってんだ。

ついでにいえば、パプキンの奴も比較的誠実だったってことなんだろう。今の今まで、説明された話はちゃんと奴からも聞かされている。

パプキンといい、商連といい、好きになれないにしても、最低限は我慢できる連中らしいじゃないか。……とはいえ、こんな授業はだるくて仕方ない。

いや、授業そのものが億劫なのは事実だが、それ以上にこれを無意味だと感じさせるのはもっと根本的なところに理由がある。

船内の噂話だが、なんでも、火星には『記憶転写装置』とやらがあるらしい。噂というよりは、半ば公然の事実というべきだろうか。

船員ですら、聞かれさえすればそれが事実であると肯定している。

火星にある設備を使えば、必要な知識は脳に転写されるという話だった。つまるところ、こうして無駄に努力して暗記するまでもなく、きちんと知識は向こうで頭に詰め込めるということだ。そんなものがあれば、俺の受験勉強もずっと捗っただろうに。

おかげでこっちは、偶《たま》に通路ですれ違うような他のユニット連中から『無駄なご苦労』だと軽く同情すらされる羽目になっている。

「軌道よりの突入作戦は、主として三つの段階的な進捗に基づくものとなります」

最初に学習を始めたときは、まだ、真新しい情報と呼べた戦術ガイダンスも似たようなことを繰り返されれば既知の知識となる。俺は小さな欠伸と共に、モニターへ映し出される映像へおざなりに視線を向けていた。

俺に限らず、全員がそうだろう。

「第一段階は、軌道への進入です。商連艦隊が敵の防御を突破し、惑星上への進入路を確保しおえた段階で突入作戦が発令されます」

惑星と思しきホロ画像が浮かび上がり、その軌道上で商連のものらしき艦艇が陣形を構築しだす。

要するに、ヤキトリを下ろす準備というやつだろう。

「第二段階は、準備砲撃になります。ただし、戦時交戦規程並びに戦局の状況によりこれらは省略される場合があります」

ホロ上で商連艦艇が惑星に何かを射出し、敵の抵抗と思しきものを排除するシーンが映し出されるも、正直、こんなに物事が順調に進むとは信じられない。教科書に書いてあったり、教育AIとやらの記述や説明は『理屈上では』ということに過ぎないのだ。

要するに、建前だ。

信じて馬鹿を見るのは、あほだ。それは、自己責任も良いところでしかない。迂闊《うかつ》に信じるから、簡単に裏切られる。当然の真理だ。

俺の気も知らずに、教育AIマグナスは淡々と言葉を続けていく。

「最終段階において、各ヤキトリは軌道上に展開する進攻降下母艦のTUF－32型突入ランチャーより、TUFLEに包まれて惑星に向けて射出されます」

TUFLEは、三種類のパッケージを組み合わせた卵型の一人用突入支援装備とのことだ。ヤキトリは、黄身の部分に相当する『兵員区画』と大げさな名前の付けられた中に乗り込む。

当然、説明されている限りから察するだけでも酷く狭苦しい。なにしろ、この貨物船の寝台よりも狭いらしいのだ。想像は容易だろう。

さて、肝心の卵だが白身の部分には主成分が商連軍指定軍事機密とやらで明らかにされていない『保護ジェル』が充てんされており、薄っぺらい真っ黒な殻が大気圏に突入する際に割れた後も黄身を守ってくれる……らしい。

商連の管制AI曰く、ヤキトリに対する安全性は確立されており、問題が起きたというクレームは『ただの一例』もないとのこと。

事実であれば実に喜ばしい。本当に。幸か不幸か、まともな知性と理性のある俺は少し違った見方をしているが。

文句がないって謳い文句の裏を返すとすれば、文句を言おうにも、TUFLEでトラブルが起きたやつは全員が死んでいるかもしれないのだ。

死人に口なしとはよくいうものじゃないか。

「TUFLEを活用しての降下作戦は、ヤキトリの損耗率を劇的に減少させており、従来の被撃墜率は八割から四割へと改善を見ました。事実上、損耗率の半減という偉業です」

……文字通りの全滅から、軍事的な全滅への改善。

げんなりとしたこっち、ああ、五人分のため息からなる重たい空気が室内に漂うが、空気を読まない教育AIのマグナスは構うことなく機械音声で続ける。

「以上で、本日のレクチャーを終了いたします。この後は標準教育プログラム通り、学習時間終了までの間、皆さんでのフリーディスカッションを推奨しています」

その言葉と共に、モニターの電源が落ち、室内の電源が回復する。意味するところは、見たくもない素敵な隣人の顰め顔が見られるようになるということだ。

気まずい沈黙が支配する室内で、俺は知ったことかと自分の爪を眺め始める。苛立たしさを紛らわすために、こいつを噛むのが果たして有益だろうか？

どうでもいいことか、と頭を振る前に場の雰囲気を取り持つのはチャイニーズだ。

「おしゃべりしろ、と授業中に言われるのは相変わらず慣れないわね」

困ったように語る言葉に、中身なんてない。

単に中国での生活を振り返っての感想だろう。厄介なことに、俺にとっては古傷を刺激する嫌な回顧だが。……腐りきった学校を懐かしめる奴が眩しくて仕方ない。平静を装うのも一苦労だ。だが、それが呼び水となって言葉が交わされ始める。

「理解したかお互いに確認しなさいということでしょ？　学校でやったことと同じよ」

分かりきったことじゃないとイギリス人が嘯く。

自分は、教育を受けているという自慢だろうか？　相変わらず、鼻持ちならない奴だ。どっちつかずな態度をとる中国人といい、この白いゴミじみたイギリス人といい、気に入らない。

なんだっていいと暫く気にせず、俺はただただこの時間が過ぎてくれることを願っていた。授業時間が終われば、後は飯という名の餌を流し込んで、自由時間だ。そんなことを考えながら、口を開かずにいた。

「ジャパニーズ、そういう無関心な態度はいけない。軽くで構わないから、会話にも参加してくれ。一応、我々は共にやっていくことになっている」

スウェーデン人の言葉に俺は顔を顰める。

何度も何度も胡散臭い言葉を繰り返す奴だと気に障っていたが、どうにも辛抱の限界を超えそうだ。共にやっていくだって？　正気か、こいつ。

理解しがたいぞと睨む俺に対し、しかし、そいつは一歩も譲らず睨み返してくる。

呆れたことに、どうも本気のようだ。

「足を引っ張るつもりはないし、引っ張られない限りは上手くやれるはずだ」

俺の言葉は、どうやら、感銘を与えたらしい。ただし、眉を顰《しか》めているスウェーデン人にではなく、笑い出している黒人にだが。

「日本人はいつも小気味良いな。気に入った。そういうやり方はフェアだ」

そういうなり、そいつは手を差し出してくる。

「タイロンと親しく呼んでくれ」

首を突っ込み過ぎず、お互いに弁えた関係であれば拒否する理由もない。まぁ、こいつならばと俺は手を握り返す。

「伊保津だ。そっち流だとアキラか？」

「よろしく、アキラ。うまくやれそうで何よりだ」

ああ、そうだなと俺は笑う。

「そんな関係でいいならば、私も混ぜてもらいたいかな」

「チャイニーズ？」

「自己紹介したでしょう？　紫涵よ。呼びにくいならば、崩してズーハンでもいいから名前を呼んで。チャイニーズとひとくくりにされるよりは、幾分なりとも親しみを込められるでしょ？」

割って入ってくるのは厚かましい中国人。細い手を差し出し、私とも握手なんて平気で言える神経の太さには驚かされる。愛想こそいいが、腹の底で何を考えているか分からないやつだ。手を握れば、何を奪われるかも分かったものじゃない。

「ズーハン、悪いが、俺はお互いのことをよく知らないんだ。分かるだろう？」

俺の譲歩たっぷりな言葉に対し、中国人は軽く眉を顰めるも丁寧な笑みで応じる。

それだ、その作った表情！　気持ち悪いといったらありゃしない。新先進国の連中なんて、腹の底で一体、何を考えているんだか！

「では、友情を深めるために共に食事と洒落こもうじゃないか。皆で行くとしよう」

立ち上がりながら戯言を口に出すスウェーデン人に、俺は呆れ顔で指摘してやる。

「親睦が深められる食事だっていうのか、あれが？」

「共通の苦難を乗り越えるのは、団結への第一歩だよ、ジャパニーズ」

ああ、なるほど。つまり、酷い経験を共に分かち合おうということだ。それだけは、いけ好かないイギリス人とも共有しようって腹になれる。ただ、イギリスは飯のまずさで伝説的だ。タイロンの言葉じゃないが、フェアなダメージか疑わしいが。

そういう次第で、俺と不愉快な同室のメンツは連れ立って、運命共同体とばかりにTUE－2171内部の食堂スペースに移動する。

とにかく大量のヤキトリを詰め込むことだけを目的としている貨物船だけに、食堂スペースといったところでチューブ食を受け取る自販機のような機械が数台並んでいるほかは、固定された机があるぐらいだ。

時間割通りに入室し、交代で給餌されるというわけである。

「……相変わらず、ひどい味だわ」

珍しいことに、俺は、イギリス人に同意すらしてしまう。

口の悪いイギリス人をさえ閉口させる味。この騒音源を黙らせるためならば、いくら払っても惜しくないつもりだが……この食事の味だけはない。

福祉の食事だって、まだ、これよりはましだ。

黙って流し込もうにも、気持ち悪い粘度があるそれは嚥下前に少しばかりの咀嚼を必要とするという、拷問じみた食事だ。

どのテーブルも、例外はない。俺のユニット以外だって、黙々と不景気な顔で食事を流し込み続ける。こんな作業に耐え続けるのは不可能だ。そんなわけで気分転換を兼ね、隣のグループに話しかけたり、話しかけられたりする。飯のまずさが促す交流ってやつだ。

今日、俺たちに話しかけてきたのも食事に耐えかねたらしい一人の男だった。

「相変わらず、酷い味だよな。おまけに、酷いホスピタリティ！　時間を持て余して仕方がない。そっちのグループはなんか、暇をつぶすやり方でもあるのか？」

「ご存知の通りだ。船中が知っている話だろう？　愉快痛烈極まりないお勉強会が設定されている。後は、最近、茶とかを呑んでいるさ。そっちは？」

タイロンの皮肉にそいつは笑い出し、笑い終えたところで口を開く。

「すまん、すまん。噂通りだったとはな。こっちは『大満足』を洗い流すために茶を啜りつつ、端末にあるメディア・アーカイブを見たりだな。良い暇つぶしになるぞ」

映像を再生しているときは、モーツァルトもある程度は無視できるしな……とそいつは苦笑する。延々とリピート放送されている忌まわしい音楽を紛らわせるならば、なるほど、そいつは悪い知らせじゃない。

良いことを聞いたと俺は感謝を示すために、小さく頭を下げておく。

「あとは、一日、1分30秒ぶんだけ地球と無料でビデオ・メッセージをやり取りするサービスがあるからな。ほんのわずかだが家族と連絡さ。叔母さんに怒鳴られるのは癪だが、弟共が元気なのを知れるのは気分が上がるってもんだ」

お前たちはやらないのか、と何気なく問うてくるそいつはアホだろうか。なんだって、そんなことをしないといけない？

「こんなところじゃ、息も詰まるだろ」

詰まるが、家族と面を合わせるのも同じだろうと思っていた俺は次の瞬間、大いに驚かされる。意外なことに、タイロンが尤もだとばかりに頷いているじゃないか！

「確かに、送れるならば送ってもいいか」

「おいおい、その感じだと使ってないのか？　勿体ないな。誰か、枠が余ってれば売ってくれ」

家族との面会時間を欲しがる奴がいるというのは、俺には理解の範疇外だ。しかも、金を払ってでも欲しがってやがる。

「いくらだ？」

好奇心をそそられた俺の言葉に対し、そいつは軽く首を振って釘を刺してくる。

「おいおい兄弟、使わないやつを高く売りつけるのはやめてくれよ。別に、こっちがどうしても買わなきゃいけないほどの理由はないんだぞ」

確かに、俺には必要のない枠だが……さて、どうしたものだろうか。相場が分からないだけに、これはちょっと難しい。

とはいえ、一日分の枠なのだから、一日分と等価だろう。

商連ってのは律儀なことに、火星への移動途中も『契約により移動』なのだから賃金ってやつを払ってくれている。訓練を終えるまでは大した金額じゃないにせよ、きちんと契約と同時に開設された商連の電子口座に振り込まれていた。

「三日分の枠を、三日分の給料でどうだ？　もしくは、三日分の茶葉」

「高すぎだ。話にならん」

呆れた表情でそいつが席を立っていくところからすると、見込みなしか。本当に、相場以上だったのだろう。とはいえ、別に、俺も無理をして売らねばならない事情があるわけじゃない。面会が義務であれば、金を払ってでも人に押し付けたかもしれないが、そうじゃなきゃ別に売らなきゃいけない切羽詰まった理由もなし。

やれやれ、と食事という名の拷問を再開しかけたところでテーブルの中から声が発せられた。

「ちょっといいか」

「どうした、タイロン」

「誰か、俺に売ってくれるか？　俺もブラザー共の声が聞きたいんだ。もちろん、さっきのアキラみたいな馬鹿げたレートはやめてくれよ？」

取引のオファーを申し出たタイロンに対し、テーブルの輪の面々の中で中国人が即座に反応する。

「貸し一つで売るわ」

「金じゃだめか？」

「いいえ、貸しを一つでしか売らない」

少し頭を抱え、タイロンはそこでぽつりとつぶやく。

「……チャイニーズから借りを作ると怖いな」

尤もな発言だろう。

俺だって、腹の底が分からないやつに借りなんて作りたくはない。まして、自分の意見を隠しているようなこいつには猶更だ。

「じゃ、いらないの？」

「迷うが……ほしい。高くつくだろうが、納得できるフェアなディールだろう」

思わず、俺はタイロンに問うていた。

「本気か、タイロン？」

「たまには、故郷に連絡したい。ブラザー共にも挨拶ぐらいはな。通信室の割り当て次第だな。北米時間が上手く自由時間と重なればいいんだが」

「北米時間？」

「おいおい、こっちと地球じゃ時差ってやつがあるんだよ」

そりゃ、そうだと俺は苦笑する。ついでにいえば、一度以上忠告する道理もない。こいつが作った借りだ。

俺が知ったことでもない。

だから、俺は味覚に対する拷問のような食事に専念し、何とか飲み干したチューブを回収箱に放り込む。

食事を終えれば、集団行動の義務も解けるのは幸いだった。

とはいえ、やれることも多くはない。先に割り当てられた船室に戻るか、糞のように混雑した『交流スペース』で翻訳機から漏れ出す多言語の奔流に耳をやられながら、噂話に耳を傾けるかぐらいだろう。

何度かは、噂に耳を傾けようと交流スペースに足を運んだこともあるが、あれは、ろくでもない経験でしかない。裏付けもない噂話が飛び交うだけで、かえって疲れてしまう。

結果的に、というべきか、俺としては、中々に不本意ながらも同室の連中と行動を共にする羽目になっていた。

五人で仲良くお手々をつなぎ、お散歩って風じゃないにせよ、癪には障る。だが、今日は少しばかり変化ありってな。一人、タイロンの奴が途中で向きを変えるんだ。マシなのが減って、最悪純度が高まるというべきか、人数が減ったことを喜ぶべきか悩ましいなんて考えている俺の前で手を振り、奴は通信施設へ向っていく。

足取り軽く鼻歌混じりで進んでいく陽気な背中からして、心底から楽しんでいる証左なんだろう。一体、何がそんなに楽しいのかさっぱりだが。

家族が麗しいってやつだとしたら、どうして、学校で『そういうものなのです』と散々に教えられる必要があったんだか。

親のことなど、思い出したくもない。頭を振り船室に戻ったところで、俺は軽く思案していた。そんなに奴が家族と顔を合わせるとかいう苦行に楽しみを見出しているならば、今度は俺の持ち時間を適正レートか貸一つで買わないかと取引してみるのも良いかもしれない。

需要がある理由は全くもって理解できないのだが。

「やれやれ、家族ってのは、そんなに大事かねぇ」

俺のぼやきに応じたのは中国人だった。

「……家族を大切にすることそのものが、悪いとは言わないわ」

意見をぼかす彼女としては珍しいことに、小さく言葉を付け足す。

「大切にできるとき、するべきかもしれない。ただ、無条件に良いことだとも、断言はできないけれど」

ふん、と俺は哂う。

意見を言っているようで、その実、どうとでも取れる言い口だ。

「相変わらず、奥歯にものの挟まった言い方だな」

そして、俺の言い分に対して噛みついてくる人間も決まっていた。

「野蛮人よりも繊細ということが、分からない？」

白い騒音源ことイギリス人。こいつが、俺の言葉遣いを気に入る日はないのだろう。奇遇なことに、俺も、こいつのしゃべり方が気に入らない。

たとえ翻訳機越しだとしても、癪なものは癪なのだ。

「高貴な野蛮人というやつだろ？　嘘つきで腐敗しきった連中よりも、俺の腹はきれいなんだ」

「やめてくれ、二人とも。どうせ、腹の中に入っているのは同じペーストだろう？」

スウェーデン人のセンスの良さだけは、認めるべきだろう。

ペーストが同じなのは違いない。

豪華な船旅、素敵なお食事、愉快なお仲間までいる最高の宇宙旅行だ。商連には、心底から感謝している。道理で、火星へ行くまでの船旅で給料が出るわけなんだ。一発で苦痛に対する補てんだと理解できるほどに素晴らしい経験だろう。

「違うものを食べているっていうならば、正直に申告してくれ」

違うはずもなく、沈黙が漂うのを上手く拾い奴は手を叩く。

これで終いだと示すときの癖なのだろうか。

「同じ船に乗っているんだ。上手くやろう」

「上手く？」

冗談じゃないぞ、と俺は軽く反論の釘を刺しておく。勝手に上手くやりたいのはスウェーデン人の自由だろうが、上手くやれと俺が命じられるなら話は別だ。それが、マトモってやつだろう。

「足を引っ張らない。それ以上はこっちも期待していないし、そっちも求めないでくれ。勝手な期待をされるのは、本当に迷惑だ」

所詮は他人だ。自分じゃない。

「お互い、良い距離感を保とうじゃないか」

「前々から思っていたが、随分と他人行儀だな。アジア人は、みんな、そうなのか？」

スウェーデン人のキョトンとした問いかけに対し、俺はため息をこぼす。

一体、どうして、信じるなんてできる？　だが、俺だって全員を敵としたいわけじゃない。無謀だということぐらいは余程の馬鹿じゃない限り理解できる。

「信用ってのは口で稼ぐものじゃない」

信用してくれというやつほど、信用できない。

当たり前だ。

「裏切らないのであれば、それでよしね」

「ズーハン?」

意外だな、と中国人をスウェーデン人が見つめるも俺としてはそれ以上の会話を交わす気分じゃなかった。

正直、価値観の違いが強すぎて会話するだけでも疲弊する。

「とにかく、お互いに迷惑を掛けずにやろうじゃないか」

そうだろうと俺は口に出し、議論を打ち切って寝台に身を投げ出し、そこで耳障りな音に気が付く。それは耳をつんざくような爆音ではないものの、無限に繰り返されている音楽だ。

モーツァルトである。

どうにも神経を逆なでしてくれる音量と言い、心情とは裏腹に妙に陽気な曲の種類といい、本当に気に入らない。

誰かが言い出した噂じゃ、商連人が俺たちにストレス耐性を持たせようと意図的に軽い拷問を行っているって説まであった。パラノイア一歩手前の妄想と乗船当初は笑い飛ばした仮説だが、今では真剣に検討すらしてしまう。

これは、本当に、癪に障る。

「モーツァルトってのは、本当に、いい迷惑だな」

俺のぼやきに対し、中国人が余計な知識をひけらかしてくれる。

「フィガロも嫌いじゃないのだけど、そうね、モーツァルトの曲も寝る前ぐらいは切ってくれたら完璧なのだけど」

ああ、まったくだ。ついでに、お前らが静かに黙っていてくれればもっと完璧だがなと心中で呟きつつ、俺は寝台と眠気に身を預ける。

火星までの道のりは、まだ、忌々しいまでに長い。

第三章
『火星』

ヤキトリは、きちんと焼かれています。

キッチン広報担当者

汎星系通商連合航路保守保全委員会管轄星系
惑星原住知性種管轄局、選定訓練施設（キッチン）

モーツァルトに四六時中聴覚を苛め抜かれ、味覚には『大満足』を給餌され続けるという凄まじい拷問を幾夜潜り抜けたことだろうか？　はっきりと覚えているのは、三日以上は数えたくもないってことだけだ。それ以上のことは、思い出したくもない。

俺は命からがら、火星ステーションに降り立つ。

言っておくが、同情とお情けを求めるための泣き言じゃない。商連のいう正常な艦内環境とやら、とどのつまりは愉快な貨物生活は最底辺の取り扱われ方に慣れている俺ですら、音を上げる代物だった。

無駄に元気な白い騒音源ですら、そうだ。あいつの無駄に整った顔が歪んでいるのは多少留飲を下げてくれる娯楽だった。だが、タイロンのアホが疲れた顔をしてぼやいているのは俺だってげんなりさせられる。

「パプキンから、これは、聞いていないぞ……」

タイロンの奴が青い顔で零す愚痴は、道理だけに否定もできまい。

貨物船にぶち込まれた殆ど全員が、似通った気持ちだったに違いない。聴覚、味覚ときて視覚にまで仏頂面となればまともな俺だって参ってしまう。幸いなことに、全員が全員というわけではなかったが。例えば同室のスウェーデン人には、顔に出さない嗜みがあった。まぁ、お愛想よくというやつだろう。

ただ不思議なことに……いや、認めるのも業腹だが、ひょっとすると本気で平然としていたのが一人だけいた。

あの腹の底の見えない中国人だけは、若干、不気味だ。

いや、と俺はそこで頭を振る。船旅の細かいことなんぞもう関係ない。重要なのは、閉鎖空間から解放されたという事実だ。

ＴＵＥ‐２１７１が火星の軌道エレベーターと宇宙港の複合港湾施設に接舷したのは、船内時間でいえば昼食の時間帯だったが、到着を知らされた瞬間、俺は『大満足』をゴミ箱に放り込んでいた。

『上陸』という単語は魅惑的だった。ほかのことなんか、どうでもよし。途中、船内放送で船長が上陸後の簡単な段取りを放送していたが、もどかしくて半分も耳にろくすっぽはいらなかった。

殆ど、惑星への依存症寸前だったんだ。貨物船に窓があれば、張り付いて火星を探していたに違いない。それほどに、ただ、ただ、船から降りたかった。

ハッチが開くまでの間が、想像できるか？　殆ど信じがたい長さに感じられてしかたないほどだった。

ある意味、いや、率直に言ってじれったいのも当然だ。

俺は、マシな未来をここから歩く。感慨深いものがないといえば、嘘だろう。忌々しい世界を後に、まともな将来を描ける世界へ進むのだ。

ゾロゾロと群をなして上陸した一団を迎えるのは、地球の宇宙港で見かけたのと色寸法何一つ変わらない制服姿の港湾職員共。

制服連中に対しては、経験上、俺はどうしても嫌悪感を抱きがちだ。だが、ここの連中が仕事ってやつを理解しているのは認めるべきだろう。

口よりも手を動かす……というと、少し変か。とにかく、連中は誘導のために声を出す。耳元のレシーバーで翻訳され、船から我先に降りる人間の奔流を兎にも角にも秩序ある列へと変えていく。

流れに身を任せていれば、あっという間だった。

「よろしい、では、移動を開始する。誘導員に続くように」

男女の職員何人かが手に持った旗を振り、こっちだと促す。たったそれだけで、まとまりのなかった群衆が整然と動き始めるのに気づき、俺は思わず口笛すら吹いてしまう。

「ご機嫌じゃないか、アキラ」

「物事が順調に進むなんて、そうないだろう？　幸先が良い」

違うか、と笑いながら投げ掛ける俺に対しタイロンも同意見らしく頻りに頷く。混乱も揉め事もなし。第一歩としては理想的そのものだ。

「まて、K321だな？」

さぁ、と他の連中に続こうとしたところで、邪魔が入る。俺と連中を呼び止めたのは横にいた港湾職員だ。

「君たちはこっちだ」

ついてこいと先導する職員に案内されるのは、他の離船者らとは別方向の少し離れたブースの並んだ区画だ。案内員はそこで自分の端末に目を落とし、二度確認する。

嫌に慎重だなと思ったところで奴は一つのブースの前へと近寄り、丁重な態度でその扉をノックする。中から何事か返されたところで、そいつは実に丁寧にドアを開けつつ、こっちにはぞんざいに顎を動かすだけで入れと促して見せる。

目に余る態度だが、殴りたいほどではない。睨んでやるぐらいで、イーブンだろう。それきり立ち去っていく職員を視野から追いやり、俺は室内に目を向ける。

待ちかまえていたもの。それは、パプキンのアレな笑顔だった。

「ようこそ、K321ユニットの諸君！」

ぱっと手を広げ、大げさなアクション。

礼儀正しく頷き返したスウェーデン人を除けば、こっちは全員が胡散臭いものを見る目で奴を睨んでいた。針の筵《むしろ》とまでは言わないにせよ、凝視されていながらパプキンの調子は揺らがない。

「長旅、ご苦労様。火星ステーションへようこそ。歓迎しよう！」

レシーバー越しに翻訳されてくる声は、当人のものとは似ても似つかない柔らかな女性の声に変換されている。だが、それでも、軽やかな調子でパプキンの奴が話そうとしているのは一発でわかった。

「諸君とまた会えて何よりだ」

うんうんと勝手に頷いているそいつは、親しみをアピールしている。愛想笑いらしい中国人以外、スウェーデン人でさえ困惑顔なんだけどな。

だって、あんたの目はどうしようもなく怖いんだよ、パプキン。こっちを見る目が、不気味なんだ。俺には、何を考えているのか相変わらずわからない。

ああ、とそこで俺は思い至る。

どうにも中国人が気に入らない理由は、これだ。あいつも、パプキンも、同じ穴の貉。腹の底で、人の利用法を考えて居そうなところなどそっくりだ。パプキンが腹黒大狸だとすれば、中国人は小狸か？　俺は心中で吐き捨てる。『こういう連中は、真実で嘘を包むから厄介なんだ』と。

生きた馬の目を引き抜くって表現が正しいのか知らないが、そんな連中だ。話半分に聞いたところで、危険すぎる。とはいえ、パプキンは今のところ誠実な奴でもある。

判別のためにも耳を傾けるべきか俺が逡巡したときのことだった。麗しくも再会を言祝《ことほ》ぎたいらしいパプキンにはあいにくだが、長口上は予期せぬ新たなノックによって遮られる。

いや、正確には手荒というか、適当に一度だけ扉が叩かれ、音に気が付いたパプキンが返事をしようと顔を動かした瞬間のことだ。

室内の反応を待つことなく、そいつは、室内に姿を現す。

はっきりといえば、別に興味もなかったが習慣で音の方へ視線を動かし……俺は驚愕で固まる。

そこに現れたるは、犬。でっかい犬だ。いや、犬じゃない。

何といえばいいのか頭が混乱するが、とにかく俺の知っている犬じゃないんだが、他に形容しがたい犬が……二足歩行の……犬頭の生物だ。

気のせいでなければ、俺は、そいつの言葉を理解できた気がする。

耳に突っ込んだままのレシーバーから流れ出る、相変わらずの柔らかい音声。それが『調理師、少しいいか』と告げたのだ。

ついで、そいつは、こちらをキョトンとしたような顔で見つめ、室内をぐるりと見渡すなり何事かを吠えるというか、口に出す。

「……ん、どうやら邪魔したようだな。あとで、連絡をくれ」

　今度も、聞き違えということはないはずだ。

　人間とは程遠い形状の生物は、気さくに手を振るなり、ノッシノッシと立ち去っていく。なんといえばいいのか分からないが……犬型生物の背中が去っていくなり、俺は思わずパプキンへ問いかけるような視線を飛ばしていた。

「あれは、なんだ？」

「なんだといわれても、商連の軍事氏族に属する武官だよ。艦隊士官とか、色々と肩書はあるが……まぁ、僕らの飼い主様というわけだね」

「あれが？」

　そうだが、と応じるパプキンへイギリス人は疑わしいとばかりに眉を顰めて見せる。

「地球で見た写真と違いすぎるわ。商連人というのは、猫系統の二足歩行型哺乳類で構成された種族なのでしょう？」

「商連は複数の種族からなる氏族で構成されているんだ。地球に居ては想像もできないかもしれないが加盟種族も、かなり多様だよ。まぁ、とりあえず火星では人間以外の二足歩行する哺乳類は商連市民、地球で言う商連人だと覚えておけばいい」

　分かったかねというパプキンの言葉に対し、混乱したような声色でスウェーデン人が応じる。

「……随分と、なんというか」

　口ごもりつつ、紡がれるのは奴の本音だろうか？　別に、どうでもいいのだが。

「今の商連人も地球のホモサピエンスに近いような。もちろん、生物学的に別物だというのは理解しているんですが……」

『生物学的』などと鼻につく言い回しをしなければ、俺もスウェーデン人の言葉へ完全に頷けたことだろう。

宇宙に出るとき、商連の連中やそれ以外の宇宙人と接触するだろうとは理解していた。だが、俺としては別の出会いかたってやつを予想していたんだ。

こう、もう少し劇的な出会いだとばかり思いこんでいたといっていい。

なにしろ俺やほかの連中は、命を張って殺し合う傭兵モドキになるために地球を離れている。宇宙へ繰り出し、どうなることか気張っていたところに……ひょっこりと顔を出し、『またあとで』と手を振るような人間臭い犬モドキと出会ってどうしろと？

「やれやれ、あれが、ご主人様か。犬に人間が飼われるとはなぁ」

逆じゃないのか、などと冗談めかして腐すタイロンの言い分に俺は苦笑する。

まあ、こいつは、アメリカ人だからな。没落したって言ったって、アメリカは広いし資源も埋まっていた。嫌味でもなんでもなく、ペットを飼えるぐらいのスペースや余裕がこいつの周囲にはあったんだろうさ。

「ミスター・タイロンの言葉通り、彼らが地球の保有者ではある。だが、ご主人様かといわれると微妙だな。正確を期すのであれば、訂正したほうがいいだろう。なにしろ当人たちには、その自覚があまりないんだ」

「自覚がない？」

思わずの疑問だろう。殆ど反射的に問い返したタイロンに対し、パプキンは曖昧に笑いつつ口を開く。

「彼らは、地球の管理をこの宇宙で認められた地球の主権者だ。まぁ、面倒を省いていうと所有しているオーナーではある。ただ、彼らの感覚としていうなれば、ど田舎に投資用のマンションを保有しているぐらいだろうね」

どういうことかさっぱりわからないたとえ話を使うのは、パプキンの趣味なのか？　さっぱり理解できないぞと俺は首を横に振り口を挟んでいた。

「パプキンさん、あんた、はっきりと言えないのか」

妙に勿体ぶった言い方をし、ごちゃごちゃと屁理屈を紡ぐより、結論を口にしてほしい。結論だ。

「……一番わかりやすいたとえだと、家が地球のようなものだ」

また、たとえ話かと俺は呆れ顔を浮かべて見せる。腹の立つことに、こっちの顔を見やるなりパプキンはため息を零しつつ口を動かす。

「諸君らは、ひょっとして血の一滴までも自分のものだと主張する類かな？」

「だとしたら、どうだっていうんだ」

「そんなに所有権の主張に煩い類だったとしても、家の中にいる微生物を所有している実感はないだろう？」

「さっきから、あんたは変に持って回った言い回しだ。ハッキリ言ってくれ」

誤解させようという手合いには、うんざりだ。複雑な言葉を並べ、煙に巻こうとする手合いは、いつだって本当のことを口にしない。俺のまともな忍耐力ってやつにも限度があった。もう十分にその手口に翻弄されてきた。パプキンのやつが、今の今まで誠実だったという実績があったところで……許容できる物事には限度ってやつがあるんだ。火星くんだりまできて、また騙されるなんて冗談じゃない。

「うーん、わかってもらえないかな？」

「わかる、わからないの話じゃないんだ。俺は、パプキンさん、あんたの口から結論が聞きたいんだ」

俺はそこで念を押すべくなけなしの敬意と共に言葉を繰り返す。

「わかってもらえるか？　答えだ」

あいつの目を見るのは、なんというか、俺らしくないことだが、どうにも落ち着かない。だが、それでも、俺はじっと、詭弁を許さないとばかりにパプキンの顔を睨みつけてやる。

パプキンは、施設から俺を出してくれた。そいつには、本当に感謝している。だが、それはそれだ。こっちには、聞く権利がある。

「聞きたいのかい？」

俺よりも、他の連中へ向けたような問いかけに対する反応は劇的だった。

「正直に言えば、アキラの言う通りだ。俺としちゃあ、是が非でも聞かせてもらいたいね、パプキンさん」

「二人の意見に同感です。自分も、可能であればお聞かせ願いたい」

タイロンが真っ先に応じ、スウェーデン人も同意。女性陣は、なんということだろうか！

まぁ、なんとも慎み深く頷かれるじゃないか！　イギリス人、お前は普段からそうしてくれればいいものを！

そうやって、ブース内の人間全員が知りたがっていることを確認したのち、パプキンはやれやれという表情を顔面に張り付けて見せる。

「聞きたいと？」

いうまでもないことだ。全員が頷き、パプキンが続ける言葉を待つ。散々渋り、挙句、理解できないとばかりに首を横に振った挙句、奴は漸く口を開く。

「……率直に言えば、我々は視界に入ってすらいない。一般的な商連人の視点から言えば地球上の原住知性体とはメチルチラミロフェニリウムの同類だ。要するに、全く、興味をそそられる対象じゃない」

興味関心なし。俺には、その言葉の先にある意味も十二分にわかる。無関心ということは、こっちに対する善意も悪意もなし。

道理で、パプキンは連中のことを『自覚がない』ご主人様だと形容するわけだ。俺は思わず嗤いだしそうになっていた。商連人の連中、こっちを歯牙にもかけちゃいない。

ああ、なるほど、そりゃ、言いにくいだろうよ。

だが、同時に俺は納得もしていた。宇宙人は、別に、俺やほかの連中に興味があって地球に来たんじゃないんだ。端的に言えば連中は、持っている連中なんだ。持っていないこっちが眼中にないわけだ。

争いってやつは、遠くの連中よりも隣人との方がはるかに多い。日本で俺の足を引っ張った連中を見ればいい。どいつもこいつも、欲の皮が張っていた。抜け出そうとした俺を蹴り飛ばしたのも、嫉妬心が原因のはずだ。

俺は商連の連中から迷惑を被る『レベル』って段階になかったんだろう。貧乏人の僻みなんだろうが、そんな不愉快な理解を頭の隅に俺が入れかけたときのことだ。

「嘘でしょう!?」

耳障りな高音が、俺の傍で爆発する。火星について早々だ。商連のあれこれよりも、こっちの方が今は気に障る。結局、いつだって、商連の連中よりも隣にいる人類の方が俺に迷惑をかけるってことだ。

「地球に、あれだけ、干渉しておいて！　関心がなかったですって!?」

翻訳機越しにすれば丁寧な声になるにせよ、声量のでかさは嫌でも分かる。

想像通り、いや、想像以下か。あいつはほんの僅かな間しか大人しくしていられないらしい。船内環境故に爆発していたのだと思いたかったが、環境は関係なし。所かまわずどこでもいつでも、大爆発だ。いっそ、鉱山でも掘ればいい。

白い騒音源と俺が名付けたのは、全く適切だった。

中国人とスウェーデン人め、もう少しでいいからあいつを抑え込んでくれないものか。

「失礼だが、どういうことでしょうか。いわゆる被発見日以来、商連の影響で地球には大混乱が起きたはずですが」

おい、おい、なんだって、お前まで。信じがたい思いで俺はスウェーデン人がパプキンの奴に食って掛かるのを見る羽目になっていた。

イギリス人に同調するとは、驚きだ。てっきり、いつものように宥めるのだとばかり期待していたのだが。……いや、他人に期待なんぞするからいけないんだ。だから、裏切られる。

「確かに、その通り。歴史的に地球からの視座で見れば、彼らは占領者だとも。だがね、ミスター・エルランド。商連で書かれた歴史を読んだことはあるかな」

ありません、と俯くスウェーデン人にパプキンは朗らかな声で続ける。

「惑星を探査船TUFマナスが発見。原住種‐知性体を確認するも主権を確立した統一政府は樹立されておらず。無主地と列強に通達。承認され、領有。若干の資源算出あり。市場としては未成熟故に絶望的。搾取的貿易を阻止するため、自由貿易を原則としつつも一部には制限令を発令中」

訳が分からない単語の羅列を抑揚のない声で唱え終えるなり、パプキンは肩を竦《すく》めて皮肉気に哂う。

「ミスター・エルランド、君は歴史のお勉強をスウェーデンでしたのだろうね。学習熱心なのは大変に結構。だが、肝心なのは語り手の立ち位置だ。書き言葉の過剰な過信には、注意しておきたまえ」

頷ける言葉だ。糞教師の言葉や役立たずの公定教科書を妄信するのは危険すぎる。まともな人間であれば、健全な批判精神ってやつを持つべきだ。なのに、頭でっかちで自分自身が賢いと勘違いしている無能連中には理解できていない。

ちらり、とイギリス人に視線を向ければ、秀麗な眉を歪めた物凄い不機嫌顔。俺が発見したのは、いうなれば爆発寸前のダイナマイトだ。

「私が間違っていると？　学んだのは英国学士院の、公式の、刊行物からなのよ？」

一言、一言を区切って強調する物言い。公式かなんだか知らないが、それが、要するに価値のあることだと信じて疑わないらしい。馬鹿め。

こつん、と俺をタイロンの奴が小突き『見ものだな』なんて笑うが同感だ。

スウェーデン人が何事かを口にし、なだめようと目くばせしてるが効果はなし。そんなものを読み取る機微を奴に期待するだけ、無駄だと学習しないのか、はたまたスウェーデン人が諦めないのかは永遠の謎だ。

荒れるのを見て取った俺はタイロンに対し、隅に行こうと顎をしゃくる。要は、一時的な避難ってやつだ。

貴方が間違っているんじゃないのとばかりに捲し立てるイギリス人の言い分はチンプンカンプンだが、権威とやらを振りかざしているのは見て取れる。馬鹿は馬鹿でも、度し難く煩い馬鹿だ。喚き散らすのは違うところでしてくれればいい。

「ならば、それが、間違っていたということよ」

「チャイニーズ？」

長引かなきゃいいんだがな、という俺のぼやきを意外にも拾う神がいたらしい。ず、ずーなんだったか、とにかく、中国人が動いていた。

「地球の教科書にあるのは、猫型の写真だけ。犬型がいるなんて書いてなかったはず。でも実際には、そこに、いた。そうなると、教科書を疑うしかないじゃない」

分かるでしょう、と続けられる言葉。

「書かれていること、目の前の現実、正しいのはどちら？」

小さく俺は含み笑いをこぼしてしまう。穏やかな調子だが、あの中国人にしてはなかなか明確に辛辣だ。

どっちが正しいかなんて、見ればわかる。頭でっかちな教科書がどうだろうと、お勉強と現実ってやつは別物だ。イギリス人がどこで何を読んだのか知らないが、無慈悲な支配者猫星人という商連人像とやらはとんだ的外れ。

赤面し、黙り込むアホの姿はなかなか痛快だ。知ったかぶりをするから、こうなる。

「で、パプキンさん本題は？　あんたがご親切なのは承知だがね。教科書の間違いをイギリス人に指摘するためだけに、わざわざ火星にまで？」

全くもってその通り。タイロンのいうとおりだ。

俺だって、パプキンが火星で待ちかまえているなんて想像だにしなかった。

学校の教師と同じで、『また会おう』なんてリップサービスか取り繕いだろうって予期していたんだ。送り出して終わりじゃないのは面倒見がよくて結構だが、一体そこまでする理由はなんだ。

「実のところを言えば、その通りだ。私は君たちとディベートを楽しむために火星にまで来たのじゃないんだよ。悲しいかな、仕事なんだ」

わざとらしく付け加えなくても、想像はつく。

パプキンだって、俺やほかの連中を利用しようとし、こっちもあいつの用意した機会を利用している。お互い様だ。

「人を紹介するつもりだったんだ。君たちの教育担当者だよ。実は、傍まで来ているんだが、議論に我を忘れて待たせてしまっていた。もう、入ってもらおう」

スウェーデン人のように、人と人の間を取り持つ奇特なご趣味というわけだ。やれやれ、一体全体、本当に何を考えているのやら。

こっちの気も知らず、パプキンのアホは格好をつける様に姿勢を正すと口を開く。

「入り給え！」

大げさな声をパプキンが張り上げるや、扉が開かれる。

勢いよくブースへ顔を出すのは、いかつい顔をした男だった。咄嗟《とっさ》に相手を見極めようとした俺だが、さっぱり勝手がつかめない。人種からして、難しい。かなり混じっているというか、何系の想像がつけにくいと来ている。

……そもそも、俺にとって日本人以外の顔はわかりにくいんだ。似通っているアジア系や、色の違いならばともかく、混じっているタイプは見分けがつけにくい。

見た目で年齢を見繕えるのも、人種が近いとかじゃないと無理だ。一番老け顔のスウェーデン人も、糞生意気なイギリス人も、他の連中と揃って俺と同年代だったと知ったときのことを思えば、軽々しく決めつける訳にもいかないだろう。

そんな次第で、俺の前に現れた男が30以上だとは思うんだが、40以上かもしれないし、逆にそれ以下といわれれば納得もできてしまう。

だが、逆にはっきりしている点もある。日に焼けたらしい肌といい、ガタイといい、自分の肉体を酷使することに慣れたやつ。パプキン同様、人間を殴りなれていやがるような印象を受ける。

お優しい福祉へご厄介になっていたころは周りにいたことのないタイプだ。

俺の知っている福祉系の教育係様ってやつは弛み切った肉体、どうしようもない程に耳障りな濁声の豚だ。こいつは外見からして別物と来ている。

鍛え上げられ、筋肉質と思しき体格。なにより、声と目に宿る意志の強さ。

「訓練教官のジョン・ドゥ氏を紹介させてくれ。彼が、君たちK321グループを対象とした特別プログラムの指導担当者だ」

「パプキン氏のご紹介にあずかった、ジョン・ドゥだ。教育係である。以上だ」

翻訳機越しの声は柔らかいが、奴の発した声の大きさ・バリトンは意志の強さに満ち溢れているようだった。俺にとっては、これまでに見た中で最も指導者としてまともそうなタイプだ。力量こそわからないが、まずまずうまくやっていければいい。

だが、対照的に他の連中の反応は頗る微妙と来ていた。

「名無しのジョン？」

呆れたような疑問の声を出したのはタイロンだ。スウェーデン人・中国人のコンビですら表情が曇ってやがる。あいつらが表情に疑問を浮かべる時点で、既にただ事じゃない。

十二分に警戒すべきだろう。だが、俺としては困ったことが一つあった。

一体、何が問題なのかすら分からないんだが。俺にしてみれは、ジョン・ドゥという名前のどこがタイロンらの琴線に触れたのかさっぱり。何か悪評でもある名前なのか？

……いや、そもそも名無しのジョンとはどういうことだ。

「失礼ですが、ご本名ですか？　あからさまな偽名すぎて、困惑するのですが」

中国人の言葉で、俺は漸く状況をおぼろげながら理解する。ジョン・ドゥというのは、要するに、名前を名乗りたくない連中が使う適当な名乗りだ。

田中とか、太郎とか、そんな感じだろうか？

「私は教官だ。そういうものだ。諸君が内心でどう思うかまで干渉しようとは思わないが、そういうものだと理解して受け入れろ」

ほかの奴らが何を言おうとも、聞く耳を持たないと言わんばかりの傲岸不遜さ。名無しのジョンとやらの態度には、取り付く島もない。面倒なことに社会福祉公団の収容所にいた一番厄介なゴミ屑よりも、手ごわそうだ。

「名前も名乗れないような人間が、私の教官ですって？」

ああ、とそこで俺は忘れたかった問題を今更思い出す。白い騒音源、奴もだ。厄介なのは、教官とかだけじゃなし。

きっと、俺のようなまともさが、世界というか宇宙には足りていないんだろう。

「常識というものをご存じないのかしら？」

思わず、『それは貴様に必要な奴だ』という一言が俺の喉から零れ落ちかける。

イギリスという国がどういう国か俺はよく知らないが、万が一にも眼前のイギリス人が普通なのだとすれば、世界で一番非常識なところなんだろう。

さて、こいつをどう料理するのか。親愛なる教官様のお手並み拝見とばかりに、俺が見守る中、鼻を鳴らすなりそいつは吐き捨てやがった。

「お前らは、『大満足』に一々丁寧な自己紹介をしていたりするのか？　俺はそういう狂人じゃなくてね。そっちと違い、まともなんだ」

俺以外にまともな人間がいたと喜ぶべきか？　はっ、冗談じゃない！

一瞬で理解できた。

俺は、こいつが、気に入らない。そして、たぶん、こいつも俺やほかの連中のことを心底から嫌っている。侮蔑しているというのもあるか？　あるだろう。

最高の人選だ。こんな素晴らしい屑をパプキンが選ぶなんて、夢にも思わなかった。糞ったれ、パプキンのとんだ間抜けめ。その眼球は飾りか。人を見る目がなさすぎるならば、そんな目は捨ててしまえ。もしくは、地獄に落ちろ。

「彼は、歴戦の勇士だ。まぁ、しっかり学んでくれ。では、ジョン・ドゥ、よろしく頼むよ？」

「はっ！　お任せください！」

背筋をただし、パプキンに対しては敬意と礼節そのものの返答。踵《かかと》を打ち合わせ、敬礼の所作までキチンとやってのけていた。

さっき、俺とほかの連中をブースに案内した職員同様に、こちらへはぞんざい極まりない態度だ。肉体は豚じゃないかもしれないが、飼い主にしっぽを振るあたりはこいつも精神は同じか。

「では、諸君、遅れた分を取り戻そう」

そこで教官様は軽く笑う。

「難しい話じゃない。健康診断の列に並びたまえ。ステーションの入管部分だ。整列の仕方は、ご存知かな？」

そこで奴はついてくるように促し、ご苦労にもわざわざ最後尾まで引率の労を取ってくださった。後になって振り返れば、実際、お優しい教官様にしては例外的なぐらい本当に簡単なお題だったんだと思う。

健康診断待ちの行列で末尾に加わり、大人しく順番待ちするだけ。奴が求めたのはたったそれだけだ。まぁ、大抵の屑は大人しくできないっていうのは真実だからな。名無しのジョンとやらにしてみれば最初の試練だったんだろう。

なにしろ1000人近い人間の診断だ。相当に待たされるだろう。我儘な連中は、待つって文明的行為がド下手糞と来ている。海だか山だか知らないが、自然に帰ればいいものを。まともな人間のふりをした癇癪持ちが爆発する確率は半々だろうなんて、俺はこれまでの経験から覚悟していた。

意外なことに、俺の悪い予感は珍しく外れる。

てっきり長引くだろうと予想したんだが、戸惑うほどあっさりと行列は解消。一番遅くなるグループだと言われていたが、殆ど待ち時間らしい時間さえなく検査ブースへと俺やほかの連中は招き入れられていた。

入室して早々、俺が驚いたのは、白衣を着た偉そうな連中の姿が一人も見えないってところだ。こんなに素早く診断が進むんだから、大勢の医者共が待ち構えているものだと思っていたが違うらしい。それなりに広い室内だが、一人の職員と5台の大型装置があるだけだ。

「やれやれ、今日のノルマは全部片付いたと思ったんだが、まだ残っていたか」

そして、その職員はブツブツとぼやきながら立ち上がる。

俺やほかの連中を誘導した港湾職員連中と同じ冴えない制服姿の男。こいつ一人で全部の検査を受け持つと？

「検査主任技師のハンスだ。汎星系通商連合航路保守保全委員会指定による惑星原住知性種管轄局選定により業務受託を行う国連・総督府弁務官事務所合同許認可機構によって認証される特殊宇宙保安産業防疫部とかいうのに属している」

本人としては愛想笑いのつもりか知らないが、口元を軽く緩めた職員はそこで肩を竦めて見せる。

「間抜けのハンスと馬鹿にしてくれてもいい。諸君なんぞの相手をするわけだからな」

なんぞ、とはご挨拶なことだ。若干、いや、率直に言って俺はかなりの苛立ちを覚えていた。舐め腐った態度の係官というのは、生理的に受け付けない。

お互い様じゃないか。火星くんだりまで仕事にくる連中にまともなものがいる訳がない。

「とはいえ、機械は信用してくれ」

ハンスとだけ名乗った技師は皮肉気にこん、こん、と機械を指で小突きつつ苦笑する。

「非浸食型血液検査、三次元スキャニング、後は定例の検疫を兼ねた標準検査だ。痛みもないし、あっという間に終わるよ」

聞く限り、簡単極まりない。技師とか言っているが、整列係以上の役割をハンスとかが担っているのか俺には甚だ疑問だ。

羨ましい限りじゃないか。安全かつ楽な仕事で、金を稼いでいるというわけだからな。

それにしても、全自動処理のできる商連製の検査機器ってのは驚きだ。地球上では望めない最高級の待遇だろう。全てが全て、地球じゃ保険適用外の最先端医療に違いない。ヤキトリが使い捨て同然とかいう風聞の割には、随分と大げさな対応だ。そこまで、きっちりとやる理由でもあるのだろうか。

俺が商連人の善意とコスト意識に疑問を抱きかけたところで、技師は素知らぬ顔で説明を続ける。

「一応、検査結果を再検証したりと検疫の都合で時間を使う。それでも、明日には結果がでるので今日だけは火星ステーション上層部で過ごしたまえ。問題がなければ、明日、軌道エレベーターで降りてもらう」

ああ、とそこで奴は言葉を付け足す。

「折角なので、それまでに火星の全景を眺めるのをお勧めするがね。テラフォーミングされた中途半端に青い惑星見学ってのは乙なものだ」

そこまでの軽口をたたき終えるなり以後の流れも説明しよう、とハンス主任技師は幾度となく繰り返したからだろうか、妙にスムーズな滑舌で言葉を紡ぎ続ける。

「過失でない健康問題が発覚した奴は、地球送還だ。鐚銭一文も支給はされないが、送還の経費は請求されない。流石に、地球から火星への移動途中に支給された給与は返済を要求されるがな」

まぁ、それぐらいだと主任技師は俺と連中に笑いかける。

「適合しなかった運のいい奴は、火星旅行と健康診断ツアーに無料で参加したとでも思ってくれ。いい思い出になるだろう？　じゃあ、さっそく整列してくれ」

以上だとばかりに説明を終えられ、俺はあきれ果てていた。こんなことを許している商連人というのは、さっぱり理解できない連中だ。

わざわざ火星に連れてくる前に検査しないのは理解に苦しむ。

余程、検査に特殊な装置などがいるのだといえば、まだ、納得はできた。だが検査そのものは、ハンスが請け負ったように、あっけないほど簡単に終了する。

痛みなんて、覚えようがないってのも道理だ。スキャニングのために機械の前に並んでくれと言われ、ゲートのようなものを潜ればそれで終了。検査よりも、技師から説明を受けている時間の方が長かったほどだ。

「ええと、伊保津明だね？　アジア人の苗字と名前はいつもややこしい」

こっちの返事を聞くこともなく、技師は俺に紙の束を押し付けてくる。

「問題なし。これが一応、君の控え。明日まで経過観察。問題があるとの通知がなければ捨ててくれても構わない。じゃ、次の人」

俺は肩を叩かれ、前に追いやられる。やり取りはそれで、終わりだった。明日まで過ごすようにと検査後に案内されたブースは、相変わらず5人一部屋。Ｋ３２１は、Ｋ３２１で固まって行動しろということだ。

勿論、ここは宇宙港だ。宇宙船と違い、船室と別のところで過ごすことも理屈の上ではできる。就寝時間まで、好きでもない連中と狭い室内で顔を突き合わせ続ける必要があるわけではない。そいつは、勿怪の幸いだろう。

それに窓の一つぐらいはすぐ見つけられた。『中途半端に青い』と検査技師に形容された火星を眺めることもできる。地球の青さに比較すれば、なるほど、確かに、何もかもが中途半端だ。微かな赤味が残っちゃいるが……火の星というほどじゃない。

一瞥の価値ってやつはあるのかもしれないが、一度見ればもう十分ってところだろう。

そして、結局、ここは宇宙港だ。

TUE－2171よりは遥かに広いが、それだけでもある。まして、検疫とやらの都合で隔離されている1000人近い集団が、こぞって暇を持て余していれば、娯楽設備なんぞいくらあっても大差はない。

有象無象がひしめく中、敢えて群衆の中へ自発的に飛び込むほど俺は酔狂じゃなかった。なにより、幸か不幸か俺はK321ユニットの連中に免疫を獲得しつつあった。タイロンとは上手くやっていけるし、ほかの連中とだって同室する程度であれば最低限は受容できる。白人女とだけは、しっくりいかないが……人生なんてそんなものだろう。

要するに、我慢と妥協だ。

俺のような出身であれば、誰でも知っている当たり前のルールと言っていい。同年代にもかかわらず、他の連中が疎いのは癪だが……俺の無限に近い忍耐心は受け入れられる。

だが、それでも、一つだけ我慢できないことが俺にもあった。

飯だ。

例の『大満足』だ。最初は、船内食ゆえにああいう保存食モドキが出されるのだろうと合点していた。火星での夕食となれば違うものが出てくると期待し、信じたほどだ。当然だろう？　人間的な要求ってやつだ。

出鼻を挫かれ、相も変わらず『大満足』が支給された時の衝撃は形容しがたい。壮絶に受け入れがたい餌を押し付けられ、茶で無理やり流し込むときの感想を言おう。

最悪の裏切りだ。

人を虐めることにかけて、福祉関連の人間以上に優れたやつがこの宇宙に存在しているとはついぞ知らなかった。商連ってのも、糞かもしれない。

パプキンにご馳走されたマクドナルド程に良いものを期待したわけじゃないんだ。俺の求めた水準は単純かつ明瞭。早い話が、食べられるもの。

それ以上でも、それ以下でもない当たり前が、ほしかっただけなんだが。

「宇宙船の食事と同じか」

俺自身と同じように、心底からの嫌悪を声に滲ませたタイロンが呆れたようにつぶやく。

「ひょっとするとひょっとして、俺たちは素晴らしい『大満足』とこれからずっと親しく付き合っていくことになるのか？」

疑問のようでもあり、祈りでもある言葉。そいつを否定したいタイロンの心情には、俺だって心の底から同感だ。忌々しいことに、俺は知っている。

諦めるしかないことが、人生には多すぎるのだ。

ふざけるなと負けん気を抱きつつ、しかし、非力さに歯噛みするしかないかつての日々を思い出せば気持ちが曇っていく。

叫びたいような、喚きたいようなどうしようもない無力さ。そんなものを忘れたくて、俺は、宇宙に飛び出し、火星まで来たんじゃなかったのか。

頭を悲観的な思いが占めそうになるところで、俺は考えることを投げ出す。

堂々巡りで思考が負のスパイラルに落ち込みそうになったならば、寝るしかない。馬鹿馬鹿しい考えが浮かんでくるのを振り払い、俺はさっさと寝床に飛び込む。


火星というか複合港湾施設で迎える初めての朝は、奇妙なほどに静かなものだった。ぶち殺したいモーツァルトがないだけで、俺は感動してしまう。

低音ながら忌々しいまでに続いていた換気ファンの騒音も貨物船の船室に比べればマシになっているし、『宇宙酔い』由来の鼻に突く臭気すらなし！　もはや、別天地だ。

目覚めが快適であるというだけで、新鮮な驚きと感動が胸に込み上げてくる。

らしくないことだが、俺は少しばかりの贅沢だと食事時でもないのに茶を淹れ、一服する朝を迎えていた。自分が変わったと実感するひと時とはこういうことだろう。喫茶なんて地球にいたころには見向きもしなかったんだが、貨物船での道中、味を覚えちまったんだ。なにしろ、『大満足』のえぐみは水じゃ洗い流せない。なぜかはわからないが、渋い茶の力ってやつは偉大だった。

本当に、本当に、本当に偉大だ。

俺としては、好奇心からにせよ、まともな空間でも茶を飲んでみようという決断が正しかったことを即座に確信していた。

匂いだ。

淀んだ船内循環空気は、正常だったかもしれないが、軌道エレベーター内の空気は清浄だ。空気が良いからだろう。茶の香りが分かる。これだけで、なんというか、急に文明的な気分になれてしまうものだ。

そんな時、チャイムのような機械音に気が付き、俺は顔をあげる。視線の先にあるのは、見慣れていたはずなのに、見落としていた例のスピーカーだ。モーツァルトをがなり立てていなかったので、存在に初めて気づいた。

たぶん、スピーカーというのは煩くないと認識できないのだろう。イギリス人が大人しくできないのも、恐らくはそうでもしないと、視界の外に追いやられるという自覚があるからだろうか？

どうでもいいか、と俺が心中で苦笑したところでメロディが途絶える。
二、三度、複数の言語で翻訳機のレシーバーを耳に入れておくようにという録音アナウンスがスピーカーから巨大な音量で流れ、全員が準備を終える時間的な猶予の後、おはよう、という気の抜けた朝の挨拶と共にそいつは話を続ける。
「ごきげんいかがかな、あー……」

言葉を探すように途切れたアナウンスが、暫くして不慣れな調子の言葉で継がれる。

「ワクセイキドウホヘイ諸君だったな。この地球側制式名称で諸君を呼ぶのは、最初で最後になるだろう。以後は、ヤキトリという通称で呼ぶ。時折は、間抜けな新品と愛を込めてチキンとも呼ぶだろうが、容赦してくれたまえ」

こいつは、何を言っているのだろうか。

最初は戸惑いだった。次いで、チキン呼ばわりされたことで怒り掛け、最後にワクセイキドウホヘイなる単語が惑星軌道歩兵だということに思い至る。

そういえば、そうだった。傭兵だの、ヤキトリだの何だかんだと話しているが、俺やほかの連中は確かに惑星軌道歩兵とかいうやつで募集されていた。

「こちらは……あー汎星系通商連合航路保守保全委員会管轄星系惑星原住知性種管轄局、選定訓練施設だ。覚えなくてもいい。以後は、キッチンとだけ覚えてくれ」

さっぱりわからない呪文を唱えているキッチンとやらが、調子を変えて説明を再開する。

「素敵な船旅の疲れで気づいていないかもしれないが、火星には地球と微妙な『時間のずれ』がある。ここでは、一日が『24時間とだいたい40分』だ」

少しだけ長い一日。そうか、と俺は心中で少しだけ違うってことに得心する。当たり前のことだって、そいつは地球での当たり前だ。

宇宙には、宇宙の当たり前というやつがあるんだろう。

「大半の諸君は、一週間程度の滞在中に地球時間でいえば最終的に4時間以上生活パターンを変えることになる。火星暮らしへようこそ」

　案外と大したことがないような、大したことのような、よくわからない差だ。

「さて、古典的なSFであればここから諸君に宇宙の知識を教育するために壮大な物語が必要となるが、現実は平凡だ。必要な当該知識と記憶を転写する。さて、ヤキトリ諸君、処置の時間だ。各ユニットは案内の係員に続くように」

　必要な知識を脳に直接転写するプロセスの説明……というか案内兼誘導は単純だった。俺やほかの連中が軌道エレベーターの港湾部で寝泊まりしたのは、検疫上の要請だ。

　検疫期間さえ満たしてしまえば、限られた港湾スペースからサッサと地上におろされる。というわけで、俺は群衆の一員となって惑星上の施設へと軌道エレベーターで降下した。

　そこからは、至れり尽くせりの大歓迎だ。

　ユニットごとに整列させようと出張ってきたらしい屈強な男女が指図を飛ばし、手際よく足を進めろと繰り返す。

　まぁ、分かっちゃいたが、俺のユニットだけが格別にろくでもないって訳じゃないらしい。ほかのユニット共も酷いものだ。

　碌に並ぶこともできないでいる連中の混乱は見るに堪えない。状況を収めようとする誘導要員らの忍耐袋は早くも吹き飛ぶ。きっと、地球よりも重力が軽いからだ。忍耐もあっという間に飛び去るに違いない。

　俺が自分の耳に突っ込んだレシーバーからは、柔らかい女性の声で、色々な罵詈雑言がまくし立てられ始める。強い言葉が飛び交い、さっさと行動しろという怒声だって少なくとも三度は耳にした。

「まったく、一度ぐらいでいいからキチンと整列できるチキンを地球が送ってよこしてくれればいいものを」

零れ落ちた愚痴を誰が言ったか知らないが、誘導作業に当たっている港湾職員連中は、無秩序な寝起きの群衆を整列させるということがどれほど呪われているか隠そうとしないらしい。

それでも、連中はきちんと仕事を進めていく。

塊のような群衆を解きほぐしては大雑把な列を作らせ、きちんとユニットごとに並ばせる手際は熟練なんだろう。俺も他の連中と一緒に指定されたところに並ばされていた。

後は、順次、案内されてエレベーターで火星へ降りるまでの順番待ち。その次の組として無造作に、三つ右の連中から俺の左隣までを呼び出したところで、案内係の男が俺とほかの連中の顔をジロジロと睨み始める。

「まてよ、貴様らはK321ユニットだな?」

「ええ、その通りです」

付き合いのいいスウェーデン人が返答するも、係員は頷きさえせず、自分の懐から取り出した端末で確認を取り始める。
二、三、メッセージをやり取りしたと思しき間が開いたのち、そいつはこっちを列から追い出す。

「K321だけ残っていてくれ。貴様らは、別の人間が案内する」

以上だ、とだけ言い残し立ち去っていく職員と入れ替わりのタイミングでやや疲れた表情の女性が現れ、こいつもこいつでジロジロと興味深げに視線を向けつつも誘導を始めてくれる。

正直、奇異の視線を浴びせられるのが気になり始めて仕方がない。

だが結局、エレベーターで火星の惑星上施設に移動するのは同じだった。中途半端に青く、ついでにいうと近寄れば赤味の目立つ惑星を眺めながら、降下したのは一瞬のこと。

すぐに金属製の建物にエレベーターの籠は収まる。火星へ降下か、上陸か、とにかく、地表に降り立ったっていう感慨を抱く間もなく、地上で待ちかまえていたお優しいジョン・ドゥ教官様がお出迎え。

そこで港湾職員から教官様へ引き渡され、無言でついてこいと促される。火星来訪記念セレモニーなんて期待しちゃいなかったが、拍子抜けを覚えたのも事実だ。生まれて初めて別の惑星に降り立って、日常と調子が変わらないってのは味気ない。

反発を微かに覚えないでもないが、他に当てもない以上、俺としては教官様の背中に続くしかなかった。

道中、せめてもの好奇心からきょろきょろと周囲に視線を走らせるが、殆ど人の影もない。一瞥する限り、だだっ広い施設はどうにも呆れるほど閑散としている。初見の印象では、あまり使われていないような雰囲気だ。それでも床に目を向ければ塵一つ落ちちゃいない。さっぱり訳が分からないとはこのことだろう。

分からないが覚えておけばいいか、と俺はため息を飲み込む。そんなことに思いをはせた挙句、おっかない教官様に遅れることになれば、そっちの方が大問題だ。

とはいえ、広い施設だって人気《ひとけ》の方が少ないんだ。見失ったり迷ったりなんてことはありえない。ほどなく歩いたところで、到着する。

たどり着いたのは妙にコケ脅しじみているというか、やたら重厚そうな扉で防護された一角だった。

そこで扉の隣にあるパネルに教官が手をかざすと、いきなりライトが教官めがけて照射され、暫く光った後に扉本体がゆっくりと開きだす。

「何をしている？　すぐに入れ」

促され、処置室に足を踏み入れた俺が目の当たりにするのは……がらんとした室内に鎮座する黒い卵のような機械だった。

同時に、俺は機械の傍に二足歩行する犬顔の哺乳類とパプキンがいることにも気が付く。昨日、パプキンを訪ねてきたのと同じ種類だろう。ひょっとすると、同一の個体かもしれない。

二人というか、一人と一匹というか、悩ましいが、とにかく連中はこちらの入室に気が付いたらしい。他の職員連中同様に、観察するような視線を寄越していた。

もっとも、商連人の動作は単に確認のようなものだったらしい。興味が尽きたのか視線はすぐにそらされ、隣に立っている胡散臭い笑顔のパプキンへ何事かを話しかけ始める。

内緒話だとすれば、ぜひとも様子を窺いたかったのだが、教官様が口を開くので俺はそっちへ視線を移す。

「諸君、このコクーンが記憶転写装置の一部だ」

卵のような装置だろうか？　教官が指さすのは、よくわからない黒塗りの円形の機械だ。中に入るということはなんとなく察しが付くが、入ってどうするんだ？

「諸君は、中に入り椅子に座る。一応、補正されるが大きな身動きはしないことをお勧めしよう。貴様らの脳みそが繊細かどうかは知らないが、転写中に暴れた結果、脳を沸騰させたくはないだろう？」

「……技師や医者はいないのでしょうか？」

お飾りにせよ、健康診断に検査技師はいたもんだがと俺は中国人の疑問に頷く。

「ズーハンだったか、良い質問だ。こいつは、完全自動化されている。諸君の健康診断時のデータを元に、きちんとやり遂げてくれるわけだ」

つまり、だから健康診断を火星でやったと？　データがリンクだか、なんだか、よく知らないが関係しているんだろう。説明されても分かる気がしない。そういうのが好きな奴以外、誰も興味の持ちようさえないだろう。

「下手に暴れでもしない限り、人体に悪影響はない」

どうも、不安になる投げやりな説明だ。健康診断だって、雑とはいえハンスとかいう技師がもう少しぐらいは明瞭に説明してくれたものだが。

「なぜ、私たちだけだと？」

「非常にいい質問だ、アマリヤ。諸君が将来有望なプロジェクトの候補だからだと繰り返し説明させてもらえばいいかな？」

分かりきった話だろうと切り上げ、教官は不愉快気に鼻を鳴らす。大方、将来有望ってのは上司にあたるパプキンの手前、嫌々つけたんだろう。

「質疑応答の時間ではないんだ。わかったならば、コクーンの中へ」

そうだ、とそこでジョン・ドゥは俺や他の連中が肩からぶら下げている翻訳機を指さす。

「金属部品はすべて外せ。規則だから付け加えておくと、自分の体をトーストしての自殺願望ありの場合は申告してくれ」

「教官、申告した場合はどうなるんで？」

面白がった表情でタイロンが茶化すも、教官様はそこでくそ真面目に吐き捨てやがる。

「機械は貴様らチキンに壊されるには高価すぎる。商連にしては異例かつ大盤振る舞いながら、無料で安楽死の手配をしてやるぞ」

物騒な脅し文句だが、それがブラフだと笑い飛ばすこともできない。道中、俺は商連人がどこかずれた連中だと学んでしまっていた。

ひょっとすると、そんなことでさえ、ありえるかもしれない。

だから、俺は素直に助言を受け入れることにする。ぶら下げていた翻訳機を下ろし、ついでに念の為に金属製の部品がないことを確認してからコクーンと呼ばれていた装置に入る。

といっても、全自動とやらは謳い文句通りらしい。

アームが俺を固定し、椅子からずれないように固定。頭部に至っては訳の分からない素材でがちがちに束縛される。

入り口が密閉され、完全な暗闇に包まれたのは若干おっかないが、まぁ、許容範囲だ。

だが、そこからは、酷かった。

唐突にモーツァルトの曲が流れだしたかと思えば、俺は猛烈な頭痛に襲われる。次いで、喉を突く腹からこみあげる強烈な吐き気だ。

いっそ、吐いてしまえば楽になるのだろうが、どうしてか、吐けない。全身がなぜか形容しがたい倦怠感につつまれ、暗闇のはずなのに目の奥がチカチカとして眩暈まで引き起こされる。

どれほどの時間、そんな感じで痛めつけられていたかもわからない。

気が付けば、俺は『解放』された。というよりも、ご丁寧にアームに背中を押され、コクーンから吐き出される。

ふらつく両足で踏ん張ろうとするも、平衡感覚が壊れきって真っすぐ立つことすらおぼつかない。倒れそうになり、思わず這いつくばって転ぶ羽目になるのを避ける。

だが、下を向いたのは失敗だった。次の瞬間、こみあげてくる吐き気にえずいてしまう。

なのに、吐けない。

挙句、頭の左奥、ガンガンと響く鈍い痛みに耐えかね頭を押さえつつ俺は吐き捨てる。

「何が、人体に、悪、影響は、ない、だ」

俺は、その時、日本語で呟いた……はずだった。

「日本、人、黙り、なさい。声が、響く！」

鋭い、頭に響く声。

叫び声だが、しかし、これは、理解できる。

出来てしまう。

あいつめ、喋れるならば、
最初から、日本語で話せばいいものを！

「い、いぎ、りす、人、はな、せるなら、さいしょから、にほん、日本語、で」

しゃべろうとすると、頭が痛む。おまけに、上手く舌が回らない。どうしてしまったんだろうか、俺は。

糞ったれめ、と悪態をこぼす間もなく頭を抱え込んだ俺に上から言葉が投げかけられる。

なんでか分からないが、その言葉も俺には理解できた。

「はいはい、そこまでだ。会話できるようになる驚きを仲間内で分かち合うのはいい。さらば、バベルってね。ポスト・バベル時代の到来をスリランカ語で言祝ぐのもいいが、今だけは無理にしゃべらないことだな」

こっちの疑問や反応を観察でもしていたのか、パプキンが紡ぐ言葉に俺は反論しようにも気力がなかった。

たぶん、タイロンあたりも同じだろう。

「ジョン・ドゥ氏が後で説明してくれるだろう。諸君、今はベッドへ向かうことだ」

無情にもそれだけ言い放つパプキンだが、傍にいる商連人はもう少しだけなんというべきか……変な表現だが、人間味があるらしい。

「思ったよりも、反応が芳しくないが」

「ウェルニッケ野とブローカー野へ負荷が増えるのは当初から想定されていたパターンでしょう。極端な拒絶反応ではありませんし、問題のない範疇かと」

訳の分からないことを話しているのが分かるが、しかし、会話が拾える。レシーバーなんてとっくの昔に放り出しているのに、何故だ？

「問題なしだと？　パプキン、調理師としての腕は認めるが本気か。彼らが、同意してくれるのか？　そのようには、とても見えないが」

商連人に、同意だ。

「何が、問題、の、ない、範疇、だ」

まともにしゃべることすら怪しいのに、影響がない？　この頭痛は？　吐き気は？

「焼き付け処理の影響だな。まぁ、そのうち舌は回るようになるとも。どうだね、言語障壁のない自由コミュニケーションの味は」

愉快そうに問われたので、俺は、気力を振り絞って吐き捨てる。

「へ、どが、でる」

そのまま床に唾でも吐ければ様になったのだろうが、現実の俺は再びえずくだけ。

「パプキン、拒絶反応ではないのか？」

「エッグス武官、ただ嘔吐しそうだという表現ですよ。装置の制吐作用が切れている。順調な回復の傾向です」

殴り飛ばしてやる気力がないのが、残念極まりない。俺は、食いしばりながら頭痛に耐えるしかないのだ。

「では、後はこちらで」

「よろしく頼むよ、教官」

諸君も後ほどまた、と手を振ってパプキンらが退室していく足音すら、今のこっちには頭の鈍痛という形で響く。

せめて、足音を立てずに出ていけ！　この鬼畜どもめ！

声なき叫びが響く処置室の中、呻くのにも一苦労なこちら側に話しかけてきたのは教官だった。

「広い療養スペースを用意してある。二、三日の間は寝て過ごせ」

以上だ、とそっけなく短いセリフは簡明で今ばかりは歓迎できる。頭に響かないならば、なんだっていい。

が、意外な人間が俺の頭に鈍痛を巻き起こしやがる。今の今まで呻いていただけのスウェーデン人が、意を決したとばかりに口を開きやがった。

「い、痛み、止め、を……」

スウェーデン人の希望に対し、教官様は残念だが、とちっとも残念そうでない残忍な歓喜すら宿した声で続けやがる。

「脳への定着を阻害するのでな。痛み止めの類は禁忌だ。隠して持ち込めている奴がいるとも思わないが、二度と起きない覚悟があれば睡眠薬やら鎮痛剤やらを使いたまえ」

そこで奴はご親切にも言葉を続けやがる。頭に響くんだよ、いい加減、さっさと黙ればいいものを！

「カフェインだけは、制限されていないぞ。茶と『大満足』の摂取は推奨されてすらいる。まぁ、優雅な火星生活を楽しんでくれ」

改めて、以上だ、とそいつが告げてくれた内容はなかなか素敵な響きだ。貨物船に詰め込まれると告げられるのといい勝負だろう。


処置後の適応期間というのは、しかし、想像よりもよほどマシだった。

第一に、吐き気は一度吐き出すだけで綺麗さっぱり収まる。そいつはそいつでありがたかった。だが何より、地上ってのは匂いが循環する悪夢と無縁だってことに大万歳だ。

案内されたというか、放り込まれた寝台で数時間も横になっていると、だいぶ頭痛もマシになる。舌がマヒしているからか、『大満足』のえぐみが気にならないのは不幸中の幸いだ。餌を流し込み、茶を少し飲み、痛みを紛らわすように枕へ頭を押し付けてただただ目をつむる。そんな生活を一日ほども過ごしたあたりだろうか。

俺の頭を締め付けるような、とにかく形容しがたい痛みは……実にあっけなく、どこかに消え去っていた。

回らなかった舌も、きちんと元通り。

そして、訳の分からないまま喋っていたというか、俺がほかの連中と揃って頭に焼かれた言語の正体も摑むことができた。

なんでも、こいつは、商連公用語らしい。正式名称は、スペース・リンガ・フランカ。ただ、誰一人としてその呼び方をするやつはいない。こいつのことを、宇宙に出た人類は短縮形のスリランカ語と呼んでいた。たぶん誰か、しゃれた人間が昔にはいたんだろう。

そりゃあ、あれだ、誰もスリランカ語なんて地球で知るはずもないわけだ。

そして、余裕が出てくれば噂話に耳を傾けることも可能になる。

他の連中と違い、K321の面々は離れたところで処置を受けたんだが、理由はわからん。たぶん、パプキンが再三強調している『新しいなんとか』が原因だろう。

どちらにしたところで、最終的には同じエリアで共に頭痛を分かち合ったってことで俺はあまり気にしていない。

他所のユニット連中と合流し、大勢のヤキトリ共と揃ってスリランカ語で会話を交わし、ついでに施設内の文字が読めるという恩恵は便利だった。通訳用の機械がないだけでも、気分が随分と軽くなる。

それに、施設設備の案内を読み漁るのは最高の暇つぶしだ。大したことがないにせよ娯楽設備があることを見つけたときは俺だって興奮した。退屈を持て余していたこともあり、即座に足を運んだぐらいだ。

……残念なことに、俺には、しかし、縁がないということをすぐに理解する羽目になって部屋に戻ったが。

そうして、俺は夕食として支給され空になった『大満足』のチューブをゴミ箱に放り込みつつ、手持ちの金が乏しいことを痛感していた。

いや、金がないわけではない。俺の給料は支払われている。商連は、そこは、律儀にきっちりと払っていた。電子口座に振り込まれたやつは、必要とあれば電子決済だろうが何だろうが自由に使える。物は試しと試してみたが、タイロンの奴に通信枠を売り払った分の代金は奴の口座から移ってきたし、逆もまたちゃんと機能した。

久しぶりに、手元に金がある状態ってことだ。にもかかわらず、俺は金不足に直面していた。問題は、火星の娯楽設備で本物の食事（唯一、かつ、まともなものだ）を出すマクドナルドと、ちょっとした嗜好品のＰＸってやつに掲げられている値段表だ。

勿論、違う飯が食べられるのはいいことだろう。だが、『本当の料理』というのが火星でどんな値段かわかるか？

一週間分の稼ぎだって、火星マクドナルドの一食分にも届きはしないだろう。理由は単純だ。商連の連中、食事は『大満足』を供与しているので食品には『地球——火星航路』の運賃と検疫費用その他をきっちりと乗せやがった。

唯一の慰めは地球上で支給されたきりの『茶』がＰＸで売っていたことだ。正直、こいつも安いとはいいがたいが、普段飲んでいるやつと違うのがあるのは悪いことじゃない。

茶なんて馬鹿げた上に高くつく趣味だと笑い飛ばしていたが、火星への道中、俺は考えを変えていた。ズーハンとかいう中国人は気に入らないが、奴の先祖が湯と茶葉という組み合わせを教えてくれたことには感謝するべきなのだろう。

悩みの種は、やはり値段。とはいえ、これは、今の手当で手が出ないという話に過ぎない。正式な試験に合格すれば手取りも増えるし、何より『茶』が割り増し支給されるとかいう話だ。

そして聞いた話じゃ、訓練ってのも割と簡単に終わるという噂だった。

キッチンのアナウンスでも、一週間ぐらいの火星生活と言っていたことを思えば、純粋な訓練期間なんて二、三日か？

パプキンの奴が、Ｋ３２１は長期間にわたって火星で訓練をなんて言っていたが、どうなっているんだか。いずれにせよ、俺は、明日からいよいよ火星の土を踏む。形だけの地表じゃなくて、施設外で火星の大地を踏めるわけだ。

どうせ一週間なんてやれることは限られたもんだ。訓練とやらも、適当に形だけ済ませて、他のところで専門的なのはやるとか、とにかくその後の指示ぐらいパプキンからあるだろうぐらいに思い、俺は眠りにつく。

その翌日、俺は指定された区画へ時間通りに顔を出していた。

ブースに足を運べば、見慣れた顔が四つだけ。タイロン、スウェーデン人、イギリス人、そして、中国人。

他の連中と一緒だとばかり思ってた俺としては、若干だが面食らう。

「この面子だけだと？」

みたいだなと相槌を打つタイロンが不思議そうにしているが、俺だって首をかしげたい。

指定されたのは、演習グラウンド前のゲートブース。

訓練で使う武器ぐらいあるのかと思ったが、見渡したところで何一つない。

何、一つ、だ。

文字通りにがらんとしたグラウンドと、火星の表面世界と施設を区切る大きなゲートが一つ鎮座しているだけの空間。それで全部だ。

「こんなところで、何をやるっていうんだ？」

「新しい教育プログラムとかいうやつだろう」

俺の呟きに対し、律儀に反応するスウェーデン人の推測。新しい何かというのは、いい線をいっているのだと思う。たぶん、その通りだ。ほかの連中と俺やこいつらが分けられているんだから。

ただ、と俺は思ったところを口に出していた。

「正直、こいつは胡散臭いぞ」

訓練っていったって、何をするんだ、こんなところで。

「モルモットにされているんじゃないかという危惧はあるわね。……でも、案じるばかりでも仕方ないでしょう。わかっているとは思うけど、最低限、やるべきことはやらないと」

言葉が分かるからと言って、親しく交流し得ないのは変わらないらしい。イギリス人の持って回ったような言い回しは、どうにも好きになれない。

なにより、その上から目線は受け付け難い代物だ。

「なんだって、一々人に説教をせずに話すことができないんだ？」

「何ですって？」

俺はやれやれ、と首を振る。

「言葉が聞こえるのに、理解できない振りか？　何様のつもりかと……」

「みんな、教官よ」

中国人が警告の声を小さく発し、そこで俺は漸くこちらに向かってくる人影に気が付く。

小さな粒のような点だが、良くもまぁ、こいつも気づいたものだ。

ノッシ、ノッシと歩いているはずだが、奴はあっという間に眼前へ姿を現す。

こっちはたった5人だ。だというのに、全員が揃っていることをわざわざ確認するべく、そいつは俺や連中を一人一人数え、睨みつけ、そして、満足げに腕を組む。

教官様は、ひょっとして指以上の数が数えられないのだろうか？　俺としては、前途に対して早くも不安になってくるのでやめてもらいたいものだ。

そんな気も知らず、奴は俺や他の奴らを睥睨し口を開く。

「訓練を開始する前に、一つ、要求したいことがある。貴様らは、俺の言うことを聞け。以上だ。口答えは許さん」

何事かをぽつり、とイギリス人が呟いたのを地獄耳が捉える。

「『こういうのを、省くんじゃなかったの？』か、そこのやつ」

軽い殺意を漂わせながら教官はニヤリと笑み……に見えるような表情を造る。

「スリランカ語以外を使ったからと言って、ごまかせると思うな。クイーンズで罵倒してやろうか、そこの没落階級。身の程を弁えろ」

イギリス人が分かっているかどうかはさておき、これはジャブみたいなもんだ。この手の連中が、こっちを激発させようと挑発してくることは社会福祉公団の収容所で嫌というほど知悉させられた。分かりきっている話じゃないか。

敢えて怒らせ、叩きのめし、上下関係を叩き込む手口だ。そんな馬鹿に付き合ってやる道理なんぞなし。

「さて、貴様らを俺が罵るのは自然の道理だ。貴様らチキン共と俺では、程度が違う。俺は失敗した降下作戦に二度参加している。意味が分からなければ、それはそれで結構。鳥頭なりに覚えておけば、それ以上は求めない」

自慢か？　二度の降下とやらが、どれほどのことか分からないのがちょっと面倒だ。くそっ、宇宙に出てからというもの、こういうことばかりなのは予想外だ。

こいつらのいう基準、標準が分からないのは俺の弱点だった。糞面倒な。

「だが、貴様らウジ虫同士でいがみ合うのは自然の理に反している。目糞鼻糞を笑うというのは、チキンシットも同然だ」

チキンシットという言葉は聞き取れても、その意味が分からないのだ。翻訳機の時もそうだったが、単語の意味が分からないのが若干多い。

空気の清浄と正常じゃないが、商連の仕事は、どうも、雑な感じだ。

「ここ数日、どうにも目に余った。次に、俺の前で、○○人という呼び合いをするアホが居れば、それを放置している間抜け共々連帯処罰だ」

理解しておけと教官様は仰せ遊ばす。

「覚えておけ、お前たちは全員がヤキトリだ。それどころかヤキトリ以前のチキンであって、日本人だとか、アメリカ人だとか、はたまた馬鹿げたアングロサクソンだとかじゃない」

お友達ごっこをやれという優雅な表現を、こうも変則的に指示されたのは俺にとって生まれて初めてだ。教官様の語彙力とやら、いやはや、意外に豊富らしい。

「慈悲がほしければ、ターキーにでも生まれ変われ。貴様らはチキンだ。それも、半生の焼かれかけだ。出来損ないだと言っていい」

なんだって、ターキー？

さっぱり訳が分からない。

「頼むから、俺を絶望させるな。貴様らのような低脳に無理難題だとは理解しているが、俺も仕事なんだ」

取りあえず、こいつが挑発しようとしていることだけは理解できる。たぶん、それで十分だ。俺はこいつが気に入らないし、たぶん、奴は奴で俺が気に入っていない。

だから、あいつの言葉を一々まともに受け止める理由もない。福祉関係の豚共に対するのと同じだ。大抵の戯言は適当に聞き流し、必要なところだけ拾っていけばいいだろう。

「せめて賞味期限が切れる前に、さっさと訓練を終えてくれ。品質試験に合格してくれれば、俺は、お前たちの御守から解放されて安眠できるんだ」

分かっていれば、罵詈雑言というのは聞き流せる。腹に来るか？　来るに決まっている。

だが、それが相手の目的だと分かっていれば別だ。

「貴様らが出荷できる程度にまともなことを祈るしかない。だが、神とかいう偶像が死んでいるのは知っているだろう？　大丈夫だ、俺は神ならざる商連人に祈る」

雑音が今日は酷いなとばかりに俺は眉を顰めつつ、モーツァルトの方が殺意を掻き立てられたことを思い出す。狭い空間で延々とリピートされ、睡眠すら遮られることに比べれば、名無しのジョンとやらがどれだけ叫ぼうともたかが知れている。

そして、それは、一人で滑稽に怒鳴り続けている教官様も気づいていたらしい。

こっちが俺以外の連中も含めて全員が『礼儀正しい』沈黙を守っていることに軽く舌打ちしつつ、話を切り上げに行く。

「さて、一応説明しておこう。諸君の鳥頭で理解できるかは知らないし、期待するほど俺も目出度くはないが、キッチンは地球じゃない」

なんてまぁ、ご丁寧なんだろう。教官様は、ここが地球じゃないってことを、わざわざ教えてくれるんだ。……言われずとも、分かるんだよ、この糞野郎。あからさまな挑発だって、ムカつくのはムカつくんだがな。

「貴様らを地球から連れ出し、火星のテラフォーミングをし、挙句は給料さえ払うのは商連が慈善家だからってわけじゃない。ひとえに、必要に迫られてのことだ」

教官様の空疎な言葉に続き、本題が放たれる。要するに、商連軍は惑星作戦に参加する全要員が母星以外でも訓練を受けることを義務付けているってことらしい。地球生まれのチキンだって、火星で焼かれないと品質管理上は出荷できないって算段だ。

凄く勉強になる。

日本の教室を思いださせる学習効率だ。素晴らしい教師のおかげで、毎年毎年大量の落第生を生み出すにふさわしい。

白けた思いで過去に浸っていた俺ほどではないのだろうが、他の連中だって別段、楽しんで聞いちゃいなかったんだろう。場の空気がどうしようもなく淀み始めたところで、教官様は手を叩く。

ああ、ようやく、終わりか。

「金のために宇宙くんだりまできた最底辺共、では、マラソンといこう。地球よりも低重力なんだ、さっさと走れ！」

掛け声とともに、教官様はゲートを操作し、扉を開ける。いよいよ、野外演習場にせよ、火星への第一歩だ。ほかの連中に先んじて、新しい世界へ踏み出そうとゲートを潜ったところで俺は違和感に気が付く。

なんだ、これは。

宇宙から見たときとは、違っていた。中途半端な青さはどこだ？　真っ赤な大地じゃないか。いや、火星の地表が赤いってのはいいんだ。

問題は、空気だ。ゲートの外に立った瞬間から、何かが違う。俺はテラフォームされた惑星にいるはずじゃないのか？　息が苦しいのは、なんでだ？

なんだって、地上で溺れたように喘《あえ》がなきゃいけないんだ？

「さっさと走れ！　ゲートで立ち止まるな！」

背後から捲し立てられ、俺はぎょっと後ろを振り返る。

信じられない。

なんだって、教官は、こんなところで、こんな息苦しい中で。

声を張り上げられるんだ。

「火星の重力が軽いからといって、さぼりか⁉」

あいつの、肺は、どうなっているんだ？

「息ができなければ走るもくそもない。呼吸法と体の動かし方を覚えるためにも、走れ！　チキン共、走れ！　走って、体で覚えろ！」

「覚えろ、って」

どうやれっていうんだ、と反論しようとした俺を力いっぱいに突き飛ばし、ジョン・ドゥは叫びやがる。

「うだうだいうな！」

全員に対し、二度は言わないとばかりにそいつは叫び続ける。

「走れ！　いいから、走れ！　口先だけの愚図共、出来もしないくせに鳥頭で一々考えるな。言われたとおりに、さっさと走れ！」

そしてK321に属する全員が、教官に追い立てられマラソンとばかりにほのかに赤みを帯びた大地の上を走り続けることを強要される。

そこからのことは、思い出したくもない。

俺はその日だけで、商連人のいう正常の『正しい定義』とやらを自分の体でもって理解する羽目になった。

嫌になるような惨めな経験でしかない。

だが、上には上があった。いや、下か？

翌日に待ちかまえていたのは、『惑星軌道歩兵技術評価演習Aプロセス』とかいうやつ。俺やほかの連中が、後にフィールド・テストと理解することになる代物だ。いうなれば、チキンがしっかり焼けてヤキトリになったことを証明するための、ユニット対抗で行われる模擬戦闘ってところか。

そこで、俺は劣等感を覚えるほど記憶転写装置の威力を無様に味わうところとなる。努力も、工夫も、最新技術の前にはあっけなく踏みにじられるってやつだ。

商連の力ってやつを、初めて、俺は、屈辱と共に噛み締めていた。

記憶転写装置ってやつで、俺はスリランカ語を焼かれている。それだけで、喋って読んで、書くことすらできるってのは大したもんだろう？

K321以外のユニット連中と話していたって、その辺で差がないのですっかり忘失していた。

他の連中は、スリランカ語以外のデータもちゃんと焼かれていた。火星にたどり着いた際、『必要な当該知識と記憶を転写する』って言われたのは本当だったんだ。

早い話が、あっちこと、K321以外の連中には『戦闘技術』も『戦術知識』も『連携』のやり方まで頭に焼きこまれていやがった。

こっち側？　はっ、どうしようもないさ。

頭の中にあるのは、スリランカ語だけ。命乞い以外に、どうしろと？　それどころか、火星の特異な環境で溺れる始末だった。動くか、動けないか。そんなレベルだ。

火星の環境でのたうち回るのはK321側だけ。他方、こっち以外の連中ときたら標準的な記憶転写のおかげで準備万端ときやがる。
軽やかに迷わず動く奴らが、羨ましかった。実際、連中は何をすべきか全て知っていたんだ。全部だ。何一つ残らず、奴らは知っていた。
なぜならば、奴らの頭の中には、書き込まれていたからだ。
たった一日の転写処置で、奴らはチキンを脱しヤキトリとして完成済み。
そんな状況で、いきなり技量テスト。各ユニット対抗で演習に放り込まれた結果は、悲惨極まりない産物になる。
戦績は、3戦3敗だった。
敗北率は100%。
成績表が手元にあるが、笑えて来る。
生存性：F（著しく劣悪：生存の見込みなし）
戦果：F（著しく劣悪：戦意に疑義あり）
戦術貢献性：F（著しく劣悪：任務概要の理解が疑われる）
個人戦技評価：F（著しく劣悪：サボタージュ同然である）
総合評価：F（著しく劣悪：速やかな改善が可及的に必要）
元は優等生だった俺としてみれば、久方ぶりにFの羅列を見た思いだ。著しく劣悪って言葉は、胸を抉る。当然、不合格率もきれいに100%だ。

これ以上、悪い結果なんて残しようがないだろう。

全敗全滅。

ある意味、当然の結果だろう。

最初の演習なんて、呼吸すら難しかった。教官様が無理やり取り付けた演習用の電子判定装置が全滅判定を告げてくれたことすら、理解できなかった。

漸く二度目で、電子判定装置を理解したが三度目の演習まで、渡されたニードル・ガンの使い方さえ教えられず、俺は何をすべきかさえてんで分からなかった。

そして、全滅だ。F判定だって、そりゃ、当然そうなる。

ニードル・ガンを構えることから学び始めるK321ユニットは、文字通り、鴨だった。演習場に放り出され、ポカンとしている間に全滅判定。

俺だって、逆の立場であれば、喜々として狩りにいそしんだことだろう。他のヤキトリ共は同じ初めてのくせに、何をすれば良いか十二分に知っていたんだから、当たり前だ。

とにかく、こういう次第だ。

キッチンのオーダーに対し、俺とK321ユニットは惨憺たる結果で応じていた。教官のジョン・ドゥはいつも、呆れ顔で俺とほかの奴らを罵る。こんな結果か、と。侮辱されるのは腹に来る。

はっきりいって、これがこっちのせいじゃないのは明らかだろう。俺のせいじゃない。まともに考えれば、分かるはずだろうに！　肝心の教育係は怒鳴り散らすばかりとくれば、全然教育の効果とやらがでないのも必然だ。

こんなことを続ける意味があるのかすら、俺にしちゃ酷く疑わしい。

ジョン・ドゥが何を考えているのかはさっぱりだ。或いは、奴が何も考えていないということさえあり得る。

どっちにしたって、これで決まりだろう。パプキンのいう胡散臭い新教育プログラムとやらは完膚なきまでに大失敗だ。当事者である俺が断言してやる。こいつは、ダメだ。ほかの連中も、その点で意見は似たようなものに違いない。

付き合わされている俺は、とんだ馬鹿だろう。

糞ッ、糞ッ、糞ッ！

……なんだって、俺は、こんな羽目になっているんだ！　大学への出願と同じで、俺が、俺が、活路を求めると、いつも、躓くのはなんでだ⁉

パプキン、あの疫病神め。ジョン・ドゥ、その犬め。

まともな戦いをさせろ。俺は、ただ、的になるために来たんじゃない。

劣等感と屈辱に塗れる経験を幾度となく繰り返し、挙句、一つも進歩がないとなれば上っ面だけの仲間意識なんぞ（分子レベルであったとしても）吹き飛ぶのはあっという間だった。

貨物船の時と同じ光景だ。日本とも同じだ。つまり、いつもの世界だ。バカが俺の足を引っ張り、喚き散らすいつものやつ。まともな俺の道は、毎度、毎度、アホにぶっ壊される。

どうしようもない。

俺は、巻き添えにされたくないだけなのに、どうして、こんな屑みたいな因縁に巻き込まれ続けるんだ？

決定的だったのは、俺の同期連中として同じ貨物船で火星に渡ってきた連中がK３２１以外、全員合格して卒業して行った時だった。

キッチンの言葉通り、僅か一週間足らずで連中は合格だ。

愕然とした俺の前に現れたのは、次の期だという新しい連中。そして、そいつらにも、俺は抜かれた。

火星の訓練施設というのは、極端に言えば複合加工拠点だ。チキンと呼ばれている新兵らを、記憶転写装置で『焼く』過程を経て、ヤキトリに加工。品質検査ならぬ出荷前テストを経た後に、大半を商連軍へ納品という形になっている。

だから、言い換えれば、検査に合格しない限り納品は行われない。お得意様の商連軍に対しては、まっとうかつ誠実な仕事ってやつだ。……合格しないこっちに対しては、その限りではないが。

とにかく、合格しないといけない。そうしないと、俺はここで朽ちてしまう。前に進めないのは、もうごめんだ。今でさえ演習の度に、K３２１は古参になっていく。

一日40分の差とかいう処じゃなくなった。

ああ、とそこで俺は思い出す。忌々しい現実だ。時間がたった結果、俺は予想外にして切実な問題にも直面している。

茶だ。

Ｋ３２１は地球出発前、規定量の茶葉を『支給』されていた。馬鹿馬鹿しいが、貰える物は貰っておくに越したことがないと受け取った俺の判断は人生における大正解だろう。糞のような『大満足』の味を流すため、無味無臭な水よりも茶の方が救いに満ちている。なにより、貨物船ＴＵＥ‐２１７１の船内では他に刺激物がなかった。

火星での事情も似たようなものだ。

だから、茶を飲む。すると茶葉は日が経つごとに減っていく。当たり前だが、使えば減るのだ。ある程度は支給されるが、消費量に追いつかない。買おうったって、支給される手当で買える量だけじゃとても足りなかった。電子口座を空っぽにしたって、すぐに底打ちだ。薄めた茶で、大満足を流し込むのは屈辱以上の味わいである。

合格しさえすれば、『カフェイン供給源』として『茶葉』だけは、定期的に安価な割引購入権が供与されるらしいが……試験に合格していない俺にはその権利すらなし。

こんな糞マズイ食事に、味気ない水だけとなれば発狂してしまう。まともなものを食べようと思えば、娯楽区画のマクドナルドへ行くしかない。ただし、そいつは、有料だが。

そしてそれは、はっきりいえば、ぼったくりもいい値段だ。

ほかには『特殊区画』と呼ばれている地域に食事をすることができる区画もあると聞いてはいるが、どのみちマクドナルドの金すら事欠く俺と縁があるとは思えない。

糞のような『同僚』、そして糞としか形容しがたい訓練。こんな中で、湯と『大満足』だけの食生活なんて、耐えられるとは思えない。

時間との勝負だった。

なんとしても、俺だけでも、合格しないと壊れてしまう。馬鹿に道連れにされて壊されるなど、まっぴらごめんだ。

足を引っ張るやつは、敵だ。

仲間面する面先に、ニードル・ガンを向けたくなって仕方がない。

くそったれめ、パプキンの奴、もう少し、まともな奴を俺の同僚に寄越せばいいものを！

俺以外、K321にまともなのはタイロンのアホだけだ。

あいつにしたって、ろくでもないというのに……他のはもうどうしようもない！

憤懣のまま、俺は通路で訳もなく衝動に駆られて壁を殴りつけていた。

なんとか、変わらないと、俺はいよいよ終わりだ。

だというのに、教官の頭はどうかしているらしい。

このままだと十一度目の敗北が次に迫っているとわかってなお、教官は相変わらずの調子でK321へ執拗な屋外訓練だけを命じる。

そして、次の『惑星軌道歩兵技術評価演習Aプロセス』の結果も予定調和だった。

告げられた想定環境は、屋外戦闘訓練。

すっかり、通いなれてしまったグラウンド。散々に負けて、他の連中のスコアになったフィールド。苦々しい思いと共に、俺は演習用の電子判定装置を纏いニードル・ガンを抱えて彷徨い出る。

帰結は、変わらない。F判定の嵐だ。著しく劣悪って評価も十一度目ってことになる。歯ぎしりをこらえられない俺の前で、AからCの判定を取った他のユニット共はあっさりと撤収していきやがる。

何だっていうんだ！

はぁ、と俺は呆けた声をこぼしつつ空を仰ぐ。

すっかり見慣れてしまった火星の風景。空は地球のと似ているようで違うが、充満している糞さは変わらない。とっくの昔に俺は、ここを後にしているはずだった。なのに、なんで、こんなことになったんだか。

時間がない。

もどかしい。

なんで、こんなことに。

思わず、頭を振った俺はそこで変な匂いに気が付く。甘い微かな香り。さっきまではなかった奴だが……くそっ、またか！

「香水をつけるな、中国、っと、ズーハン」

「私の自由でしょ？　演習後ぐらい、自由にさせて」

「この火星で、貴様と同じ自由を行使するのが何人いる？　連帯責任で巻き添えを食らうのはこっちなんだ。俺を巻き込むな」

K321ユニットがどれだか識別される最高の原因の一つは、これだ。一体どうやって手に入れたのか想像もつかないが、中国人のアホは香水なんぞを愛用し始めていた。生存性が著しく劣悪とかF判定を食らうわけだ。ここをどこか、別の世界と勘違いしてるんじゃないだろうか。

所詮は、新先進諸国出身者ってか？　金持ちのボンボン共は、考えが甘い。世の中を舐めてるんだろう。ふざけた話だ。まともさの欠片もないっていうのは、救いがたい。こっちは、必死にやっているっていうのに。

「連帯責任というけれど、アキラ、あなただって、仲間のカバーをしないじゃない。一度でもしたことがある？」

中国人の反論に、俺は呆れたとばかりに顔を振る。カバー？　なんで、俺が？

「足は引っ張っていないだろ？　俺にそれ以上を求めるな」

「こっちが、カバーしてなきゃ、あなたのヘマであなただって何度もやられてたのよ？　わかっていないならば、余計な口をでかい顔で利かないで」

終わりとばかりに口を閉ざす中国人に、俺は理解できない思いだった。カバーしてくれなんて、一言だって、俺は頼んじゃいない。

「俺がやってくれと口にしたか？　タイロンと違って中国人に借りなんて作っちゃいない！」

「アキラ、フェアじゃないぞ。巻き込むな」

迷惑だぞと手を振るタイロンに対し、俺はすまんねと頭を下げて見せる。スウェーデン人じゃないが、無用な争いは避けたい。

「話をごまかさないで。アキラ、卑怯よ」

俺がフェアじゃないって批判を寄越すのは白人女。騒音源に相応しい余計な口出しだった。あきれ果てた思いだ。口先だけでは、なんとでも言える。

「アマリヤ、お前には関係ないだろう。黙ってくれ」

「いいえ、言わせてもらうわ。ズーハンのいう通りよ。アキラ、貴方、なに？　ひょっとすると自分だけ正しくてまともだとでも思ってるの？」

大正解だ。正しく、そう思う権利ぐらい俺にはあるだろうに。

「貴様よりは、うまくやっているだろうさ」

少なくとも、演習で全滅するまでに長引かせたりはな、と俺は続けてやる。今日だって、敗北の理由はアマリヤのいう『持久策』が大失敗したからだ。生存性がEに進歩した代わりに、他は全部Fのままだった。

……やる気があるのかと、教官様から雷を落とされるのも当然の醜態だったな。

「アマリヤもカバーしている。気づいていないの？」

「その代わりに、いつでも自分が正しいって恩着せがましい態度で説教はないだろう！そいつの指揮で何度全滅したと思うんだ!?」

俺は、ついに、爆発していた。

カバーだ、なんだ、そんなことは本当に、どうでもいい。そんなことよりも、俺の足を引っ張るな。邪魔をしなければ、それでいいんだ。

「みんな、そこまでにしろ」

「黙れ、エルランド。また、白黒つけずに棚上げしろとでも？　そうして放置しておいたざまがこれだぞ！」

いいたいことも上っ面で誤魔化し、お遊戯をやった結果がこれか？　この現実か？　とても俺は付き合いきれない。

「自分だけ被害者のつもり!?」

「俺が香水をつけて、全員に迷惑をかけたことがあるか？　全滅する作戦を捻じ込んだか？　あれば、いってみろよ、アマリヤ」

なんですって、と叫びかけていたイギリス人は、しかし、その一言をついに吐き出さなかった。それどころか、目を丸くして俺の後ろに視線を向けている。

一体、と俺が振り返ろうとした時には……すべてが手遅れだった。

「チキン諸君。ついに、不合格した演習後にもかかわらず言い争いか」

いつものような罵声ではなく、静かな声だった。俺は本能でやばい事態を嗅ぎつける。

いつの間にこっちに姿を現したのか。

突然、そこに現れたかのように教官が仁王立ちしていた。信じられない。だが実際に、今の今までいなかったはずのそいつがそこに立っている。

ニヤニヤと表情こそは笑っていた。お優しいジョン・ドゥ教官というわけか？　だが、奴の目はちっとも笑っていないし、何より常日頃の教官様らしからぬ慇懃《いんぎん》な言葉遣いだ。

「実に体力が有り余っていると見える。健康的で、素晴らしいことだ」

そう思うだろう、などと奴がこっちに上っ面だけ丁寧に話しかけてくるときはヤバい。俺は、経験則でそれを嫌というほどに痛感させられている。

「諸君が、あー、火星の訓練が退屈なほど温くて手を抜いているのだとすれば、私の指導不足なんだろうな。本当に申し訳ないことをした」

心にもない空疎な言葉と共に、奴はこちらを視線で舐めまわす。

ぽつり、奴は呟いた。

「チキン共、一度、死んでみるか？」

その言葉と共に、奴は、俺と他の連中を一発ずつ殴り飛ばすと、完全武装同等とかいう重りを背負わせ、そのまま演習場の端から端まで全員を全力疾走させる。

反論も、異議も、不満も圧殺された。

名無しのジョンは、いつになく強硬にこっちを締め上げる。

テラフォームされた火星のグラウンドには、反吐と涙と血が染み込んでいた。そして、罵詈雑言と拳の嵐もだ。

「神よ……」

「居もしない偶像に縋るな、ウジ虫！」

傍でスウェーデン人を蹴り飛ばしつつ、教官が叫んでいた。傍目《はため》にそれを眺めつつ、しかし、俺は足を止めることができない。

「やめていただきたい！」

珍しくムキになるスウェーデン人に対し、教官は平然と言葉を返す。

「神とやらの書いたご神聖なテキストのどこに、商連人のことが書いてあった？　是非ともおしえてくれ。どこだ？　どこにある？」

言ってみやがれとばかりに捲《まく》し立てられる言葉の奔流。

「商連さえ想像できないような、原始人のテキストをありがたがって珍重するとは度し難くおめでたいな」

はぉ、と器用に嘆くか。このサディストめ。

だが、スウェーデン人が倒れたのはいいことだ。これで、当分、教官がやつにつきっきりになるだろう……なんて俺のささやかな期待はあっさりと裏切られる。

「おいおい、サマリア人はいないのか？　誰も困っているエルランド君を手助けしようとは思わないのかな？　これは、酷い。なんだなんだ、口だけか？　口だけか？　このヤキトリ未満の腐った生肉どもめ、不良品め」

ああ、畜生め。

こっちに、矛先が向きやがった。

「お前らもお前らだな。チキン共、貴様らは何のためのユニットなんだ？　全く、頼むから、鳥頭どころか心までないとか言わないでくれよ？」

面倒な絡み方だが、教官様が意図的に煽ってきていることぐらいわかる。それが、奴の手口なんだ。

「さっき、感情的に叫んでいた間抜け共、心ぐらいはあるのだろう？」

ああ、俺とイギリス人がターゲットか！　くそっ、やり過ごせればいいんだがとちらり、と隣を見れば怒りを携えた碧眼が二つ。

なんてこった、だめだ。くそっ。こいつ、やる気じゃないか！

なんとか黙っていろ、と俺は目くばせを飛ばす。下手に反応すればサディストを喜ばせるだけだって、分かるだろう！

そんなこっちの目くばせを、しかし、イギリス人はいとも容易く無視した。ふん、と鼻を鳴らし、こちらに軽蔑の色をみせるなり、名無しのジョンへ向き合い叫ぶ。

「不良品じゃない！」

「なんだって？」

良く聞こえないなとふざける教官に対し、彼女は猛然と突っ込んでいく。

「訂正しなさい！　私は、不良品じゃない！」

必死さすら宿る叫び声。だが、誰が、それを否定できる？　不良品じゃない。自分は、まともだ。評価しろ。

……少なくとも、俺だって、それを証明しなければ居場所がない。

だけど、それは、悪手だ。だから、耐えろ！　我慢しろ！

「認めよう」

ニヤニヤと笑いながら、ジョン・ドゥはイギリス人を盛大に嗤《わら》う。これから吐き出される言葉が挑発だというのも、あからさまだ。

露骨なやり口だ。

忌々しいことに、分かっていても頭にくる。

「Ｋ３２１ユニットは、お互いの足を引っ張り合う一級品だ」

分かったら、黙っていろとばかりにイギリス人は蹴飛ばされていた。そして、足を出した教官様は固まったこっちへ向け侮蔑も露わに吐き捨てやがる。

「そろそろ教えてくれないか。実は、ミスター・パプキンから絶対に合格しないように手を抜けと命令されてるんだろ？　違うか？　究極的に無能なチキン連中を前に、教官が絶望しないかを訓練するための教材なんだろう？」

これが、これは、全部が全部、挑発なんだと俺はわかっている。

「ひょっとして、お前らは俺の人生を惨めにするために生まれてきたのか？　そうじゃなきゃ、こんなバカを俺が相手にするべき理由なんてないからな」

ああ、畜生め！　なんて、嫌な奴だ。こっちの気持ちを逆なでするのが、嫌になるほどお上手だ！

「お前らを産んだ親の顔が見てみたいよ。いったい、どんな人間から生まれてきたんだ？」

「おっさん、吐いた言葉はしまえないんだぞ」

「タイロン！」

止めようとする中国人や俺の手を振り払い、タイロンはジョン・ドゥめがけて拳を振りかざして走り出す。ファミリーってやつが、琴線に触れたか！　なんて、迂闊な！

「そのすかした面、一発、殴らせろや！」

「自分の顔でも殴ってろ。間抜け」

呆れるほど凄まじいクロスカウンターが叩き込まれ、あっけなくタイロンの巨体が崩れる。

「親の程度が知れるな。いや、逆か？　こういう親だからこういうのが生まれるのか？　雑草と同じで、ろくでもない奴ほど繁殖力だけは強くて嫌になる」

「このっ！」

意外なことに、というべきか。

中国人が、キレた。

「権利主張か？　一人前に？　ヤキトリにすらなれないゴミが、どこで覚えたのか？」

殴り掛かる彼女だが、しかし、名無しのジョンはそれを呆気なく躱《かわ》し、ご丁寧に投げ飛ばして見せる。

中国人を放り投げつつ、あいつは俺へ声を投げかけてきた。

「本当に、酷いものだ。眩暈がしてくる。地球は火星をゴミ捨て場か何かと勘違いしているんじゃないか？　どうだ、アキラ。自覚はあるか？」

俺は、ゴミなんかじゃない。

他の奴とは、違う。俺だけは、俺だけは、まともだ！

もう、あいつの思惑とかなんだとか、どうだっていい。

一発、そのすかした面、ぶっ飛ばしてやる！

キッチン——装備調査・研究部門

火星加工施設を査閲した私としては、正直なところ、著しく失望させられていた。

公正を期すために明言するが、過剰な期待が裏切られたわけではない。氏族に属さない属州民にして、ろくな教育も受けていないであろう地球人だ。個の資質がどうであれ、資質を花開かせる土壌が欠けていれば、種をまいたところで実りが乏しいのは理だろう。

彼らに先端技能と知識を完備した名誉ある商連軍兵士たれなどと求めたのであれば、なるほど、私を哂うべきだった。尻尾をちょん切られてもおかしくない失態も同然だ。

しかし、違う。

要求水準は、全面的に適正だった。ただ、ただ、警備用アンドロイドよりもマシな程度を要求しただけだ。嘆かわしいことに、この程度ですら、Ｋ３２１とラベリングされている地球人の一団は満たせそうにないでいる。

商連本国艦隊の装備研究開発費から、莫大な額を支援装備改善プロジェクトに注ぎ込んだ挙句、ニードル・ガンすら碌に使えていない！　我々の氏族同様に、四本指と向き合う親指からなる五本の指があり、似たような体格なのに哀れな成果というほかはない。

氏族のどんな落ちこぼれだって、あれよりはマシな投資案件を見つけることだろう。違うなぞ、それは、商連が滅びたときだけだ。

「……パプキン、あれが君の言う『新しい可能性』かね？」

思わず、という態で私は口を挟んでしまう。

地球人に限らず、他の種ともなれば性別が識別しにくいのだが、小柄な方が大柄な地球人に殴打されているのを目の当たりにすれば、何が起きているかぐらいは理解できる。

恐らくは、内紛だ。

訓練対象が教官に反発し、あっけなく鎮圧されている。一対五で多数の側が叩きのめされているようでは、話にならない。

「驚きの成果だよ、こいつは。決済を通した本国の財務氏族がみれば、衝撃のあまり反応炉にだって飛び込みかねん」

痛烈な皮肉交じりの言葉だが、浴びせられている地球人の面の皮は大したものだった。

「エッグス武官、ご指摘のように……『まだ』使い物にならない、ということであれば確かに一目瞭然です。即座の実戦投入は難しいでしょうね」

流暢なスペース・リンガ・フランカ。

姿が見えねば、きっと、本国氏族の一員と話していると錯覚することだろう。何より舌が何枚あるのかと見間違うほど間髪を入れることなく男の舌は回転する。

「孵化していない卵に羽一つ見当たらないのは当然でしょう。それで飛べないと批判するのは筋違いもいいところです」

秩序も統制もない連中を指さし、地球人は言い繕うのだ。

あれは、金の卵でしょう、と。

「教官に襲い掛かり、鎮圧されていると思しき光景だぞ？　地球人流のジョークと聞き流すには、少々以上に無理がある。好意的にみるにも、限度があるのだ」

「私には、顕著な進歩の表れに見えますがね。エッグス武官、失礼ですが、こいつは気長な投資というやつですよ」

「パプキン、本気か。あるいは、私の氏族が投資に疎いという迂遠な嫌味のつもりかね？」

「商連の方に、そのような侮辱は」

はぁ、と私はため息をこぼしつつ地球人調理師の肩を親密さすら込めて小突く。

地球流の儀礼と聞いているが、正直なところ理解は難しい。何故、彼らがこうした身体的接触を好むのかはいまだに学者の間でも議論が大きく分かれているからだ。

ある一派はヤキトリの好戦性由来だという。拳によるコミュニケーションは、殴り合いを偏愛するゆえだ、と。表層的な部分では一理あるのだろうが、私としてはヤキトリを多少なりとも知っている側だ。

どちらかといえば安定性の欠如具合（カフェイン欠乏症により錯乱していない状況ですら、そうだ）からして恐らく、恒常的な天然重力環境下で芽生えた奇習・悪癖の類だという学説に組したい。

「パプキン、私は、ヤキトリ、焼き鳥、そして地球人の区別がつく程度には君たちのことを知っているつもりだ」

とにもかくにも、取引時に相手のスラングを話すのと同じだ。語源が分かっていなかろうと、相手のコードを尊重していると示すことは重要だろう。勿論、種族が違えば、こちらの好意が伝わりにくいというのも承知している。

だからこそ、私は努力と誠意を欠かさない。

「現状では使い捨ても同然なヤキトリだ。その運命を、変えたいと君が強く願っているのは知っている。……個人的には、反対しようとも思わない」

だからこそ、残念でもある。

「あれでは、現状肯定が続くだけだぞ？　下手をすれば、変革の取り組み自体に以後は予算がつかなくなる」

単なる会話にしては踏み込み過ぎていた。属州民相手に、こんな会話を艦隊士官が交わしていると本国に知られれば、まず譴責ものだ。だが、だからこそ、面の皮の分厚い地球人を驚かすこともできていた。

視線の先にあるのは、意外そうな表情だ。

地球人の顔が区別しにくいとはいえ、演技の驚愕と、本心からの動揺くらいは戦士の勘で見分けがつく。

「……正直、昔から不思議でした。エッグス武官、貴方はなぜ？」

「曖昧な問いはやめたまえ」

「商連人とは酔狂な学者以外、原住種の生態に興味の欠片もないものだとばかり思っていました。その本分と主要な関心の対象とは、通商と航海だとばかり」

実際、この地球人の指摘は正しい。商連本国は原則的に原住種に対して興味の欠片《かけら》も抱かないし、余程の戦略資源でもない限り、惑星に対しても自由貿易以外を要求することは殆どありえない。財務氏族曰く、『波風を立てないための現地尊重が一番安上がり』。

「失礼ですが、あなたは商連海兵隊士官というよりも……学者に見えます」

「やめてくれパプキン。本国財務氏族とのやり取りを思い出す」

似たようなことを言われ、配属を命じられた時のことは今でも苦々しい思い出として鮮明に記憶している。

『貴方であれば、軍人としての能力に加え、学者としての知性も……』など、艦隊軍人が聞けば震えあがる褒め口上だ。

実際のところ、誰だって辺境惑星勤務は嫌でたまらない。

名目的な主権のために、好き好んで原住種だらけの惑星に降下したがる連中がいるとすれば、酔狂な学者先生ぐらいだろう。

悲しいかな、総督や弁務官を兼任できるような性格の学者先生はいつだって足りていない。まともな学者で、能力があって、挙句、総督府の雑務を喜んで引き受けてくれる奇特な先生はいつでも供給不足。商連における市場の失敗例ということだろう。

かくして、艦隊の不幸な士官――自分たちのことだが――は主権遂行のために名誉ある艦隊勤務から引きはがされ、気持ち悪い天然の重力に足を引っ張られる羽目になっている。

「学者先生となったあなたも、中々。エッグス教授という称号も、意外にお似合いだと思いますが」

「私の不幸を君が笑いたいのであれば、やはり、喧嘩を買うしかないだろう。我々は、なんだって売り買いするんだからな」

半ば本気の冗談を口にしつつ、私は話が逸れていることにも意識を向ける。

話をごまかされかけたのは明らかだろう。香具師の口上に乗せられたというか、話術の術中というわけだ。率直に言えば、小粋なパプキンの口上に付き合うのは嫌いではない。異文化交流の一環である。だが、本務を投げ出すわけにもいかない。

「さて、本題に戻ろう、パプキン」

パプキンに言葉を挟ませることなく、或いは、挟む間も与えず、私は二の句を放つ。

「氏族が先祖の名に誓って言うが、あれは、やはり酷すぎる」

秩序の欠片もない武装した暴徒でも育成しているのでなければ、先ほどの光景は費用を正当化し得ない。ヤキトリが補助的な戦力であるにせよ、物事には最低限度の要求水準というやつが存在してしかるべきだ。

「投資というのは、短期的な利益を生み出さないにしても、形あるものは形成するのだぞ」

「何をおっしゃりたいのですか？」

パプキンという地球人、氏族を新しく立ち上げるとすれば、間違いなく財務系になる資質がある。断固として言質を摑ませまいとする特質など、外務畑でも有望に違いないだろう。

流暢なスペース・リンガ・フランカを操る地球人だ。その可能性は、決して、否定できん。

つまるところ、私のような武人にとって天敵に等しい。

船よ、汝が、恋しくてたまらないぞ。

「パプキン、はっきり言う必要があるか？」

あるのだろう。私は自分の言葉を私自身で覆す羽目になることを予知すらしうる。

「あれは、使えない」

最低限の統制どころか、ユニット内部で言い争い。連帯の欠片もないのは、救いがたい欠陥だ。軍事の素人だって、あれが、どうしようもないのは見て取れることだろう。

「ここが、本国財務氏族の査察対象先でないことを、先祖に感謝したくなる」

「コストカットを命じておきながら、ヤキトリそのものに興味がないというのも……私としては辛いですねぇ」

「本国にしてみれば、資材の損耗率に対するクレームだ。市民権を持たない原住種に対する本国市民の見解など、そんなものだろう。悪意も、関心も、そもそもない」

ヤキトリは、基本的に市民権のない原住種から募集されている。何世代か経れば、氏族の一つでも起こるのではないかなとは思うが。

いや、と私はそこで頭を振る。

パプキンのような連中は、あまりにも少ない。現状ではヤキトリと地球人が本国人の脳内で同一の意味を持つ程、地球人連中はマイナーな存在でしかないのだ。

「結局、ヤキトリは安い消耗品のままなんですねぇ。私は、そこを見返したいんですが」

「野心的だな、パプキン」

実際、現状では『最適化』された状態から変更が効かないヤキトリでは生き残っても再利用が酷く難しい。想定外環境で示されている損耗率の高さは、異常の一言に尽きる。

惑星降下作戦が過酷であるにしても、費用対効果が正当化しうる次元にない。

挙句、練度の問題が付きまとう。種族的課題とみなすべきだろうか？　地球人から構成されたヤキトリらの作戦成功率は甚だ低率といわざるをえないのだ。

純粋な費用面でいえば本国海兵隊の精鋭投入という高コストの選択肢に比べ、今なおコスト的優位は明らかではあるだろう。だが、作戦成功率という点ではとても許容度の限界値に近いのもまた事実だ。改善の必要があるのは事実だろう。

「誰だって、ブランド価値は高めたいと願うものです。違いますかな？」

「当然だな」

地球人調理師の言葉にのったのも、半分はそれだ。

「改善したいと本国も、艦隊も、我々ですら願っている。しかし、ベネフィットありきでだ。ジャンク債に手を出したいわけではないのだが」

長期的な視座で投資することの大切さは、誰も否定しない。だが、損切も大切だ。先行きがダメだと一目瞭然の投資を続けるなど商連ではあり得ない。

見切りのタイミングというのは、適切な損切に不可欠だ。拘泥したコストが回収できないなど、悪夢だろう。損切とは、真っ先に子供に商連人が教え込む大原則だ。

投資よりも艦隊での航海に関心の比重が偏りがちな軍事氏族とて、その点で例外ではない。

「君の新教育プランはコストが許容限度を超えつつある。成果も乏しいままだ。既存ヤキトリに対する質的優位すら確保できぬのに、信じられない高コスト体質なぞ本国の財務氏族が発狂しかねん」

「軍務氏族の方々にしてみれば、財務氏族を発狂させるためにはいかなる努力も惜しまないと仰られたではないですか」

「それとても費用対効果の問題だ」

金額次第では吝かではないが、軍事費を浪費する機会費用を無視するほど盲目になるなぞできる話じゃない。

「……君自身は、非常に優秀な人的資本だ。それでも、往々にして自分の種を過大評価しているのではないかね？」

「私に言わせていただければ、逆ですよ。エックス武官、失礼ですが商連の方々は、どうにも、原住種というのを過小評価しがちでしょう」

にやり、とそこで調理師は哂う。

「実際、ご主人様ってのは種族に関係なく誤解するんでしょうな。東インド会社とセポイなどですかね。地球上の歴史を思い出しますよ」

「すまんが、流石に原住種史までは専攻していない。そして、話を逸らすな。進捗がないというのは否めないだろう」

「とんでもない。むしろ、こいつは、進歩ですよ、進歩。進捗はあります」

どこがだ、と半ばあきれ顔で私が問うていることに気が付いたのだろう。地球人は肩を竦めると、分かりませんかとばかりに眉を寄せて見せる。

「肝心の体は出来上がったじゃないですか。後は、使い方を学べば完璧だ」

「体？」

「火星の環境に放り込まれて溺れていた連中が、元気いっぱいに教官と殴り合いです。この上なく順調な成果だ。後は、規律と戦術を仕込めばいい」

ああいえば、こういう手合い相手が私はどうにも苦手だ。だから、端的に問う。

「できるのか？」

「地球人というのは、もう少し柔軟ですよ。できますとも」

そうであることを、私としても願うしかない。甚だ残念なことに、その可能性に対し、私個人としては深刻な疑義を抱かざるを得ないのだが。

第四章『活路』

努力:頭を使うこと

無駄な努力:頭以外を使うこと

伊保津明/ヤキトリ

汎星系通商連合航路保守保全委員会管轄星系
惑星原住知性種管轄局、選定訓練施設（キッチン）

火星にたどり着いたとき、こんな惨めな展望を俺は想像だにしえなかった。意気地なしの腐りきった周囲と違い、俺は、俺ならば、違う未来があると信じて疑わなかった。それが、どうだ。

ははは、と俺は乾いた笑いをこぼすしかない。

演習場で他の間抜け共と揃ってお優しい教官様の挑発に釣られた。その挙句、名無しのジョンにいともたやすく『撫でられた』。野外演習場に倒れこんだ俺は、そうだけはなるまいと心に誓っていた無様な負け犬そのものだった。

惨めさを噛み締める味わいは最悪だ。痛む体で寝床に這いずり戻った俺は何もかも投げ出し、寝床に潜り込む。何も考えたくない。

翌日の目覚めは最悪極まりないものだ。叩きのめされた傷もさることながら、屈辱は忘れようがない。にもかかわらず、俺は他の連中と揃って訓練に向かわなきゃいけないときやがる。何があろうとも、訓練というのは予定通り行われるのだから。

こっちの事情を汲んでくれるほど、お優しくはないってことだ。

教官様に撫でられ、口の中でしみる『大満足』という人生最悪の朝食を済まし、時間通りに装具を装備した俺は重い足取りで訓練場に向かう。

そこへ姿を現した教官様は……ご機嫌としか形容しがたい笑みを浮かべていやがった。

「おめでとう、チキン諸君。お祝い申し上げる」

おめでたいのは、お前の頭じゃないのか。思わず、というか。本能の問題かもしれない。

とにかく、俺は抑えきれない衝動に任せ疑念に満ちた視線を教官様へ向けてしまう。

「おいおい、疑うな。私は、教官だ。教え導くのが役割なんだから……諸君に、劇的な進捗があったことを喜ばしく思うのも当然だろう？」

最近、ようやく気が付いたのだが……教官様の流暢《りゅうちょう》なスリランカ語は訳が分からない。

俺はスリランカ語が理解できるはずだが、奴の言葉は理解できないのだ。果たして名無しのジョンが口にしているのはスリランカ語か？　よく似た全く別の言語だったりするんじゃないのか？

そうじゃなきゃ、と俺は心中で臍を噛みつつ奴の言葉を反芻する。

劇的な進捗だって？

ぽん、と俺や他の連中一人一人の肩を叩き、これまでにない柔らかな態度で教官様は笑みを浮かべやがる。

「初日は火星酔いで倒れた糞ったれ連中が、ファッキンふざけた反逆だぞ？　全くもって酷く大した進歩だ。尻についていた卵の殻ぐらいは取れたかな？」

散々、煽った挙句、そいつを叩き潰したご当人様からの賛辞とは恐れ入る。痛烈な厭味以外の何物だってんだ？　昨日の屈辱がなければ、今すぐにでも飛び掛かって滅多打ちにしてやりたい。

こっちが間抜け面を晒しているのに気づいたのだろう。鼻を鳴らし、奴は一通り不愉快さを表現してみせるとニヤニヤした表情を引っ込める。

「ちなみに、皮肉ではない」

安っぽい言葉だ。俺はこんな場にもかかわらず思わず吹き出しそうになる。

「諸君は、身体・精神鍛錬（ＰＭＴ）課程を修了したと保証する。以後は、戦技訓練のみが課せられるだろう」

『改めて、おめでとう』とかそんな戯言を奴は大まじめに口に出していた。理解が難しい態度だが、こっちの困惑にはお構いなしらしい。いや、それはいつものことだが。俺の意見なんて教官様は求めちゃいないし、求められた記憶だってまばらだ。

嫌になるなと俺が首を振る中、教官様は満面の微笑みを浮かべて戯言を口にする。

「質問があれば、答えるが」

なんでもいいぞと続けられれば、胡散臭さもいや増すってもんだ。だが、律儀に付き合うやつがいた。中国人だ。わざわざ挙手した挙句、彼女は質問の口火を切る。

「本当に体力錬成が目的だったんですか？」

「その通り」

迷うことない断言に、中国人の能面じみた表情が微かに揺らぐ。

「……これが、全て必要な訓練だったと？」

「その通り」

一言一句変わり映えなし。取り付く島のない返答とはこのことだ。

「……最適な訓練であったと仰るのですか？」

「その通り」

流石に、中国人も沈黙する。尤も、静まり返る心配はいらないだろう。概ね不幸なことに、俺の隣人ってのは悪い意味で逸材ぞろいだ。吠える犬にも事欠かない。

「じょ、じょ、冗談じゃないわ！」

「大まじめだが」

ふざけてなどいないと教官様がふんぞり返るのが、イギリス人の怒りの火に油を注ぐのは目に見えている。……もう、ここまでくると長けた挑発としか思えない。

「なら、なにもあんな非効率的な！」

吠える犬はあれだとかいうが、イギリス人の言葉にも共感できる日が俺にも時々はある。いや、これはそういう次元以前の問題だ。舐め腐った話じゃないか。体力をつけさせたいのであれば、最初からそういえばいい。

俺はタイロンと目くばせを交わし、口を開く。

「聞いたか、タイロン。俺は初めて知ったよ」

「口にせずともわかってくれ？　忖度ってやつか？　はっ、馬鹿馬鹿しい。教官、言葉ってのは、何のためにあるんですかね」

挑発し返したつもりだが、効果のほどは今一つらしい。名無しのジョンが示す反応を見逃すまいと俺は凝視していたが……表面に見えるのは軽く眉を顰めたか、顰めないか程度だ。それだって、意図的なものかは酷く疑わしいほどだとくれば聞き流されたのはあからさまだろう。

「別に説明する必要を感じていなかっただけだ。諸君は、いちいち説明されなければオムツも変えられないのかな？」

まぁ、不合格続きだから必要になるかなどと余計な言葉を挟み、教官様は声の調子をやや軽く嘲るようなものに切り替える。

「ある意味で高地トレーニングと同じだ。酸素の薄いところで鍛え上げるのが一番効率的だとは認めてくれるだろうね？」

奴の言葉をまとめるのであれば、最高に効率的な環境だと言いたいらしい。肉体と精神を一緒に鍛え上げてくれたというわけか。今までで受けてきた教育の中で一番に不愉快というわけではないが、最高に性格が悪い。

訳が分からんと疑いに満ちた眼差しを向ける俺だが、糞教官の表情は揺らがず、断固とした自信に満ちている。少なくとも、奴は、自分が正しいと確信しているわけだ。

一様に誰もが口を噤み、険悪な雰囲気になる中、教官様だけは明るい声で続けていた。

「他に何か希望はあるか？　私には、諸君からの要望を聞くことも許されている」

胃がひっくり返りそうになる。むかついて仕方がない。だからだろうか？　思わず、俺は口走っていた。

「食事の件を」

聞いてくれ、と。

続けるつもりだったが、俺が口を挟む前に教官様は大袈裟な素振りと共に首を横に振る。

「『大満足』は現場の判断では変更できん」

断固とした口調で奴は断言しやがる。

「なにしろ、宇宙空間で人体を保つのに必要な各種ビタミン・諸栄養素類を完全に含有し、老廃物は少な目という完ぺきな栄養バランスだ。エッセンスが詰め込まれている。商連当局の規定プログラムに基づき、嗜好品以外はこれが全人類の標準食だ」

にべもなく奴は首を横に振って拒絶を示していた。『大満足』を変えないって時点で、希望を聞くというのは『聞いてやった』とかいうだけじゃないか。性根の腐りきった嫌がらせも良いところだ。

「さて、食事の件に次いで諸君が一番気にしているであろう……疑問について答えるのが親切というやつだな」

親切って言葉を妙に教官様は強調しなさる。力を込めて語れば、真実に響くとでも思いあがっているんだろうか、この詐欺師は。

「諸君には、知る権利がある。さて、新教育プログラムの正体について説明しよう」

名無しのジョンは、かつてない程に愉快そうな口調で語り始める。端的に言えば、K321はヤキトリ全体の生存率改善のためにモデルとされている、という話だ。

仰々しい語り口とは裏腹に、しかし、殆どは前にも聞いた通り。挙句、俺が見るに大惨事というほかにない失敗を呈している代物だが。

要するに現状、ヤキトリの死亡率があまりにも高いことを商連人はご心配してくださっているとか。で、原因を検討したらしい。すると『記憶転写装置』による加工処置の導入後、教育効率が劇的に改善したはずが、運用成績が劇的に低下していることを見つけたとか。

とどのつまり、現状の記憶転写装置による『教育』が本当に効率的なのか、パプキンや一部の商連軍人が本気で疑っているというのが事の発端らしい。まぁ、自分たちのやっていることを疑う程度の頭はあったってことだろう。ただ、マトモなのはそこまでだ。

「故に、諸君には記憶転写装置で『最低限』の知識しか焼いていない。本来であれば使うことも避けたかったほどだ」

意思疎通用のスリランカ語だけは、処置を避けられなかったと嘆いて見せつつ、教官様は言葉を続ける。新教育プログラムは古典的な教育の力を再評価するのが目的だ、と。

　つまりとち狂った連中め、教育方法を一気に石器時代に戻しやがった。曰く、養殖ヤキトリがダメならば、天然ヤキトリならば！　『バカじゃないのか』。それが、こっちの嘘偽りない本音だ。

　必要ならば、どうしようもないアホ揃いだと付け加えてもいい。パプキンの奴が捻りだしたこのプログラムってやつは、当事者に言わせれば現行以下の糞だ。

　成績をみれば一発だろう。

　11戦11敗。11連続不合格。F判定の山。著しく劣悪と講評されている側にしてみれば、笑い出すしかない。

　だってのに、プログラムの運営者ときたら実に満足げに言葉をつづけやがった。

「というわけで、めでたくPMT課程を修了した諸君にはご褒美だ。チキンに対しては異例ではあるが、第十二回試験までに極めて長い時間が与えられる。訓練・教育に出し惜しみはない。手厚い待遇・教育を約束しよう」

　力強い口調で、奴は話を締めくくる。

　そして……結果から語ろう。

　教官様こと名無しのジョンが約束してくれた『手厚い待遇・教育』の半分は本当だった。試験まで勉強時間が与えられる、というような趣旨の話ってやつも半分は本当の話だった。

名無しのジョンはＫ３２１に四週間の集中慣熟訓練を手配してくれたのだ。その間、評価演習はなし。ひたすら、奴から知識と技術を叩き込まれる日々だった。

例えば、こんな具合だろう。

ある日では、腕が上がらなくなるまでぶっ続けでニードル・ガンを始めとする各種兵装を演習場でぶっ放させ続ける。時間の指定はなし。で、こっちが青息吐息になった頃合いを見計らい、休憩と称して教室のようなところで『講義』を行ってくださる。

「諸君がペーパーバックを愛読しているかは知らないが、気密服を傷つけるだけで敵兵を撃ち殺せるかは……運しだいだ。従って、商連では貫通力がありながら、最低限の打撃力があるケースレス小口径高速弾を愛用している」

うんたら、かんたら、と訳の分からないことを捲し立てられ、眠気が襲い掛かってこない方がおかしいってやつだ。

或いは、いつもの手管か。手厚いって単語の意味を、俺は、スリランカ語で理解できていないだけだったのかもしれないが、真実に一粒の致命的な偽りを混ぜるって流儀かもしれない。本当に……忌々しいことだが、教官様は言葉の使い方がうますぎる。

前回、俺を含めた全員を暴発させた口撃を思い出せば、自明だ。屈辱と憤怒を血肉にするのは我慢できるが、それでも血肉にさせられるのは不愉快極まりない。

もう二度と、あんな醜態を俺は晒したくはなかった。

それを避けるためにも、俺は、なんだってする。学べと言われれば、いくらでも学ぼう。

だから、眠気を催す講義だって食らいつく。

「演習環境では重視されていないが、ケースレス弾は連射時に熱がこもりやすい。実戦に際し、標準装弾数の六〇発を射耗してリロードする時には、留意しておくように」

奴は、これが、生き残るために必要な『知識』だと最初に宣っている。……説明を聞かないで、しくじった馬鹿は自己責任ってことだ。俺は、そんな、ヘマをしたくない。

『メモを取るな、頭に叩き込め』といわれたのでとにかく覚えるしかないのが辛いが、自分の膝をこっそりつねりながら耳を澄まし続ける。

だってのに、なんてことだろう。

思うに、こっちが真面目に取り組めば取り組むほど、名無しのジョンは無駄なことをしたくなるらしく、時折、奴は雑学を披露し始める。教科書代わりの端末を机の上におろすなり、楽にしろという指示と共に雰囲気も軽く戯言を捲し立て、眠気を更に誘うっていう悪辣具合だ。

「俗称のニードル・ガンが定着しきっているが、一応説明しておく。こいつの正式名称はＴＵＦＭＣＡＷ。カーカー鳴くという点では、焼かれる鳥のご親戚というわけだ」

何が面白いのか、ニヤニヤとした表情で名無しのジョンが語る言葉は、英語由来の何かららしい。正直、スリランカ語の意味は分かるのに『知らない単語』までは理解できないのは不便極まりなかった。

とにかく、そんなことばかりだ。集中力が酷く乱され続けた挙句、頭がどうにかなりそうだった。

もっとも、これは俺の仮説だが奴は……通じていると思ってやがった節がある。こっちが言わんとすることを理解し得ていないってことは後半になって漸く悟ってきたらしく、『単語の説明』とかいう座学が急きょたっぷり追加されていた。

そこで教わったのは多岐にわたる単語だ。

有益そうなものから列挙すれば商連艦隊での標準的な表現や、果ては商連以外の宇宙人国家に関する基礎的な教育までだ。逆に、さっぱり訳の分からない蛮族の珍習としか思えないような『社交のマナー』とかまであったが。

詰め込みという癖に、変なところで訳の分からないことに時間を浪費するのは……正直に言って腹立たしい代物だ。挙句、規則正しい生活と訓練、糞のように徹底して追い込まれる生活を四週間だ。ろくでもないっちゃありやしない。

無理やり圧縮したようなプログラムを、俺はやり遂げる。……意外にも、ほかの連中も脱落しなかったが。あんだけ、負けた後だ。なにしろ、11連敗、11連続不合格、11連続最下位でF判定。

文句をいうのは、頭がどうかしている。いくら馬鹿でも、ここまで極まれば四の五の叫ぶほどのアホはいなかったってことだろう。

バカがいないのは、良いことだ。いっそ、このままマトモになってくれると嬉しい。まぁ、俺だって能天気なアホじゃないんだ。希望が１００％適うって訳じゃないことは理解している。

強いて言うならば、ちょっとした願望ってやつだが……思うに、かなり浮かれていたんだろう。やり遂げたという達成感に惑わされたのかもしれない。俺は、不覚にも足元に巨大な穴が横たわっていやがることをすっかり忘れていた。

それは、集中慣熟訓練とかいう詰め込み最終日のことだ。

「一通り、技量は叩き込んだ。従って、後は現場で覚えてもらうべきだろう」

何気ない口調で集中訓練の完了を告げ、奴はご苦労さんと労いの言葉まで寄越す。

こっちがヒイヒイ呻きつつもやり遂げたこと。それが要求水準を満たしたと認め……勿体ぶっていたが……そのうえで奴は爆弾を投げてよこしやがった。

「……ああ、一つ、言い忘れていた。諸君、チームワークが要《かなめ》なのはわかるだろう。仲間同士、きちんと、協力したまえ」

以上だ、と言い残すなり名無しのジョンはサッサと立ち去っていく。

あいつのことだ。きっと、いや、間違いない。敢えてこの四週間、そのことに触れなかったな。

性悪め、いったい、どんな、表情をしていたのやら。きっと、いや、殆ど間違いなく含み笑いでも浮かべていやがったんだろう。根性が腐りきっていやがる。

詰め込み教育の最終日に放り込まれた教官様のおっしゃる『チームワーク』とやら、まるで呪いだ。それから二、三日の間、俺と連中の間で『協力』という単語は腫れ物のように、慎重に避けられていた。

厳密に言えば、スウェーデン人がいくばくか、話したそうにしたにせよ……俺もほかの連中も頑として自分から協力しようなどと呼びかけることを考えたくもなかったからだ。

だが、どんなことであれ解決策は必要だった。

俺や他の連中に決心を決めさせたのは、詰め込み教育明けで第12回目となる演習での敗北だった。完膚なきまでの敗北であり、結果だけ見ればいつも通りの敗北と何も変わっていない。

成績は酷いもんだ
生存性：E（大変に劣悪：生存の見込み極めて低率）
戦果：F（著しく劣悪：戦意に疑義あり）
戦術貢献性：E（大変に劣悪：任務概要の不徹底）
個人戦技評価：E（大変に劣悪：サボタージュに近い）
総合評価：E（大変に劣悪：速やかな改善が必要）

FからEに微弱な改善あり。とはいえ、負けだ。負け犬じみているが、負け癖が付いていているのだろう。負けた、ということで受ける衝撃は最初ほどではない。俺自身、11回までは演習開始前から負けるだろうと諦めつつあったほどだ。

けれど、今回は……今度ばかりは。

これまでと一つ違うことがあった。自負があったんだ。名無しのジョンに扱かれ、肉体も、精神も、それこそ技術も磨いたと。

それで、これ！

説明も受けていた。K321とその他のユニットにあるのは純粋に『知識』の差だけで肉体面に大きな違いはない、と。もちろん、お優しい教官様の説明をうのみにするほど俺は目出度い頭じゃない。奴がそう言っているだけだ、という風に頭の片隅に留めておいただけだ。

だが、注意してみれば……すぐにわかってしまう。

勝利者の連中は、余裕綽々なんかじゃなかった。名無しのジョンが指摘したように、注意深く観察すれば容易に見破れるほどだろう。

演習終了後、敗者のはずのK321には体力が有り余っていたのに対し、他の合格者連中は息も絶え絶えなのだ。なのに、奴らの生存性はC以上。こっちは、E！

戦果だって、あり得ない。連中は武装をきちんと構える筋力すらないのに、C以上。こっちは、総当たりのサーチ・アンド・デストロイでゼロ！　Fだ！

そりゃ、火星の低重力だ。軽量なニードル・ガンを構える真似事ぐらいは他のユニットだってできている。実際、正しい型通りに構える格好は大したものだ。だが、体の使い方を筋肉が分かっちゃいない。俺がそんな無様な真似をすれば、集中的なお勉強期間にお優しい教官様がそっと足で『つついて』くださっただろう。

なのに、演習で俺の成績はどうだ？　ＥとＦの羅列。ＦからＥに進歩するのが、やっと。最底辺を這いずっているのが現実じゃないか。

これで、他のユニット連中が超人だったら、諦めもできた。なのに、俺は悔しい。悔しくて仕方ない。『こんなのに、こんな連中に、俺は負けていたのか』、と負け惜しみが喉からこぼれなかったのは、奇跡だ。なけなしのプライドが自制してくれたのかもしれない。

それほどに、敗北を噛み締める味わいは酷い。それこそ、『大満足』の味にすら劣ることだろう。知識を焼かれただけの連中に俺が、この俺の努力が踏みにじられる？　こんな不条理……屈辱という言葉ですら、安っぽくて気に入らない。

俺は、いつだって、いつだって努力してきた。努力が踏みにじられたとて、諦めたことはない。絶対に、なんとしても、俺は粘り続けてきた。

勝つためには、手段を選んでいる場合じゃない。

必要は、発明の母。都合上の友情だって、必要とあれば捻りだす。

俺は第13回目の演習を前に、連携とやらを試してみる必要性に思い至っていた。腹の底からムカつくとしても、頭ってやつがある俺としては苦悩しても最終的には妥協を選ぶ。

他の連中も似たような発想に到達していたらしく、話はごちゃごちゃはしつつも纏まっていく。場当たり的に、とにかくやってみるという程度だが……何事も初めてってやつはおっかなびっくりだ。慎重になるのも当然だろう。

さて、話してみて気が付いたんだが……俺もほかの連中も、『K321の身体能力は他のユニットを遥かに超えているにもかかわらず、敗北している』っていう認識は共有していた。裏を返せば、成績でFとかEとかつけられようとも、肉体能力がこっちの『長所』ってやつだ。そこで、そいつを全面的に活用することにする。

第13回目にして、K321は初めて『隊の分割』という『戦術』を試すことで同意した。複雑なことをやれる関係でもないので、やり口は単純な方がいい。

とはいえ、工夫は工夫だ。これまでは、いつも受け身に回っていたことを反省し、積極行動を追求。いつものサーチ・アンド・デストロイ形式において、場当たり的に逃げたり、立て籠ったりから狩りへの大転換だ。畢竟《ひっきょう》、別行動をする連中が多少はマシな仕事をするだろうと期待するわけである。

……過剰な期待かもしれないが、演習で試行するぐらいならば許容の範囲だろう。

いや、俺が俺自身に嘘をついても仕方ない。

準備を万端に整え、打ち合わせを終え、商連人の大雑把なテラフォーミングで微妙に息苦しい演習場に展開した際、俺は勝利を手にすると信じていた。

今度こそは、と。

いよいよ、前に進めるという強い確信と共に俺は野外演習場へ展開し、ニードル・ガンを握りしめていた。すっかり見慣れてしまった光景だが、忌々しい慣れも経験のうちだ。

「チキン共、こちらキッチン。戦闘開始5分前だ。もう喋っていいぞ」

標準化されたスリランカ語——一言一句、火星で最初の演習以来、ただの一度も変わっちゃいない言葉で俺は頭を起こす。

電子判定装置を背負ってこれで13回目。そろそろ、違う結果を貰いに行く頃合いだ。手元の時計を確認すれば、ほぼ経験通りの時間。演習開始までの時間さえ、今となっては慣れてしまったものだ。

「訓練想定はサーチ・アンド・デストロイのサバイバルとなる」

これまた、一言一句変わらないお達し。

ただ、意味はある程度まで読み取れるようになってきた。サーチ・アンド・デストロイのシナリオでは、散開して降下した際の地上戦闘を想定しているのだろう。総当たりといいつつ、一度にぶつかる敵の数は案外と多くない。

個々の力量で上回るK321側にしてみれば、悪い条件じゃなかった。

「合わせて、今回は弾丸に互換性があるものとする。殲滅戦を前提としていることに留意せよ。ヤキトリ諸君、幸運を。開始まで残り4分と30秒だ。キッチン、オーバー」

ちっ、と俺は軽く舌打ちをこぼす。どうやら、完ぺきにやりやすい環境とまではいかないらしい。弾薬互換性が認められているということは、敵の死体から弾丸を入手できるって想定で、撃破した連中の残弾を演習判定装置が追加しやがる。

単純な算数ができれば、意味合いはわかるだろう。六〇発＋弾帯の三〇〇発で得られる最高の戦果じゃなく、プラスアルファ分の弾丸を換算しての戦果スコア判定になるってことだ。

それに、他の連中の弾切れ狙いが難しくなるのはやりにくい。どうするか、と俺は一瞬だけ全員の表情に視線をむけていた。

「聞いての通りよ。……当初の計画通り、囮猟《おとり》でいきましょう」

自信満々のイギリス人が断言するとなれば、俺だって臆することはできない。奴に弱みを見せるぐらいならば、自滅する方がまだしもマシってやつだ。

そうだな、と俺は口を開いて応じていた。

生存性／戦果／戦術貢献性／個人戦技評価の四要素で合格点を取るためには、生き残り、そして戦果を出す必要がある。戦果へのアシストも戦術貢献と認められるし、そのための戦技も評価されることを思えば、これがベストだろう。

「俺とタイロンが斥候兼囮だな。猟師役は任せる。そっちの指揮は？」

「ズーハンでいいだろう？　慎重だし、何をやらせても手堅い」

そうだな、と俺はタイロンの言葉に同意し頷く。生存性、戦術貢献性で最適だろう。視界の端で、イギリス人が表情をピクリと動かすのが実に愉快だ。実際問題、中国人、イギリス人、スウェーデン人の三大いけ好かない集団となれば中国人が一番マシな選択肢としか思えない。

決まりだなと俺が言葉を結ぼうとしたところだった。パン、とまた嫌な手を打つ音が割って入ってくる。

「なんだ、エルランド」

「アマリヤも悪くないと思うが」

おいおい、と頭を抱えたくなる提案だ。スウェーデン人というのは、何が楽しくて俺の神経を逆なでする馬鹿なことを言い出すのだろうか。

「囮役をやるのはこっちなんだぞ？　誰が背中を守ってくれるのか知らないが、慎重にアプローチする奴を期待するぐらいの権利はあるはずだろう？　違うか？」

「アキラの言葉にも一理ある。だが今回のレギュレーションでは、他のユニット同士を共食いさせたところで、弾切れは期待できない。こっちも、積極的にしかける必要があるはずだ。戦意も評価の対象なんだぞ」

だから、積極性のある糞のようなイギリス女に指揮をとらせるというわけか。世の中ってやつは、俺の想像以上に広いんだろう。戯言を真顔で口に出せる人間が多すぎる。困ったことに、イギリス人は出しゃばりだ。これ幸いと勢いづきやがった。

「決まりね。私がやるわ」

一体、いつ、誰が決めたんだか。信じられない気分だ。一言、忠告ってやつをしてやるべきかと俺が考えたところで横の人間が口を開く。

「……まぁ、アグレッシブでも悪いってことはない。俺たちの問題じゃないしな。違うか、アキラ？」

タイロンの言葉にぎょっとし、本気かと思わず奴の顔を俺はのぞき込んでいた。だが奴は抑えろよという言葉と共に俺の肩を軽く叩く。

「アキラが口を開くと荒れるからな」

「俺が問題児みたいな言い方はよせ」

「すまん、すまん。とにかく、時間が惜しい。さっさと確認だ。エルランドは提案者だからな。ズーハン次第だろう。どうだ？」

「特に反論はないわ。私だと、どうしても守りに入りがちだし」

淡々とした中国人の言葉を、自分に対する無限の信託だと受け止めたのだろう。イギリス人はふんぞり返りかけ、反対に俺は俯きかける。

「決まりね」

「……OK、決まりだ。文句は言わない」

同じ言葉をつぶやきつつ、前者は意気揚々と、後者の俺は渋々だった。正直に言って、イギリス人は自信過剰な上に攻撃性が強すぎるのだが。

戦果でA判定を取ってくれるならばいいんだが、あっさり全滅しないか実に不安だ。

上手くやってくれることを、存在が疑わしい神様に祈ってみよう。

そして俺は……新鮮な驚きってやつを火星で見つけていた。神様ってのは、案外、本当にいるのかもしれないな、と。

信仰心って代物を侮っていた可能性を真剣に認める。そんぐらい、心変わりしかけるほど配置についた俺は、自分自身でも戸惑うほど順調に段取りを進めていた。

これまでの酷さがウソのように物事が進む。

アーメン・ハレルヤ・南無阿弥陀仏だ。

ご加護のおかげか、俺の運か、とにかく物事ってやつは初っ端からいい方向に転がり始めていく。

「いたぞ、あそこだ」

火星の演習場がお初の新品チキン連中と異なり、こっちは連続不合格者だ。試験場のことだって、よく知ってしまっていた。

『どこに隠れられると嫌か』って教科書的なポイントってやつも体得済み。そこを覗き込めば、簡単な話だ。索敵の段階で、俺はあっさりと獲物を見つけ出す。

「ちっ、射線が通りにくいポジションを選んでいやがる。当てられるか、タイロン」

「火星の重力にだって、ニードル・ガンの癖にだってとっくに慣れたさ。ロングレンジで当てるってのは……」

そう言いつつ武器を構え、一呼吸の後に発砲したタイロンは吐息をこぼすなり自信たっぷりに続けて見せる。

「こういうことだ」

気障なセリフだが、実力は実力だった。

ロングレンジかつ遮蔽物多めのコースながら、判定装置の裁定は撃破。射線が通っていたのか、演習用の電子判定装置は戦果を記録してくれている。タイロンの射撃は対峙者の一人を見事に撃ち抜いていた。

陽動としては、満点だ。戦術貢献性、戦果、個人戦技評価にプラスってやつだろう。ちょっとうらやましい。負けてられないとばかりに俺も動く。

「いうだけのことはあるな。よし、狙撃位置を変更だ」

囮ってやつは、一か所にとどまってても仕方ない。あっちこっち動き回り、敵がこっちを追う意欲を刺激してやらなきゃならん。タイロンの狙撃に混じり、時折俺が牽制射撃。判定でヒットが一つも出ないが、無理に当てようとする必要はなし。肝心なのは、相手が撃ち返してくるころにはサッサと移動を済ませてしまうこと。これも、戦術への貢献ってやつだ。

見当違いのところへ射撃する連中をおちょくり、奴らの背後からぶち込んでやるのはこれまでにない爽快なやり方だった。

俺はいつも翻弄される側だったが、翻弄する側に、狩る側に回るっていうのはすごく気分がいい。ちょっとばかり、楽しい程だ。

遊んでいるのも、悪くはない。だが……そろそろ、仕掛けるべきだろうと俺はタイロンと確認し、仕上げの準備に入る。これまでは罵り合いぐらいにしか使っていなかった無線機を、共同作業ってやつに使用だ。

「アマリヤ、聞こえるな？　ポイントまでひきつけた。準備は？」

伏撃に適したポイント。演習場の一角に誘導は成功している。上手くやれているという実感もばっちりだ。

「問題なし。いつでも行ける」

「了解」

不安のあった猟師役もまずまず。いまいち信用はできないが、信用するしかない。じゃあ、終いだと俺はタイロンと一仕事を終えるために手じまいに取り掛かる。散々に敵へ撃ちかけ、反撃を受けたところで這う這うの体で逃亡だ。

「どうだ、連中、付いてきているか？」

「ばっちりだ」

釣れたぞ、と快活にタイロンは笑う。こうなれば、怒り狂った鬼から逃げるだけの単純な鬼ごっこ。俺とタイロンは演習場をよく知っているし、第一、体力で勝っている。追いつかれるはずがない。

振り切ってしまわないか心配だったぐらいだ。だが、俺の懸念は嫌な形で吹き飛ばされる。

「……ん？　変だ。……さっきからだが、やはり、おかしい」

「どうした、タイロン」

「嫌でも分かる。見ろ、さっきから、狙撃しにくいルートだけを選んで進んできやがってるが、確認のために止まった様子が一切ない」

言われてみて、はたと俺は気が付く。位置転換のため、こっちだって急ぎ足だ。

誘導ポイントまで、追手が追跡してきているので見落としていたが、連中にルートを選ぶ余裕なんてあるのは変だ。

息が上がるってほどじゃないが、俺にとってさえ楽なペースじゃない。体力的に劣るであろう追手の連中が瞬時のルート捜索・選択を並行しつつ俺とタイロンに追随できるというのは、明らかに奇妙だ。不審というか、殆ど、ありえん。

「体力のない連中だぞ。そんな奴らが、種もなしに警戒と索敵を並行しつつ、こんな速すぎるスピードでこっちを追えるもんか」

「やはり、種も仕掛けもあると思うか？」

当たり前だろう、と俺はタイロンの言葉に頷くことで返答とする。

「間違っても、ない方には賭けないな。こりゃ、よっぽどだ。やつら、最適解を最初から知ってやがるぞ」

俺のように、火星で二桁の評価試験を受けているのか？　ありえん。不本意ながら、K３２１以外の連中は、全員が新参だ。初めて火星の環境に放り出された時、俺は呼吸すら大変だったことを今でも覚えている。

……初めての連中が、教科書的な行動をとるのはまだしも、演習場で『勝手知ったる』様子というのは明らかにおかしい。

……実際、自分で覚えたわけでない知識というのは扱いが酷く難しい。記憶転写装置でスリランカ語を焼かれた時、俺はその知識が焼かれたという事実を認識することに酷く苦労したことを思い出す。だが、その反対で落とし穴というか、ズルの道がある。

焼かれた知識ってやつは、……下手をすれば最初から知っているような錯覚にすら陥る代物だ。最初のころ、日本語を話すつもりで自然とスリランカ語が口を突いていた。

ってことは、だ。妙な手際の良さから逆算して、新参連中は初めから想定空間となっている演習場についても焼かれてるんじゃないか？

想像が正しければ、恐らく正しいんだろうが、忌々しいことにこっちのアドバンテージが、一個、派手にぶっ飛ぶ。

「積み重ねた経験ってやつが、馬鹿馬鹿しくなるな」

タイロンのやつも即座に同じ結論へ至ったんだろう。たっぷり絞った苦々しさ満載の呪いをこぼしつつ、奴はニードル・ガンを構えなおす。

「こりゃ、フェアじゃない。アキラ、こいつは、フェアなんかとは程遠い」

「ああ、不公正も良いところだ。連中、戦術や武器の使い方に加えて火星演習場の知識まで転写されていやがる。そうとしか、思えない」

全部、こっちが散々苦労して身に着けた知識と経験の塊だ。呆れたことに、新参連中はたった一度の転写で焼き付けられている。きっと、これまで俺を打ち負かしていった連中も同じだ。連中には全部与えられ、こっちにはスリランカ語だけってくりゃあ、そりゃ、俺の成績に全部F判定が出るわけだ。

タイロンのフェアって口癖じゃないが、こいつは、酷いアンフェアだ。

タイロンと俺が陽動で、残る三人が狩りだすって手筈だったが……あくまでも、敵はこの戦場に不慣れという前提で組んだプランだってのはまずい。

これじゃあ、良い狩りをって算段が望み薄になってくる。

「ちっ、こりゃあ、厳しいな。どうする、猟師役連中と相談し、今からプランを練り直すか？　とはいえ、俺はあの糞女ともう一度折衝するのは嫌だぞ」

「同感だ、アキラ。俺もイギリス人相手に、土壇場でご相談なんてぞっとしない」

所定の計画ってやつを遂行する方がマシ。二人の間では、あまりにもあからさまだ。だがなぁ、とタイロンは肩を竦めてみせる。

「とはいえ、じゃあ、どうするか？　二人でアラモ砦ごっこでもしてみるか？」

「アラモ？」

「ああ、くそっ。言葉が通じるもんだから、勘違いしがちだな。俺の国のおとぎ話さ。英雄譚ってやつだ」

そいつは、知るはずもない。単語の内容まで頭に商連様が焼いてくれれば、話も弾んだのかもしれないが。……だが、まぁ、と俺は小さく苦笑する。

意図を通じさせるだけならば今の程度でもさほど不便があるわけじゃない。大事なのは、意味が分かるかどうかだ。

「時間がない。結論だけ教えてくれ。そいつは、勝てたのか？」

「……難しいな」

「は？」

単純な問いかけに対し、イエスか、ノーで返事があると予想していた俺はタイロンの返事に面食らう。

「どっちなんだ、それは」

「話してやってもいいんだが、今はこっちが優先だ。敵が動くのを見逃したくない」

苦笑しつつ、タイロンは偵察用のグラスを覗き込み始める。おしゃべりはまた今度というわけだ。道理といえば道理なんだろうが、始めたのはお前だろうに。

勝手な奴めと渋りつつ、俺もニードル・ガンを下ろしてグラスを構えなおす。

偵察用のグラスで大ざっぱに見渡す限り、敵に動きらしい動きはなし。俺とタイロンは見事に敵をけん制し、猟師チームが忍び寄り、仕留めるに最適なポイントへ釘付けにしてやったというわけだ。

「ん？」

……『釘付けにしてやった』？

そこで俺は改めて嫌なことに思い至る。獲物の連中、なんか、変だ。勘に近いが、自分の勘ってのはバカにしたもんじゃない。

気を引き締めて、俺は偵察用グラスを覗き込みなおす。

敵がそこにいるのは間違いない。ちょっと、隠れているので確実な場所は断言できないんだが、まぁ、敵がこっちの射線を避けてごそごそとやってるってことだ。一人仕留めているんだからな。タイロンの狙撃を警戒するのは当然っちゃ当然だろう。

だが、これまで妙に動きの速かった連中が……俺がタイロンと馬鹿話できる程度に動きを止め続けるってのは間違いなく怪しい。敵ユニット連中を忙しくし、視野狭窄にしたところで猟師役の連中が後ろや横から襲い掛かるって算段なんだが……どうなってるんだ。

「おい、タイロン。連中、動く気があるのか？」

「なに？」

「追手の連中だ。あいつら、動く気がないのか？　それとも、まさか横槍か？」

他のユニットと交戦しているとなれば、誘導した獲物を横からごっそり掻っ攫われるってことになる。こっちだけに注目させるって作戦からすれば、よそ見しているアホを別の連中が背後から襲うってのはありえなくはない。

不愉快だし、そいつはそいつで大問題だが……理屈では許容はできる。

「交戦しているならば、音でわかる。静かすぎるぞ」

確認しようという言葉と共にタイロンは偵察用グラスを覗き込み、俺がその間周辺を警戒する。

「……げっ」

引き攣った隣からの気持ち悪い声に、俺の勘が叫んでいた。こいつは、不味いことになったぞ、と。

「どうした、タイロン」

「おいおい、嘘だろ!?　待ち伏せしてやがる！」

「マジか!?」

遮蔽物が多かった。それが、敵の視界を制限するって見通しだったんだが、そういえば、あそこは、廃墟ながら廃墟内側からの射界は広い。

よくよく考えてみれば、『横から襲い掛かる』にも最適だが、待ちかまえてのアンブッシュにも最適の地形ときやがっている。

そんなところへ、狩るつもりで襲い掛かれば……。

ヤバい。

直感のまま、俺はタイロンと揃って無線に捲し立てる。

「アマリヤ、後退しろ！」

「そいつは、罠だ！」

俺とタイロンは、叫んでいた。

鈍感極まりないことに、イギリス人は危機感を感じ取れないらしい。いつもの調子、鼻に引っ掛けるような口調で怪訝そうに言葉を返しやがる。

「は？　何を根拠にそんなことを……」

無線越しのやり取りが、酷くもどかしい。

「いいから、後退しろ！　そのままじゃ！」

「ここまで近づいて、更に後退？　近づいて、廃墟を活用する方が安全よ!?」

なんで、俺のいうことが伝わらないんだ！　俺は焦りと共にヤバさを強調するが、事態は少しも改善しない。隠れている獲物を狩りだすつもりで近寄っていた三人組は、攻守が逆転した瞬間からいい鴨だった。辛うじて、というべきか。中国人だけ、少しばかり粘ったみたいだが……あんなところで撃たれればどうしようもない。

警告は、間に合わず、全員があっさりと仕留められる。生存性もくそもない。Fだ、F。判定を聞くまでもなく、一目瞭然だった。だから……傲慢なイギリス人に指揮を任せるのはやめろと言ったんだが。こっちが忠告してやったところで、聞く耳すら持っちゃいない。土台、連携など期待するだけ無駄だった。

「くそっ、だめだ。逃げるぞ、アキラ」

「他の連中がつぶし合ってくれることを祈るばかりか」

つまり、いつも通りだ。幸運の女神とかいう阿婆擦《あばず》れめ。忌々しいが、制限時間一杯逃げ延びられるか、どうか。弾薬の互換性があるという設定は、ここで、祟ってくれる。追手が弾切れ気味になってくれれば、幾分かは融通が利くのだが。

いや、と俺は首を振る。

どうせ、イギリス人に期待しすぎていたんだ。自分以外に期待した俺のミスだ。勝利は、結局、自力で摑むしかない。諦めず……抗うのは、当然だ。早々、諦めるものじゃない。何度も踏みにじられたいなど、誰が思うものか。

全力で、俺は、最後まであきらめずに粘った。

……その帰結は、しかし、数の差という暴力があっけなく結んでくれやがる。

逃げきれず、他のユニットの獲物となる最期。当然、成績は最底辺のままだ。

生存性：E（大変に劣悪：生存の見込み極めて低率）

戦果：E（大変に劣悪：戦意が欠如）
戦術貢献性：E（大変に劣悪：任務概要の不徹底）
個人戦技評価：E（大変に劣悪：サボタージュに近い）
総合評価：E（大変に劣悪：速やかな改善が必要）
やっと、オールE。あれだけやって、これだ。
最初の最初に三人がやられ、逃げ回っていただけのこっちは『大変に劣悪』と評価されてしまう。成績の判定方法に不満はない。こりゃ、当然の判定だ。
だが、胃がどうにもムカついてしかたない。
野外演習場において、俺は歯ぎしりと共に拳を握りしめていた。スウェーデン人が俺の肩に手を置き、何事か話しかけてくるが……付き合っている余裕なんてどこにもなし。イギリス人に一言でも言ってやらねば、腹が収まらない。
「間抜けめ、どうして、あんな罠に引っかかる」
「逆よ。貴方たちの警告が遅すぎた」
あんだけ、言ってやったのにこの態度。俺は思わず睨みつけていた。パプキンが何を考えてこいつと俺を同じユニットにしたのか知らないが、答え次第ではあいつの顔面をぶっ飛ばしてやる必要がマジで出てくる。
「本気か。警告をてんで無視しようとしたくせに、よく言える」
「あなたの戯言を私に一々全部信じて行動しろって仰るのかしら」

むっとした表情と言葉でもってイギリス人はこちらを睨み返してきた。自分の非は、なんとしても認めない腹らしい。

パン、と嫌な音。いつになく強くたたかれた手を打つ音に眉を顰めつつ、音の方へ顔を向け意外なものを見つけてしまう。

「黙ってくれ。二人とも、だ」

険しい表情……というよりも珍しいことにキレやがったスウェーデン人がそこにいた。憤怒を浮かべ、拳をわなわなと震わせる様など、面倒事の一歩手前だ。

拳を奴があげたら、先に叩きのめすか、叩きのめされるかになりうるってやつか。糞面倒な。

「君たちは、一体全体どういうつもりなんだ。協力という言葉を理解しているのか」

怖気すら走る言葉だ。

信用できないやつに、背中を預けろと？　スウェーデン人ってのはどうかしていると思っていたが、どんだけ、おめでたいんだ。

「……実際、アキラもアマリヤも我が強すぎる。客観的になるべきだ。ズーハン、君は割と醒めているだろう。僕は間違っていると思うか」

「間違っていないわ」

首を軽く振りつつ、中国人はため息交じりに言葉を紡ぐ。

「双方が歩み寄るべきね。……言い方というのは、工夫が必要だとも思うのだけど」

じろりと奴がこっちを見つめてくるのには、辟易とさせられる。またも中国・スウェーデン連合の誕生というわけか。いつも、いつも、変なところで組む連中め。

お前らのような囀《さえず》りほど俺が嫌いなものはないんだぞ。

「OK、要するに、だ。ファミリーの精神で歩み寄ろうってことか。俺たちは、幸か不幸か、一緒にやっていくしかないんだからな」

意外なやつの、意外な発言。いや、と俺はそこで頭を振る。

タイロンのやつは、地球に残してきたブラザー・家族とやらと相変わらず連絡を取っていたはずだ。そういう意味では、順当な訳か。ファミリーだとか戯言を使うわけである。

「タイロン、俺たちっていうのは全員のことか」

当たり前だろう、ってキョトンとした間抜け面。俺は理解できないとばかりに顔を顰めて見せる。こいつとだけは、話が通じると思っていたんだが……文化ってやつが違うらしい。

「俺は、俺だ。他人は、他人だ。タイロン、そいつは理解してくれ」

タイロンの自由に煩く騒ぐつもりは全くない。だが、俺を巻き込むのだけはやめてもらわねば困る。タイロン流に言えば、フェアってのはそういうもんだろう。

「アキラ、君のその態度は僕にとって理解しにくい。以前、ズーハンにも確認したがアジア人の距離感というやつとも異質だ」

「エルランド、そいつは中国人だぞ」

「その通り。私は中国の出身よ。それが、だから、どうしたというの？」

分かっていない中国人の返事には、心底から耐え難い。拳を握りしめ、ブチ切れそうになる忍耐心ってやつを総動員しつつ、俺は叫ぶ。

「新先進国のボンボンってことだろう⁉　俺は、日本出身なんだぞ！」

落ちぶれた旧先進国、勢いのある新先進国。

「日の当たる世界にいたやつには、分からないだろうな！」

「ＯＫ、落ちぶれた旧先進国仲間ってことでアキラにつこう。アマリヤ、お前もこっち側だな？」

「ボストン湾にお茶を放り込むような未開の植民地人と同類ですって？　ごめんなさい、そういう方と一緒に飲めるお茶はないのよ」

「ヤキトリにとって、茶がどれだけ重要か理解した上での発言か？　帝国主義者め」

タイロンとイギリス人のふざけ合い。どうせ、英語圏でしか通じない単語だろう。訳の分からない身内だけのフレーズで叫び続ければいい。いっそ、あれならばくっついてしまえ。

そういう無意味無害なやり取りならば、いくらでも続けてくれ。

厄介なことに、俺にとって有害なスウェーデン人の方は、一歩も引くつもりがないらしい。

「君の憤りはわかった。だが、下手なごまかし方はやめてもらいたい。……距離感の問題について、説明を要求する」

粘着質な変質者め。

「僕の過去に君がそこまで興味を持ってくれて幸いだが、ペラペラおしゃべりしたいほど目出度い頭じゃないんだがねぇ」

皮肉たっぷりに睨みつけてやるが、スウェーデン人は微塵も臆することなく睨み返してきやがる。

「一匹狼というわけか？　そうなったのには何か過去の経験が？」

「……人の過去を掘り返して楽しいか？　どんな権利があって、そんな糞のような真似をするんだ。放っておいてくれ」

パン、と手が叩かれる音がする。

「喧嘩腰はここまでにしよう。ここまでだ。敗因は、いくつもあるだろうが……『連携が悪かった』というのは致命的だ。全員、それが分からないほど間抜けじゃないはずだ」

違うか、と目線で問われれば否定も難しい。

「……間抜けはそっちだろう。距離感を知らないのか。空気をよめ、空気を」

「分析の必要があるんだ。Fだ、Eだとかいう判定には、もうこりごりだ。アキラ、君も、それは同じだろう？」

成績の件は言われずとも、分かる。

だがおっぱじめた側の癖に、スウェーデン人は我が物顔でこっちに諭すつもりらしい。恥知らずの偽善者め。空っぽの頭の中には、どんなヘドロが詰まってやがるんだ。

ブチ切れるあまり、殴り飛ばそうと俺は拳を振りかざしかけたところで肩を抑えられる。気が付けば、いつの間に近寄ってきたのか、隣に中国人が立っていた。

傍の奴から仄かに漂うのは、なにか……汗とは違う匂いだ。腐りきった根性とは裏腹に嫌味な甘さを纏った香水の匂いか。そんな体臭が鼻につくほど俺の耳元まで口を寄せるなり、そいつは微かな囁き声で、腹の毒をたっぷりとぶちまける。

「また裏切られるのは、お嫌い？」

「何？」

「……背中は、傷だらけ？」

平静を装ったつもりだった。俺の声は、震えてなんかいない。中国人に、このアマに勘づかれるわけには……。

「やっぱりか。……だとしたら、いえ、だからこそ、貴方はここにいるのね？」

その一言と共にサッと中国人は曖昧な微笑みと共に距離を取る。

「エルランド？」

「ああ、なにかな。ズーハン」

「普段の慎重さを、もう少し、思い出すべきね。人の古傷をほじくり返すときは、特に」

知っていやがるんだと俺は理解する。なんでかは知らないが、こいつは、この中国人め。

一体全体……どうして、どうやって、そんなことまで嗅ぎつけるんだ！　俺の経験も知らないだろう癖に、なんで！

「……お互い、頭に血が上っていたらしい。少ししてから、話そう」

捨て台詞を残し、装備の類を手にしたスウェーデン人が立ち去っていく。いっそ、忘れてくれ。

「じゃあ、戻るとしようか。わからなくもないが、あまり気にしすぎるなよ。調子あげていこうじゃないか、アキラ」

「気にするべきだと思うのだけど。違って、植民地人」

タイロンの言葉に噛みつく煩いイギリス人は本当にどうしようもない。

だが、気にするなと言われたところで……『無理』なんだよ、タイロン。お前は知りもしないんだろうが、そいつは無理だ。

忘れた振りが限界で、さっさと寝るしかない。

『大満足』を無理やり胃腸に流し込み、不愉快な気分を茶で洗い流そうと、珍しくスウェーデン人を避けるべく部屋の外をぶらつく。

幸い、キッチン内部には人気の少ない区画も多い。腰を下ろし、茶を啜るには静かで嫌いじゃないところだ。一服淹れていた俺だが、しかし、見たくもない顔を見つけるや茶が急に渋くなるのを実感していた。

よりにもよって、スウェーデン人？　こんなところまで、探し出してくるか？　ありえん。あの糞面倒なお話とやら、本気で続けたがっていたのか。

「アキラ、さっきの話を続けよう」

「エルランド、俺には話すことなんてない」

はぁ、とスウェーデン人はため息をこぼし俺の傍に腰を下ろす。

「じゃあ、僕が勝手に話す」

断固とした態度で、やつはこっちの顔を覗き込むようにし、口を開く。

「……このままじゃ、いけない。それは、アキラ、君も分かっているはずだ」

「青春ごっこがやりたいなら、違うやつと好きにやってくれ」

俺の嫌味を完全に無視し、こっちを見ようともしない癖にスウェーデン人は滔々《とうとう》と語り続けやがる。

「なんのための、新教育プログラムか？　僕は、ここしばらくずっと考えていた」

考えないわけではないが、そんなことばかり、こいつは考えていたのか。

「全員に共通しているのは大なり小なりが、癖のある連中ってところだと思う。君は特に顕著だし、タイロンやアマリヤも目立つが……実は僕やズーハンも例外ではない」

どうやら、完全な節穴ってわけじゃないのかもしれないが、こいつはとんだ大間抜けだ。

一番にあれなのは中国人だろうに。

「反骨精神が強すぎる。たぶん、これはパプキン氏が意図的に選んだんだろう。名無しのジョンが僕らの精神を叩きのめそうとしたのも、そこに関係があるはずだ」

お優しい教官様の意図なんて、こいつ、そんなことを真剣に考えていたのか。

俺としては珍しいことに、変な男だと呆れるべきか、目の付け所が鋭いと感心するべきかで迷ってしまう。

「君を苦しめるために、過去を漁るつもりはなかった。これは、信じてくれ」

そのうえで、とスウェーデン人は言葉を続ける。

「僕にも理由があってヤキトリに志願した。……君の理由とは違うのかもしれないが、前に進みたいのは僕も同じだ。こんなところで、負け犬として負け続けるだけなんて僕には耐えられない」

「俺だって勝ちたい。だから、足を引っ張るな」

それじゃダメなんだ、とスウェーデン人は俺の言葉を即座に否定し、宥《なだ》めるような声色で続けやがった。

「勝つために、合格するためにも、全員の力を使いたい。利用し、利用される程度の関係でも構わない。心の底から信用してくれとまでも言わない。ただ、利益を分かち合うために協力できればと思う」

「それで、利益を独り占めか？」

鼻を鳴らし、笑い出してしまいたくなる。協力、信用、分かち合い。……言うのは簡単だが、ただ乗りしようとする屑が世界には多すぎる。地球を見ればいい。宇宙人こと商連様がやってきたときの歴史ってやつを教科書で読めば簡単だ。

責任転嫁、出し抜き合い、挙句が裏切り。俺の周りだって、そうだった。こいつが、こいつらが違うなんて保証がどこにある。

「……君がどう思っているにせよ、これは演習だ。ルールがはっきりしている。言い方は悪いが、誰も死んだりしないお遊戯だ。本当の戦争に行く前に、こんな演習ですら突破できないとなれば先行きは不安極まりないと思わないか」

ぐっ、と俺は胸中で呻いてしまう。死にたくなんて、ない。俺は、生き残りたい。生き残って、俺を反社会的だなんだと見下してきた糞と屑ぞろいの連中を哂ってやるんだ。

だから、前に行くための足を引っ張られたくない。それだけなんだぞ!?

「ヤキトリの死亡率は、凄まじく高い。記憶転写装置で知識一式を焼かれたほかの面々ですら、ああなんだ。僕は、最大限、抗ってから死にたい。僕は、僕が生きていたという証を残したいんだ。このままじゃ、どうしようもない」

……ああ、畜生！　このままじゃ不味いってのは、分かっているんだよ、分かっているんだ！　だが、どうしろっていうんだ！

いつも、やられるのはなぜか？

そんなことぐらい、いつだって、考えている！

「……エルランド、一晩だけ、考えさせてくれ」

「分かった。ありがとう、アキラ」

握手のつもりだろう。スウェーデン人は手を差し出してくる。俺は礼儀正しく気づかない振りをし、奴と手を握るかどうか一晩考えるため寝床へ早々と潜り込んでいた。

嫌な理由はたくさんある。

だが、『嫌』ってだけなんだ。真剣に利害を計算すれば、どっちが得かはハッキリとしている。葛藤の末に、俺は腹を決めていた。『結局のところ、演習だ』っていうスウェーデン人の言葉が決め手だったかもしれない。

俺は我儘とは程遠い人間だし、協調の精神とやらでもって最終的には同意したんだ。一度ぐらいは、胸糞悪い連中ともお手々をつないで仲良くお遊戯しましょうね、と。

だから、俺は協力ってやつに手を染めた。上手く行かなかったか？　とんでもない。とんでもなく上手くいったんだ。この上なく！

今度こそはという確信と意気込みでもって、臨んだ第14回目の試験。

俺はイギリス人のヘマを責めず、カバーまでしてやり、相手にもそれを期待した。この点、イギリス人がさぼったり手を抜いていれば話は違った。だが友達ごっこは、ここでもきちんと機能した。ヤバいことに、イギリス人は誠実なイギリス人とかいう訳の分からない存在に徹していたのだ。俺も奴の援護で何度か救われ、仕方なく奴へのカバーも体を張って実行したほどだ。中国人じゃないが、借りってやつはちゃんと返済するものだ。

スウェーデン人とも中国人とも協力だ。まぁ、ちょっとばかりタイロンと合わせる方が簡単だったとかはあったが、慣れの問題だろう。全体としては、K３２１は他のユニットに勝るとも劣らぬ連携を発揮し、戦果はさておきサーチ・アンド・デストロイで終盤までユニット全員が生き残る快挙まで成し遂げたほどだ。

俺は、勝利のしっぽを確かに掴んでいた。

第14回目もしかし、また、敗北だった。

繰り返そう。

また、負けた。全滅だ。そして、不合格。

僅差ながら、順位を含め最下位で不合格となってしまう。

総合評価はD。俺は最善を尽くした。ネックの生存性ですらDだったし、個人戦技評価もCに届く。手ごたえはかつてなくあったんだ。なのに、届かない。

戦術貢献性がCで、戦果こそE判定だったが、今回は全員が最善を尽くしたはずだった。

一丸となって、挑んだ結果だ。なのに、またか？

これは、おかしい。

俺はニードル・ガンを放り出し、吐き捨てる。

「こんなの、勝てるわけがない」

「アキラ、なんだ、投げ出すなんてお前らしくもないな」

元気をだせよ、と見当違いなことを口走るとはタイロンも敗北と不合格のダブルパンチで頭がアホになったのか？

「違う、タイロン。この間抜け。気づけ、このルールじゃ、俺も、お前も、誰であっても、他のユニット共に勝てるわけがないんだ」

「……今のルール？　まって、この演習の形式では勝てないとあなたも思うのね？」

「アマリヤ？」

一体、今度は、何をと俺が問う前に奴は言葉をつづけ始める。

「私たちは工夫した。違う？」

どうかしらエルランド、とイギリス人は問いかける。

「あなた、私とアキラが協力する努力を惜しんだとは言わないわよね」

「それは……口にするはずがない。全員が思いつく限りの工夫と連携はした。ベストを尽くしたと断言できる」

実際、戦術貢献性はCだ。辛い評価にせよ、やるべきことはやっていたって電子判定装置でさえ認めている。だからこそスウェーデン人の言葉に、俺は頷きつつ言葉を付け足す。

「エルランドの言葉に付け加える。こっちは、火星最古参組と言っていい。演習場のことだって、一番に知悉していなきゃおかしい」

キッチン職員を別にすれば、K321こそは一番長く火星に留まっているユニットだ。なのに、それだけ長くいるにもかかわらず、勝てない。

個人戦技評価も、生存性も、戦果も、伸びない。肉体的には、体力的には、他を圧倒しているはずなのに、だ。

「はっきり言おう。この条件で一度の勝利さえできないのは、根本的にありえん。K321だけが最下位で不合格！　一体、なんだって、基準を満たせないんだ？」

深々と頷き、イギリス人が吐き捨てる。

「脳に記憶を焼き付けるだけで、肺活量や筋肉が増えるはずもなし。単純な持久力や、腕力だけならば扱かれた私たちの方がとっくに上だわ」

スウェーデン人が続く。

「なのに、僕らは勝てていない。何故だろうか」

さあなと首を振ったタイロンの奴はそこで弱音ともいうべき何かをこぼす。

「……惨めな気持ちになるやつだな。やれやれ、本当につらい」

そのまま沈黙が場を支配しかけた瞬間のことだった。ニードル・ガンをぶら下げ、手持ち無沙汰気味に沈黙していた中国人が口を開く。

「ええ、本当に。本当に、惨めな気持ちだったわ」

だった、という言葉を妙に強調し、中国人は全員の瞳を覗き込みつつ言葉を続ける。

「標準プロセスで転写されているのは何？」

唐突に中国人が口にした言葉に俺は面食らう。突然、こいつは、何を言い出すんだ？　名無しのジョンが、たっぷり説明した言葉をきれいさっぱり忘れたとでも？

「おいおい、ズーハン。忘れたのか。眠気を誘う言葉だったが、ジョン・ドゥ教官がたっぷり説明してくれただろう？　違うか？」

タイロンの苦々しいぼやきに、俺は頷きかけていた。だが、中国人ときたら軽く微苦笑を浮かべて首をかしげて見せる。

「ええ、『標準内容』が転写されている、とね。で、その中身はどうかしら。検討してみる価値くらいはあるんじゃないかしら」

　何を、こいつは、言い出すんだ？

「知るもんか。第一、目途もなく検討するっていうのか？　ズーハン、そんなの無理だ」

「いいえ、アキラ。そうでもないわ」

　その言葉と共に、中国人は部屋に備え付けられている端末を指さし、クスリと笑って見せる。

「教育ＡＩマグナスにデータがあったわ。商連のカタログね。『軌道降下歩兵』としての標準技量を完備……なんて品質保証的な言い回しがあるわ」

　得意そうというよりは、当然でしょうという口調が癪に障る。だが、俺はそれ以上に意味深な言葉を中国人の言葉から嗅ぎつけていた。

「標準技量？　知識の転写じゃないのか。聞いている話と少し違う」

「内実は、違わないみたいね。標準技量というのは、商連軍からの要求水準を完全に満たすという保証でしかないの。もっとも、マグナスに公表されている限りのデータを見る限りでは……とてもそうは言えないけれど」

「つまり、どこかが大嘘だって言いたいのか？」

　何が言いたいのかはっきりさせろ、と俺は語気をやや強めていた。迂遠な言い回しでこっちを煙に巻こうっていうのは、なしだ。

「嘘じゃない。でも、半分以上は方便ね。官僚組織の典型的なやり口というか、帰結」

さらり、と吐かれる言葉は中国人の意外な一面を俺にうかがわせる。油断ならない人間だとは思っていたが、お役人にも詳しいと来た。俺は常々こいつを好きになれないというか、腹黒いと本気で疑っていたが、ようやく原因の一つが明らかになった。

そっち側の出身ってことか。増々嫌いになる理由を見つけたということだ。

だが、今ばかりはそういう感情を押し殺し、俺は奴の言葉に耳を傾けることにする。

「そもそも、本来ならばおかしいのよ。たった二、三日の時間だけで試験の合格水準に到達するなんて」

そりゃ、一理はある。俺だって、受験勉強をやったことがあるから、痛感しているほどだ。積み上げが肝心であって、一夜漬けなんて付け焼き刃も良いところ。けれど、商連式学習法っていうやつは別の平野を拓いたはずだ。

「知識は焼けばいい。こっちは、それに散々やられているだろう」

「勿論、記憶を焼いたからなのは否定しないわ。でも、そうなると行われる試験の性格はどうなるの？　試験は試験でも、簡単な『動作試験』となるんじゃなくて？」

想定環境において、想定された機能を発揮するかの確認。それだけだと中国人は平然と口にする。

「簡単な試験だって？　おいおい、ズーハン、じゃあ、俺らは何で合格していないんだ？」

「ええ、タイロン、そこが肝《きも》なの。商連軍の要求水準は本当に高い。……挑んでいるからこそ、理解できる」

分かるでしょう、と言われても面食らうばかりだが……考える空想癖のある連中には違うらしい。

「これにポンポン合格できるというだけで、ヤキトリの品質証明になるのも理解はできてしまう。でも、じゃあ、なんだって、僕らが新教育とやらに関わるのだろうか。現実戦場で彼らが使えないという話はどうなるんだ？」

少し考え込んだ様子を見せたスウェーデン人が、自分自身でも半信半疑というような声色で状況を整理して見せる。

「いえ、まって。だというのに……ほかのユニットは技量の不足を知識で補っている？」

不審そうにイギリス人は呟く。何かピンと来たのか、そこで、奴はわかったとばかりに手を叩く。

「……論理的に矛盾しているわ。ネイティブですら、言語試験に合格するには少しの訓練が必要なのよ？　焼いているというのであれ、『知識』の転写だけでどうにかできるはずもないわ」

よくわからないことをブツブツ呟き始めるイギリス人に対し、中国人は簡明だった。

「論理を導くのであれば、簡明ね。これは、秀才とカンニングしている連中との競争なのよ」

「どういうことだ、ズーハン。説明してくれ」

「簡単よ、アキラ。こっちは、問題の模範解答を模索して答案を書いている。まぁ、頑張って80点は取れるんじゃないかしら？　Aというところね」

それに対し、と中国人は呆れたような声で笑いだす。

「相手は、いつでも模範解答の丸写し。どんな秀才だって、天才ですら、このルールじゃ勝てるはずがないの」

笑い続ける中国人の指摘は、俺が言いたかったことを見事にまとめていた。

「……本当の実力なんてたかが知れてるでしょうけどね。試験だけでは、もう、無敵に近いはずよ」

絶対に勝てないルールだ。

他の連中が全員100点満点なら、俺が99点を取ったところで相対評価で最下位。FだEだも当たり前で、永遠に不合格ってわけだ。

「ひどい現実を認識してしまえたわけか。僕らは、どうしようもない努力を続ける必要があるってことかな」

はっ、と俺は哂う。スウェーデン人の性癖は知らないが、俺は、マゾじみたことはごめん被る。

「逆だな、これは……いや、たぶん、そうだ」

「アキラ？」

「ルールを疑う。こいつが、きっと正解で合格だ」

キッチンというか名無しのジョンが求めてくる訓練スケジュールというのは、いつでも変わらない。どんな時でさえ事情は斟酌せず、時間厳守で装具を装着して定刻開始。

それは、たぶん、火星が滅びる日まで同じように繰り返されるんだろう。

「さて、チキン諸君。昨日の第14回目もD判定ときた。残念だが不合格だ。健闘むなしくと諸君の骨折りを労《ねぎら》うに吝《やぶさ》かでもないのだが、結果は結果として受け止めてもらう必要がある」

予定調和の如く、名無しのジョンは聞き飽きた負けを詰《なじ》るセリフを繰り返す。

後は、一通り形式的な言葉をつづけた後に、演習場へという号令に至るルーチンワーク。教官様に於かれては、気分よくいつもの日課をご堪能というわけである。

そいつを邪魔できるのは、全く、すごく楽しみだ。ワクワクしてしまうと笑いつつ、俺は教官のくだらない話に割って入る。

「ルール変更の話をさせてもらいたい」

「……なんの話だと？」

話を遮られることは、教官様の予定表になかったんだろう。名無しのジョンは、ちょっと戸惑うような表情を浮かべると苛立たし気にこっちを睨みつけてくる。

心までチキンであれば、きっと、その一睨みに震えあがってしまう代物だが、俺は臆せず主旨を口に出す。

既存の在り方がおかしいから、変更が必要だ、と。ほかの連中も、この点でいろいろと補足して言い足し、Ｋ３２１の言い分として突きつけるのに協力する。

……正直、僅かにせよここで背中を刺される可能性は否定できぬと覚悟してもいたんだが。

ひと段落を無事に乗り越えたところで、安心して次の段階を待つ。

名無しのジョンは、どう、反応するだろうかと考え始めたところで、俺は最高に愉快なアイディアを思いつく。

「勝てないから、ルールを変えろと？」

「その通り」

微笑みと共に、俺は頷く。かつて『その通り』を連発しやがった記憶にある教官様の姿通りだと、なおいいのだが。鏡が部屋にないのが心から残念だ。

「……不合格はおかしいと言いたいのか？」

「その通り」

以前の意趣返しとばかりに、俺は『その通り』を繰り返してやる。名無しのジョンだって、すぐに自分がおちょくられていると気づいたんだろう。質問されるのは楽しいことではないが、こういう仕返しで得られる愉悦ってやつはなかなかだ。

名無しのジョンは酷い教官かもしれないが、この楽しみを教えてくれたことには、感謝ってやつをしてやってもいい。

「一つ聞きたいが、それは冗談でも何でもなく本気の希望か？」

「その通り。教官、冗談でこんなことを口にするとでも？」

「大した口の利き方だ」

ムッとした俺が文句の一つでも返してやろうかと口を開きかけたところで、サッとスウェーデン人が割って入る。

「アキラの口が悪いのは、まぁ、ご容赦を。ですが、僕ら全員がこのルールでは不公平だと確信しています」

余計な言葉も入っちゃいるが、まぁ、俺も大人だ。スウェーデン人が変なことを言い出すのはいつものことじゃないか。ぐっと抑え、後で文句の一つでもいうことにして今は済ませてやろう。

「ふむ。……警告しておくが、諸君の経歴に残るぞ。全員の総意というのは、本当に間違いないのか？」

何でもないような言葉だが……いや、とそこで俺は名無しのジョンに向き合う。奴はこっちを動揺させるのが酷く得意だ。じっと一人一人瞳を覗き込む手管は、よくある分断策だろう。

分かりきった手に……と心中で笑いかけたところで俺はびくり、と中国人が奇妙なくらい肩を震わせたことに気が付く。

一瞬、俺は微かな疑問を抱く。ひょっとすると、彼女はおびえているのだろうか？

変なところで、転びそうになるやつだ。

奴を崩されると、なし崩しになりかねない。……貸し一つってやつだな。

「教官、よろしいですかね」

「アキラか、なんだ」

悪だくみを後ろから蹴り飛ばすっていうのは、実にいいものだ。横から声をかけた俺に対し、心底から邪魔だという雰囲気を漂わせた名無しのジョンが睨みつけてくるが俺は気にしない。

「そいつはご親切な脅迫ですか？　それとも、ご忠告で？」

「もちろん、善意からの助言だ」

心底から胡散臭い発言を、堂々と繰り返せる態度だけは立派なもんだ。きっと、良心ってやつをどこかに忘れてきたんだろう。

「「はっ」」

俺と同じように皮肉な笑みを携えたタイロンが横で口を開く。

「善意、助言ってやつを口にする野郎を信じるなっていうのが、ストリートでの人生訓でしてね。名無しのジョン、あんたがそれを知らないとは驚きだ」

「ミスター・バルバロイ。ここは、火星だ。君がどこの蛮族か知らないが、ローマにあってはローマ流に、火星にあっては火星流だ。流儀が違うと承知してくれると嬉しいが」

沈痛そうな表情と態度でもって、名無しのジョンはタイロンの反発に対して皮肉で返す。

ムっとしているタイロンにはあれだが、俺は心のどこかで感心すらしていた。

名無しのジョンめ、よくもまぁペラペラと舌が回ることだ。

「それで？　何かね？　諸君の言い分はとんでもない負け犬の戯言か？」

あからさまに軽蔑するような口調でもって、名無しのジョンは吐き捨てる。

「既存の演習では自分たちが勝てない。だから『ルールを変えてくれ』と諸君は本気で懇願するというのかね」

負け犬と頭から決めつけるが如き奴の言動は、全く癪に障って仕方ない。けど、俺は裏も読めるんだよ、この糞野郎。

『俺』は勝てるはずだといつも思い、なぜか負け続けていた。可笑しいと思うべきだったんだ。いうなればカードゲームで鴨られているときと同じなんだろう。八百長を相手がやっていると、もっと早く疑うべきだった。

どうにも、謙虚過ぎたんだろうな。まともさってやつも、最低の連中を相手にするときは善し悪しかもしれない。

結論は、単純だ。

「いいえ、違うわ」

「そう、懇願じゃない」

俺はイギリス人に先んじて、その先を口にする。

勝てないゲームを延々と遊び続ける奴は、馬鹿にされてもしょうがない。イカサマっててのはありふれたものだ。それこそ、火星にあっては火星流のイカサマってやつがあるんだろう。そいつは、ルールってイカサマだ。ルールってやつは、フェアに見せかけるためのトリックなんだ。結局のところ、作る側が一方的に有利だってことを悟れば簡単極まりない。

「俺は、俺たちは、ルールの変更を要請することこそが、正しい行動だと確信している」

自分が言いたかったとばかりに口をイギリス人が尖らせるのは、俺に仄かな充足、いや、本当に大満足ってやつを与えてくれる。

それぐらいは、俺の正当な権利ってやつだろう。散々、苦労させられた側なんだからな。

「なぜそんな権利があると妄言を？」

疑うような口調で名無しのジョンが問うてくるのさえ、白々しい限りだ。

「あんたのいう教育プログラムの結果だ」

俺は気づいたんだ、と言葉を続けかけたところでふと思いなおす。忌々しいが、こいつは、俺一人の手柄と胸を張るには少々……他所の手を借り過ぎているのも事実だ。忌々しいが、ちょっと、訂正が必要だろう。

「ああ、いや、こっちは自分で考えることができる。考えた結果、こいつがおかしいって気づいた。気づけたんだよ」

俺の言葉は、しかし、名無しのジョンに感銘を与えなかったらしい。

「馬鹿馬鹿しい。責任転嫁も極まれりだな。極めて公平な環境での演習だぞ」

ルールは正当だと言い張る腹らしい。

「諸君には、失望した。経験というアドバンテージがある分、アンフェアかもしれないほどだ。そんなこともわからない愚か者だったか」

全身から苛立ちを露骨に漂わせ、巧妙にこっちを威圧しつつ名無しのジョンは嘆息してみせる。こっちの足並みが乱れれば、なし崩しで丸め込まれてしまうかもしれない演技力だ。

だが、俺のカバーはちゃんとリターンを得る。ニコリとした口元に笑みを携えた中国人が、首を軽くかしげながら口を開いたのだ。

「そうですね、教官。私たちは、何度も受験してテスト対策をしているようなものです。ちょっと、不公平かもしれません」

どうやら、やつも復調ってところだ。

「でも、どれだけ優秀な受験者でも、模範解答を丸写しする受験者に勝てないのは『努力』の問題ですか？」

暫く黙りこくったのち、名無しのジョンは小さくため息をこぼすと肩を竦めて見せる。

「……大変結構」

さて、なんといってくることか。待ち遠しくもあり、怖くもあり、期待もあり、俺自身もよくわからない気持ちが胸中を占めていた。

正しいはずだ。

……正しいはずなんだ。

頼むから、そうであってくれ。

すぅ、と奴が息を吸い込む音に気付き、俺は僅かに表情をこわばらせる。罵声を轟《とどろ》かす深呼吸の音か？

「この、屑どもめ。いや……ヤキトリ共め、合格だ！」

合格。

合格だ！

「は？　ご、合格とは？」

ぽかんとしたエルランドの間抜け顔が、俺にはどうしようもなく珍妙に思えて仕方ない。

要するに、こっちは、正解したんだ。

そこからは、もう、最高に愉快な時間だった。

どこからかパプキンの奴が顔を出し、反骨精神たっぷりな人間を集めた理由を『批判的思考』に求めたことを、火星にある数少ない娯楽施設の一角で大いに語り始める。正直、彼が何を考えているとかそういう高尚なお話は興味がほとんどないのだが、マクドナルドでハンバーガーの大盤振る舞いとあれば話は違ってくる。

『大満足』以外の食事であれば、なんだって、俺は大満足だ。ロンドン宇宙港で覚えたマクドナルドの味は、人間の食事っていう味で殊更に素晴らしい。

合格っていうのは、いいもんだ。

気分が、最高にハイってやつだ。

合格祝いのささやかな祝賀の言葉から火星時間で38時間後。俺は、珍しいことに自分の前言を撤回していた。それは、もう、盛大に。

「こんなことなら、もう二日ぐらいだけ合格を先送りにすればよかった」

幸か不幸か、いや、見栄を張るのはやめよう。合格した喜びなんて、しけたもんだ。俺は前に進みたいとは願っちゃいたが、別に、どうしても戦場へ行きたかったわけじゃない。

「……実戦、か」

忌々しくも聞き覚えのあるモーツァルトの曲の中、俺のぼやきは溶けていく。音が過剰に充満している艦内において、小さな弱音なんて漏れ聞こえるもんじゃない。それに、このぐらいの愚痴は誰にだって許されるはずだ。

キッチンからの緊急放送でたたき起こされるや、即時招集の号令と共に火星軌道エレベーターへ移動命令。訳も分からず詰め込まれ、中途半端に青い惑星の宇宙港へ待機させられていたところへ姿を現すのは軍艦だった。

名無しのジョンが俺や他の連中全員にこっそりと伝えてくれたことによると、商連と緊張関係にある『ユニオン』とやらに類似した『所属不明』の集団を相手にしたごたごたによる『平和だか治安だかの維持活動』への緊急派遣とか。

そんな簡単というか、粗雑極まる説明の数分後には、火星中のヤキトリがドックに接舷してきた商連即応艦隊所属進攻降下母艦ＴＵＦ－フォームニティへと詰め込まれ始める。

上の言い分は、とにかく乗り込め。ごちゃごちゃはなしだ。

かくして、ヤキトリらを詰め込んだ商連即応艦隊所属進攻降下母艦ＴＵＦ－フォームニティは火星港より緊急発進し、即応艦隊本隊へと合流するべく一路航路を最大戦速で突き進む。

目的地は、言わずと知れたもんだろう。本物の戦場だ。俺は、俺たちは、初実戦へ向っていた。

第五章
『実戦』

ヤキトリはターキーと違う。
恩赦はなしだ。

無名ヤキトリ

商連即応艦隊所属進攻降下母艦ＴＵＦ‐フォームニティ

突然の招集、有無を言わさずの駆け足搭乗。妙に現実味がないなと感じつつ、急かされるままに詰め込まれた艦内では原初的混沌だ。どうしようもなく酷い。

軍艦だからだろうが、規則、規則と糞煩い標語が壁にベタベタ貼ってあるのに、現実はどうだ。何から何まですべてが明らかに場当たり的。

船室の割り当てすら、出港してから事後的に始められる始末。奇妙にテンポのいい行進曲じみたモーツァルトの流れる中で、身動きすらろくすっぽ取れないヤキトリが押し合いへし合い。過密ってのはこのことだ。

こうなってくると、お行儀が悪いアホの出没も避けがたい。スピーカーを殴ったたか、蹴ったたか、この際どっちでも大差はないんだが……『優しく刺激』したド阿呆が出やがった。だもんだから、大惨事が引き起こされる。

また、そう、またもだ。モーツァルトの調べが艦内に耐えがたい音量で響きやがった。

事態を把握した艦橋が慈悲深くもわざわざ音量調整を行うまで、こっちは散々にクラシックを耳に突っ込まれて疲労困憊し果てる。どこのどいつか知らないが、学習能力のない馬鹿野郎なぞ、ニードル・ガンで背中を撃たれてしまえばいいものを。

前回の貨物船での経験とも合わせれば、答えは明白だろう。快適な航宙って幻想との縁が俺にはないらしい。

とはいえ、ささやかにせよ待遇改善ってご配慮だろうか。進攻降下母艦という軍艦は『ヤキトリ』を搭乗させる専用艦だけあってあれこれ工夫されているらしく、寝床の環境は貨物船よりも多少マシになっている。

具体的に指摘すれば、空気が清浄に近い。

たぶん、人工重力がしっかりしているからだろう。変な酔いが襲ってこないってだけで大満足だ。ちなみに、名無しのジョンが明言してたように、規則か何かで規定されているのだろう。食事の方は代わり映えがない『大満足』のままだった。

乗船初っ端、大混乱の状態にもかかわらず、きちんと見慣れたパッケージのチューブが支給されている。これだけは手際よく、却って俺をげんなりさせたが。

初実戦という現実を意識すればするほど、お粗末な餌には気を削がれる。いつ降下するかも知らされていないが、遅かれ早かれ戦場に放り込まれるんだろう。……死亡率の数字は、忘れちゃいない。実際、半分ぐらいは死ぬんだろう。

末期《まつご》の食事が『大満足』？　とてもじゃないが、死んでも死に切れん。

死ぬなという皮肉の混じった迂遠な激励であればまだしも、商連の連中のことだ。特に何も考えていなさそうである。ヤキトリにしてみれば、否応なく悟らざるを得ない真理に違いない。

こっちが命を張るっていうんだ。商連の連中、少しは気を利かせてマクドナルドのハンバーガーぐらい、出撃前に用意してくれればいいものを。

なんて、変な期待をしても仕方がない。火星での規則正しい訓練の成果だろうか。どんなことがあろうとも、胃袋は平然と空腹を訴えてきやがる。

餌を欲しがる我が胃袋の要求に従い、俺は渋々ながら慣れてしまった『大満足』のチューブ食を流し込むなり、お茶で喉の気持ち悪さを洗い流す。

まるで、いつもと変わらないかのような食事。奇妙なことだが、俺は馴染みのある行動でちょっとばかり落ち着きを取り戻す。ほどなくして、船室の割り当ても完了。5人部屋があてがわれ、装備と荷物を安置して寝床に転がり込む。

睡眠時間を稼ごうなんて思ったところで、しかし、俺ははたと気が付いていた。

『次の予定を、俺は知らない』と来ている。

普段では、あり得ない。

つい先日まで、名無しのジョンがやれ訓練だ、講義だ、演習だと次から次に予定を埋めていやがった。こっちとしてみれば、奴の要求をこなしつつ、時間さえあればとにかく寝床で寝てたかったもんだが……軍艦にぶち込まれて『待機命令』ってやつは想像していなかった。最初こそ、素直に俺だって喜んだんだ。

煩く言われないのであれば、取りあえず何か言われるまで寝だめ。どうせ、次から次に変な指示や命令が来るだろうってね。日本国の世界に誇るお優しい収容所の愉快にして痛快な生活を通じ、俺は放置されるのにも慣れきっていた。

時間なんて、持て余すはずがないと思い込んでいたんだ。……なんだが、火星生活でちょっとばかり、俺は変容されたらしい。

手持ち無沙汰ってのに落ち着かなくなる。教官様の鉄拳とかに、カッチリ教育されてしまったらしい。何かしていないと座りが悪くてたまらないってのは、不思議な感覚だ。

仕方なしに、俺はこういう時に一番無難な男へ疑問を投げかけていた。

「エルランド、暇ってのが悪いわけじゃないがいつまで続くんだ？」

「続くというのは」

「この待機命令とやらだ。乗船して、もうまる一日だぞ」

何かがあるんじゃないのか、なんて振るもスウェーデン人の反応は張り合いが抜けきっている。

「そうだな。アキラの言う通りだろう。僕らにも、なにがしかの説明ぐらいはあるとは思うんだが……」

悠長な言葉を吐きつつ、奴は肩を竦めて見せる。

「こっちは待つしかない。折角せかされることがないんだ。ちゃんと寝て、力を抜いておくのも悪くはないだろう？」

そんなものだろうかと俺が首をかしげるのとは裏腹に、イギリス人とズーハンも同じ意見らしかった。これ幸いとお茶を飲みつつ、潰れたように寝床で横になって睡眠賛歌。

連中が煩くないというのは感動的だ。それで、良しとするほかにないのかもしれない。

ごろりと寝床の上で俺は寝返りを打ちつつ苦笑する。

気づいたんだが、火星までの貨物船でも、火星でも、それこそ軍艦の中でも俺の求める説明を受けることは稀だった。

いや、まだ、火星は良い。

キッチンで散々に炙《あぶ》られ、蹴り飛ばされるのを可愛がりと呼ぶのは怖気《おぞけ》が走るが、少なくとも関心は払われていた。

それ以外ではどうだ？　放置され、待たされてばっかり。

時間だけが、過ぎていく。商連人だか、商連軍だかはそれで給料を払ってくれるっていうんだから……気前がいいんだか、呑気なのかさっぱりだ。

そんなことを思いつつ、ちょっとばかり喉の渇きを覚えた俺は起き上がり、火星で買っておいたチューブ仕様のお茶に手を伸ばしかけていた。無重力空間であっても飲めるって売り文句はなかなかキャッチーだ。その上、手軽に飲めるってのも悪くない。唯一の問題は、

『大満足』そっくりの外見ってことぐらいだ。……割と致命的じゃないのか？　ラベルが違うだけで、他は間違いなく同一の容器ってあたりに商連らしさを感じてしまう。

そこまで思案したところで、俺は手を引っ込めていた。やめ、やめだ。初実戦前の今だけは、時間が糞のように余っている。死んだら、時間なんてない。どうせやることもないんだ。本式の茶でも淹れよう。

茶葉を蒸らすという訳の分からない工程を踏み、自分の淹れた茶も味がまぁまぁでるなと自画自賛しつつ、俺は適度に一服を行う。

「おい、アキラ」

なんだ、とタイロンの方へ顔を向ければ、同じく暇を持て余した人間を発見だ。

「意識しないようにしていたんだが、やっぱり暇が過ぎる。茶の一杯も分けてくれないのか」

「タイロン、割り勘だ。葉っぱを寄越せ」

了解だとばかりに寄越されるパックを受け取り、俺は奴の差し出すカップに注いでやっていた。

正直、手間賃を考えれば不公平な取引か？　いや、まぁ、取り分は貰っているんだ。俺もあまり煩いことをいうべきではないだろう。

お湯と茶、そして会話ってのは昔からの伝統に違いない。俺とタイロン以外の連中も、思い思いに一服するお茶の時間。

とはいえ、待機命令とやらのせいで好き勝手に動くことさえできない。

こうなってくると、辛気臭い連中の顔を見続けるか、お茶を飲むか、寝床でごろりと横になるかぐらいしか選択肢がない。

茶葉だって無限じゃないし、寝っ転がるぐらいしかやれることがなくなるのも道理だろう。おかげで暇を持て余し始めるって寸法だ。

タイロンと俺は馬鹿話を交わし、ついでにちょっとばかり歴史のお勉強だ。だいぶ前、タイロンが口に出していたアラモとやらについて教わる。

要するに、アラモってのは砦を守って戦った連中の話らしい。

勝ったか、負けたかが曖昧なのは『戦略的勝敗』と『戦術的勝敗』ってやつが別物だってことなんだろう。

籠城した連中は、勝ったか、負けたかで俺とタイロンの意見は交わらない。タイロン曰く、あれは勝利らしい。俺に言わせれば、アラモに籠るような立場にはなりたくないってことだ。そういう立場に置かれたら、俺ならさっさと白旗に決まっている。

全滅して、それでも勝利だって言われると釈然としない。そいつは、当然だろう。

俺にとっては素直な感想だった。だが、どうもタイロンには受けが悪く珍しくムっとするなり奴は、熱心に反論してくる。よくわからないのだが、どうやら奴の持つ奇妙な価値観にそぐわないと言いたいらしかった。

『名誉』だ『歴史』だ『結果』だ、さっぱりだ。けれど思えば、ファミリーだなんだと変なことを奴は重んじていた。奴とは価値観が違うという事実を思い出し、俺としても礼儀として軽く詫びておく。

こういっちゃなんだが、他人の信条を馬鹿にするのはやめておくべきだろう。俺に関係ない限り、そいつが内心で何を考えていようと自由ってもんだ。

そんなことを考えつつ寝床に飛び込みかけたところで、陽気なモーツァルトを奏で続けていたスピーカーが唐突に楽器の音を閉ざす。

なんだ、と思った次の瞬間には音は音でも警報音の様な甲高い合成音が鳴り響いていた。ぎょっとし、何事かと勘繰るこっちにスピーカーからその声が答えを寄越す。

「アテンション！　アテンション！　ＴＵＦ－フォームニティ艦長より総員へ状況を通達」

ああ、説明がやっとあるってことか。さて、どうなるやら。

「本艦は、作戦エリアへ向け航行中。到着までの所要時間は、おおよそ四日である。なお主要目的は、『海賊狩り』だ。引き続きヤキトリへの詳細説明が調理師により行われる。適宜、備える様に。以上」

って、それだけか。嘘だろと思う間もなく、終了だった。知りたかったことがたくさんあるのに一方的に捲し立てるや、商連軍の艦長殿とやらは仕事は終わりだとばかりに口を噤む。

そしてぷつり、という音と共にスピーカーが切り替わる。

「聞いての通りだ、諸君。ホモサピエンスには、同じホモサピエンスが説明させてくれ」

パプキンとは違う声だが、奴と同じく調理師だと男は名乗っていた。まぁ、地球人ってことだろう。そいつは流石に説明って言葉の意味を理解しているらしく、ちゃんと俺や他の連中が気にしていることを語り始める。

「目的地は、惑星ASJAR-5125。テラフォーミングされ大気がある居住可能惑星ながらも辺境部というか……ぶっちゃければユニオンとの最前線に近過ぎるとして入植が放棄された惑星だ。さて、ここでやるべき任務だが、こいつは全く単純だぞ」

ごちゃごちゃと言葉を重ねることなく、スピーカー越しの調理師は断言して見せる。曰く、友軍によって制宙権が確保された戦場で、艦隊の支援の元、地表で海賊狩り。

「初陣が連中というのは、かなり幸運だ」

微かに、しかし、確かに俺は中国人が眉を顰めたのに気が付く。要するに、話半分に聞いた方がいい話だとズーハンは判断したってことだろう。

実際、その通りだ。

いい話ってやつは、往々にして裏がたっぷりとある。むしろ、裏しかない方が多いぐらいじゃないだろうか。こっちを担ぐぐらいのことは、調理師だって平然とやる。パプキンの野郎とかを見ていればわかる話だ。

俺が腹の底で警戒していると、想定される敵戦力とやらについて、スピーカー越しに調理師が威勢よく語りだす。

「数隻の海賊船、おそらくは快速の襲撃艇レベルだ。大気圏離脱能力がある高速タイプと推定されている」

海賊？　まった、そもそも、宇宙で海賊ってのはなんだ？

「要するに、海賊行動による辺境不安定化工作に従事している工作船だ」

さっぱり事情を得ない俺だが、それはここに集められたヤキトリ全員に共通する疑問でもある。地上での戦闘ならばともかく、宇宙艦艇については殆ど未知の世界だ。何せ、何一つとして教わっちゃいない。

明らかに、この点に関する追加説明が必要だった。調理師の奴もその辺は心得ているのだろう。補足として、いくばくかの言葉を付け足し理解の一助としてくれる。

要約すると、早い話、海賊っていうのは工作員のことらしい。

そいつらが辺境エリアで『勢力圏の境界線をまたいで』好き勝手に暴れるのを放置してしまうと、面倒ごとの種が発芽するってことらしい。具体的には、『保障占領』しようとお隣さんが乗り出してくるって算段だ。『海賊の跋扈著しく、秩序崩壊のためやむを得ず討伐に乗り出す』……と。とんだ自作自演もあったもんだが、既成事実は強いらしい。

「したがって、招かれざるお客さんには死んでもらう」

さらりと吐き出される言葉は、冷酷だった。けれど、そんなものだろう。俺も死ぬか、生きるかだ。降下先の連中だって、生きるか死ぬか。しくじった奴らが死ぬべきで、俺が殺されてやる理由なんてない。

俺のために、死ね。シンプルで、明快で、大好きだ。

「さて、三文小説好きで工作員ってのが、やれスーパースパイだ、超能力者だ、最新鋭ロボットアンドロイドだとか勘違いしている間抜けもいるだろうから、はっきりと訂正しておこう。普通の敵だ。安心してニードル・ガンで撃ち殺してくれ」

行って、敵を倒して、はい終わり。敵をあれこれ詮索する必要がないっていうのは、まぁ、良い話だ。

ついでに、スピーカーは勝手に色々と説明する。曰く、工作船は快速にしてステルス性良好、おまけに長距離巡航能力在り。艦隊にとっては実に厄介な相手だとか。

知ったことじゃないが、要するに、真空空間では鬼ごっこに強いタイプという話らしい。そういう面倒な連中は、根拠地を地上戦力で吹っ飛ばすのが一番だっていうならば仰る通りなんだろう。

「この手の襲撃艇は完全自動化を前提に設計され、少数のクルーがバックアップとして乗り込むのが定石だ。おそらく、全部合わせても標準的な推計では40もいれば多いぐらいだ。100個体を超えることはないだろう」

だから、とスピーカーは気軽な声で簡単に数的優勢を請け負って見せる。

「加えて、朗報がもう一つある。この手の連中は、基本的にトカゲのしっぽだ。持っている情報は微々たるものにすぎんので、絶対に身柄を生きて確保しろなんて無理難題が出ることもない。ついでに、地表での戦闘訓練も受けていることは稀だ」

対するこちらは、一応とはいえ訓練を受けた1000人近く。

いやまぁ、K321以外のヤキトリだって知識を焼かれただけのインスタント訓練なのは否めない。最底辺決勝戦に相応《ふさわ》しい底辺同士での殴り合いならぬ殺し合いってことになるのだろうが……数で勝っているってのは、心強い。

数は、立派な暴力になる。

10倍の兵力、そして艦隊の支援付となれば理想的な状況だ。艦隊戦力が制宙権を入念に確保し、ヤキトリが敵の巣がある地表に降下。招かれざるお客人に、ニードル・ガンをたっぷりご馳走してお仕事は完了という算段だろう。

なるほど、話だけ聞けば確かに単純だ。教わっている典型的な軌道降下作戦の通りに万事が片付くに違いない。

多少にせよ、こいつが初実戦とは幸運にも恵まれたのかもしれん。

問題があるとすれば、『良すぎる』ってことだ。まともな頭がありさえすれば、そんなに上手い話って物が転がってるか疑える。どんなに知性の欠片がない獣だって、胡散臭すぎるということぐらいは鼻で嗅ぎつけることだろう。字面通りに受け止めるのはおめでたい頭か、知性を投げ捨てた大馬鹿野郎ぐらいだ。

眉に唾をぬっておこうなんて考える俺だが、そんな気も知らずにスピーカーからは調子のいい言葉が紡がれ続けていた。

「敵襲撃艇らは袋のネズミ同然。先立っては悪あがきとして離脱を試みたものの、先遣された即応艦隊が砲撃にてこれを制圧。実質的に惑星ＡＳＪＡＲ‐５１２５へ封じ込めている。かくして、緊急要請に応じる形で火星より諸君が派遣されることになった次第だ」

ああ、畜生め。

思わず、俺は本気で頭を抱えかけていた。つまり、間抜けにも敵に対応する時間をたっぷり与えてるってことじゃないか！

裏があるかと思っていたら、裏どころか間抜けすぎて大穴が開いていやがる。

「敵格納施設周囲を包囲するように降下し、以後は演習と同じサーチ・アンド・デストロイをやってもらう。さて、作戦開始までは時間がある。初実戦の諸君には、ＴＵＦＬＥの講習が手配された。順次、装備のガイダンスを受けてくれ。それ以外は、自由に過ごしてくれて構わない。調理師より、状況説明終わり」

やや早口に捲し立て、唐突にスピーカーは沈黙する。質疑応答なんてのは最初っから期待しちゃいなかったが、こいつはちょっとだけ癪に障る展開だ。

本当に不味いところを放置しているってのは、大人の共通癖なんだろうか？　仕事のできないやつや、事なかれ主義者の典型ってやつで気に入らない。

「サーチ・アンド・デストロイか。演習で散々繰り返した形式だけど、案外、実戦的な訓練だったんだなぁ」

呑気なことを口にするスウェーデン人の相変わらずな雰囲気に俺は苦笑する。いつでも良いことを探そうとする性格は大したものだ。

「……じゃなきゃ、軍隊が採用試験で繰り返し実施するはずもない。そうだろう、エルランド？」

全くだよと頷くスウェーデン人に対し、俺は厄介ごとをどうするかって話を口に出す。

「そんなことより、問題なのは待ち構えてる相手に殴りこむってことだぞ」

「待ち構えていると思うかい？」

「間違いなく」

迷いなく俺は断言していた。エルランドやイギリス人のようにお育ちがよろしいと分かりにくいのかもしれないが、追い詰められた側っていうのは本気なんだ。

「……窮鼠か。最悪の展開ね」

ぽつり、と独白のようにズーハンがぼやく。最低というか救い難いやり方だって点には全くだと俺だって頷ける話だ。こいつは新先進国の中国出身のくせに、一部の感性では不思議と俺やタイロンに近い。

そこまでならば、問題がなかった。けれど、奴は何気ない口調でふと漏らしやがるのだ。

「後ろから刺すほうが、よっぽど話が早いわ」

唖然とさせられるというか不愉快を催す邪悪な言葉。俺がズーハンという中国人をどう評価しようとも、きっと、これだけは、奴と折り合わない。思わず、俺は口を開いていた。

「刺したことがあるような言い方だな」

「……比喩なのだけれども？」

咄嗟に表情を硬くし、何事もないように首をかしげつつ白々しい声色でズーハンはとぼけて見せる。実際、本心かどうか読みにくい。

だが、不思議とわかってしまう。奴も動じているんだろう。いや、今回ばかりはあからさまだ。目が泳いでいるんだよ、ズーハン。こっちを見てモノを言えないのか？　ずしんと心が冷えていくのが嫌でも分かる。

「そうかい？　俺には、随分と実感の籠った言葉に聞こえたもんでね」

言葉をなくしたように沈黙し、視線を逸らそうとするズーハンへ俺が白けた目線を向けてやると、横からイギリス人が割り込んできた。

「なに？　女性の過去を詮索するつもり？」

相変わらずの物腰。やれやれだ、と俺は口元を歪める。

「とんでもない。僕はただ、紳士淑女の皆様と相互理解ってやつをしたいだけなんだ」

皮肉たっぷりに俺は言葉を投げかけてやる。ズーハンの奴には、人の古傷を撫でられたことがあるもんだからな。……いやまぁ、正直に言えば、独白に近い言葉を抉《えぐ》った俺もあれだったか。若干の気まずさから、話題をそらそうと口を開きなおす。

「おい、タイロン」

「なんだ？」

「暇だって言ってたよな。せっかくだ、艦内見学でもしないか」

「……ま、確かに寝床でゴロゴロするよりはマシか。付き合ってやるよ」

身を起こし、一言余計にせよ同道してくれる腹だってのはありがたい。そんなところも含めてタイロンらしいっていうべきか？

ついでに、とばかりにタイロンは口を開く。

「おい、紳士淑女諸君。艦内ツアーでもいかがかな?」

こいつの陽気さには、なんだかんだで助かっている。

連れ立っての艦内見学だが、俺としては多少の歩み寄りってやつが必要なことも理解しちゃいる。行くってやつがいれば快くご一緒してやる腹だった。

「パス。寝れるときに寝るわ」

「端末で何か読んでおくよ」

中国・スウェーデンの引きこもり連合は、相変わらず。こいつらに対し、イギリス人は端《はな》からろくでもない。

「ごゆっくり。お二人の逢瀬を邪魔はしないわ」

嫌味を土産に送り出してくださるってわけか。取り付く島もないなと俺はタイロンと顔を見合わせ、ため息をこぼす。協調性ってやつを養ったはずなんだが、名無しのジョンがいなくなるやこのざまか。重しがなくなれば、すぐに協調性がなくなる連中だ。

「やれやれ、聞いての通りだな、アキラ。俺たちでPXでも探してみよう」

OKだ、と俺はタイロンの言葉に頷き船室の外にある通路へと足を運ぶ。そうして、俺たちは艦内をちょっとばかり歩いてみる。

進攻降下母艦TUF-フォームニティってのは、しかし、楽しい見学先っていうにはかなりの無理があった。外観からしてでぶっちょだ。優しい言い方をしてやるのであれば、腹に

らしい。
タイロンの奴は地球への通信設備を求めていたらしいが作戦行動中ってことで、通信は厳禁らしい。
結論から言えば、艦内散策ってのはさして得るところがなかった。見れるところは限定的。
もっとも、分かったのはそれぐらいだ。
象徴だ。貨物船と違ってこいつはマジ物の戦争用だってことだろう。
『立ち入り禁止区域に無断進入した場合、即時射殺』とスリランカ語で書かれた警告がその
えてもいいだろう。なにしろ、物騒な表示には事欠かない。
軍艦だっていうのだけは、ブラブラとでも艦内を歩けば体感はできる。嫌でも、と付け加
見学したところでさっぱり訳がわからん。
れているエリアなんて、たかがしれてた。内装だって実用一点張りのゴリゴリした仕様だ。
だから、自分の目で知ろうと思い立ったは良かったんだが……ヤキトリの立ち入りが許さ
くれていない。
ってことなんだろう。名無しのジョンやパプキンといった連中も、詳しいことを説明しちゃ
お雇い主こと商連人の理屈じゃ、こっちが知っておくべきことは『降下』のプロセスだけ
もっとも、俺が知っているのはそれだけ。それ以上でも、それ以下でもない。
いや、俺たちK321を含めたヤキトリは、ここから惑星へ打ち出される。
そのデカブツが進攻降下母艦の肝ことランチャーを収めた射出用の区画だ。俺……ああ、
デカブツを抱えた亀みたいな恰好をしている。

仕方ないので軍艦内のＰＸを探してみたが、商連の連中は、多様性とかいう大事な言葉もてんで知らないらしい。ヤキトリ用自販機に『大満足』『大満足』『大満足』の三種類が並んでいたのを見れば、それでもう十分だった。

吐き気を催す味わい深さってやつだ。苦々しい思いを噛み締めるなり、俺は船室でほかの連中と同じようにモーツァルトに囲まれながら寝床に転がる。フィッティングと称したガイダンスのため、叩き起こされたのは漸く眠りにつこうかというところだった。

寝だめした連中が正しかったと認めるのも癪な俺は、待ち望んでいたよとばかりにカラ元気で起き上がり、指定された通りの気密スーツを纏って艦内で指定されていた区画へと足を運ぶ。

艦のど真ん中、不格好なデカブツ区画。要するに、ヤキトリを地表目掛けて射出するためのツールことＴＵＦＬＥとランチャーが一揃の射出区画だ。

商連の教育ＡＩとかなんとかが『最終段階において、ヤキトリはＴＵＦ‐32型突入ランチャーより、ＴＵＦＬＥに包まれて惑星に向けて射出されます』って形容した代物。

初めて目の当たりにした感想は、妙にでかいなという単純なものだった。いや、ヤキトリを地表におろす卵型のＴＵＦＬＥは、人ひとりを詰め込むってことからサイズはさほどの大きさでもない。単体では狭さを案じるべきなんだろう。

が、千人単位で惑星の地表に打ち出すってなると、ランチャーだってデカブツも良いところなんだ。訳の分からないケーブルや、さっぱり用途の分からない機械がごちゃごちゃとくっついていやがる。

鎮座する実物を目の当たりにし、流石の俺も思わず身を震わせてしまう。

何しろこれが、俺を戦場に送り出す。下手をすれば、降下中にやられてそのままお陀仏。そうなりゃＴＵＦＬＥが棺桶に早変わりだ。

何というべきか、さっぱり言葉が見当たらない。

他のＫ３２１の連中だって、俺と似たようなものだろう。煩いイギリス人も、タイロンや中国人ですら、スウェーデン人のように寡黙人間へ大変身だ。

整列させられ、どうなることやらと待ちかまえるこっちに対し、数人の調理師と思しき連中と犬のような商連の軍人共が姿を見せる。

驚いたことに、商連の奴らが説明する段取りらしい。連中、てっきり、そんなことは人間同士にやらせるものだとばかり思っていたんだが……と訝しむ俺だが、商連の奴らは言葉少なな気に使い方の説明とやらを行ってくれる。

入れ。

寝ろ。

固定しろ。

待て。

以上だと言われれば、商連流のご親切さが分かるって代物だ。

挙句、商連の連中はそこでスタスタと尻尾を揃えてご退出。むかっ腹を抑えかねるほどムカつく流れだが、ここで噛みついてどうにかなるわけじゃない。

射出ブースの一角にずらりと用意されたTUFLEへの搭乗口で俺は乗り込む代物に胡散臭い視線を向ける。資料で見た画像と同じじっちゃ同じで、どこからどう見ても黒い卵だ。一度ランチャーから射出されてしまえば、降着するまで外界には出られない。

実戦に際し新鮮なヤキトリを、こんがりと卵ごとローストしながら大地にお届けってか？　最悪の代物だ。

嫌悪感を敢えて押し殺し、俺は記憶を引っ張り出す。外見や印象こそ最悪だが、こいつの性能は『商連によると』大したもんだったはずだ。降下まで全自動かつ、バックアップシステムをも完備。

もちろん、商連流での完備だ。万が一に備えるとして、気密スーツにパラシュートを背負って行けっていうのは、ちょっとどうなんだ。ほかに、何か、なかったのか。いや、もちろん、ないよりはいい。

……減速しきれずに地面に落ちるよりはパラシュート降下の方がマシっちゃマシだ。

商連の連中には想像もできないささやかな問題があるとすれば、俺を含めK321は誰もパラシュート装備なんて使ったことがないって大問題ぐらいだろう。

他のヤキトリ連中は、知識を焼かれているんだろうか？　だとしたら、それぱっかりは正直にいって、心底から羨ましい。

今回は使い方講習ってことで、パラシュートの支給はなし。残った問題は、TUFLEそのものだ。気密系の確認をする素振りで時間を稼ぎつつ、俺はそいつを覗き込む。

中には気持ち悪い奇妙なジェルがたっぷりで、気密スーツが酸素を供給してくれなきゃ飛び込んだと同時に中で窒息しちまうだろう。

ハッキリ言って、全く入りたくない。

が、戸惑うこっちに対し、ムカつくことに調理師連中っていうのはパプキンに勝るとも劣らずこっちの勘所を把握していやがる。気密スーツの気密と酸素供給系を再確認しろって指示はまだしも、次に吐き出される奴らの言葉はあからさま過ぎた。

「問題なければ、ビビっていないでさっさと中へ飛び込め」

飛び込めって指示は、なるほど、分かりやすい。ビビるなっていう売り文句に乗せられるのは業腹だが、竦んでいるとみられるのもそれはそれで癪に障る。

えいや、と俺は思い切って踏み出す。どぼん、という音と共に保護ジェルへ落ちる側にしてみれば、愉快とは程遠いが異常はなし。

とはいえ、酷く狭苦しいだろうとはとっくの昔から観念していたが……中に飛び込んでみれば覚悟以上だ。

想像してみればわかるだろう？　主成分は商連軍指定軍事機密とやら。一切が明らかにされていない『保護ジェル』がたっぷりと流し込まれたケースの中へ簡易気密スーツだけで飛び込み、後は発射されるまで閉じ込められる。

身を守るものがあるとすれば、大気圏を突破するための薄い殻だけ。気密服なんて、ろくな気休めにもなりやしない。何かあれば、丸焼けになった俺の出来上がり。ヤキトリという呼称だって、嫌になるぐらい言葉通りって算段か。

最高にぞっとしない。

以前にも読んだんだが、商連の電子パンフレット曰く『ヤキトリに対する安全性は確立されている』とのご高言だが……商連の保証へ懐疑的とならざるを得ない経験が俺には豊富にある。

いや、そういう考え事は後だ。入れ。寝ろ。固定しろ。待て。の四段階通り、俺は体から力を抜く。すると、保護ジェルの一部が硬化し始めあっという間に寝台のような何かが出来上がりだ。

飛び込むときにはなかったんだが、これは随分と便利だ。

地獄へ一直線か、地表へ無事にお届けかは知らないが、棺桶にしたって多少はサービスがあるんだろう。後は、マクドナルドのハンバーガーでもおやつに用意してくれれば言うことはない。

永遠に望めぬであろう願望を頭から追い出し、俺はやるべきことを思い出す。

TUFLEに飛びこむ前、商連人がいみじくも強調してくださったじゃないか。ジェルが充てんされているとはいえ、揺れるので固定具をきっちりと確認ってやつだ。

卵の中で、俺は言われたとおりの準備を終えて素直に待つ。

すると、システムを起動しますという言葉と共に、俺の周囲を囲んでいたジェルが明滅し始めた。何事かと身構えた瞬間、俺は脱力する。

耳につく……曲。初めてのやつだが、どうせ、モーツァルトだろう。

よくわからないが、こいつが流れるってことはもはや御馴染みとなっちまった商連人の仕組みに違いない。お次は何かと身構える俺は変な声を耳にする。

「通知：こちらは、管制ＡＩです。システムの起動を行います。『管制ＡＩ』と呼びかけてください」

「か、管制ＡＩ？」

「確認：音声パターンを登録。初めまして、ヤキトリ。こちらは、商連軍標準支援型管制ＡＩです。以後、『管制ＡＩ』というコールに応じ任務に必要な助言と知的サポートを提供いたします」

「なんだ、おまえは」

反応はなし。もしやと思い、管制ＡＩと付け足して同じ質問をするとジェルに変なモニターモドキが浮かび上がる。

「通知：本ＡＩは、作戦行動のイントロダクションを行います。作戦に関する疑問、説明、その他必要な知見は全て提示され、万全の作戦行動が可能でしょう」

ずらりと掲示されるのは、山のような情報の奔流だ。表示される情報の類を全部理解できるわけじゃないが、作戦行動に関連する代物だとは理解できる。

この管制ＡＩってのは、貨物船の中で触った教育ＡＩとやらよりはマトモというか上等なんだろう。

そんなことを思いつつ、次に管制ＡＩが何を言い出すかと構えていた俺の耳は意外な声を拾う。

「おい、アキラ、聞こえるか」

「ん？　タイロンか？」

突然の呼びかけに、俺は戸惑い混じりの疑問をこぼす。気密服にも一応通信機が付いてはいるが、電源を入れた覚えはなかったんだが。いや、よくよく注意すれば卵のジェルから声が聞こえてくるような気がする。こいつはちょっと予想外だ。

「どうやってるんだ」

「管制ＡＩの補助だよ、アキラ。これでユニット内通信が可能らしい。ほかの連中とも声をつなげば、降下前に打ち合わせってやつもできる。案外、便利だぞ」

ぼやいた俺の言葉も先方に通じているらしい。管制ＡＩに確認してみると、ユニット内通信リンクとやらで、ゆっくり歓談できると説明があった。

聞けば説明をちゃんとする！

世界的大発見、世紀の驚きってのはこいつに違いない。この管制ＡＩは、ひょっとするとひょっとして、俺が出会った中で一番上等な類かもしれない。

早速俺は追加の説明を求め、大枠を理解することができていた。短距離であれば、実に多様なことができる。管制ＡＩの補助さえあれば、ユニット内情報共有を確立し、その気になれば降下中ですら戦術会議と洒落込めるらしい。

「とはいえ、流石に降下開始前に慌てて相談する必要があるのか？」

「今回は、大丈夫そうだろうな」

タイロンの奴も自分で言い出しておきながら、今回は必要ないだろうって俺の意見に同意らしい。問題は、次のやつだ。……次回以降も降下中に議論っていうのをする羽目にならないようにしたいものだ。

可能性という点では、次回以降はこの機能も使うことになるかもしれないというわけか。あるとないとでは、別物だな。

「万が一に備えられるのは、ありがたい」

「違いないが、アキラ、万が一に備える羽目にはなりたくないな」

全くもってその通り。全身全霊で賛成だ。

土壇場で慌てて話し合うってのは最悪でしかない。パニックと切迫感に追われ、とんでもないしくじりをしでかす。きちんと決断のための時間を取れるっていうのは、大事な余裕だ。余裕の有無は、残酷なぐらい未来を左右する。

そういう意味では、敵に時間を与えているっていうのはやはり気に入らないが。本当に、全く、もう少しどうにかすればいいものを。

ＴＵＦＬＥとかいう卵の中で充てんされている保護ジェルへと愚痴を溶かしつつ、俺はそうしてフィッティングを終える。

ちなみに、TUFLEから出るのは簡単だった。ジェルが硬化し、はしごみたいになるのを伝って、よっこいせと飛び出せばよし。てっきり纏わりつくかと覚悟していたジェル（なにしろ、商連人の『完ぺきな保証付き』なのだ）もサラサラと風化して後を引かない。

おかげで、船室に戻って気密スーツのまま寝床に飛び込んでも問題ないほどだった。

実戦でも、こんなに簡単であればどれだけ良いだろうか！　願うしかないが、俺は神様ってやつを案外と信用しないことにしている。いや、商連人と同じぐらいは信用してもいいが。どっちにしたって、不条理な話じゃないか。くそったれめと心中で罵りつつ、時間が過ぎるのをただただ待つ。戦場へ放り込まれるまでの道中、他にやることがないんだから仕方ない。

そこで不思議な現実ってやつを語ろう。俺は、心のどこかで道中に一波乱あるだろうって覚悟していた。

それがどうしたことか！

目的地とされている惑星ＡＳＪＡＲ－５１２５とやらまでの航海は頗る順調だった。まぁ、順当と言えば順当なんだろう。敵地進攻とかじゃなくて治安作戦の類なんだからな。

東京スラムに乗り込んでいく政府の福祉重武装班だって、東京郊外で襲われているんじゃ話にならんのと同じだ。

一つだけ問題があるとすれば、色々と覚悟を決めてはみたもののすっかり調子ハズレとなっているっていう座りの悪さぐらいだ。

運命の初実戦……なんて中国人やスウェーデン人が宣うように過剰な意識をするつもりはないにせよ、初めてってやつは大事にしたい。

「通知：作戦開始時刻です」

とにかく、だ。

人生で生まれて初めての軌道降下作戦の開始を、俺はTUFLEの中で管制AIから知らされるっていうのはいいんだか、悪いんだか。

降下作戦前にTUFLEの黒い卵の殻にくるまれ、管制AIの解説付きで艦隊の戦況レポートを拝見だ……妙に現実味がないんだが。俺も、どうやら実戦を前に悠長な戦争見学という気分にはなれないいんだろう。

認めるのも癪だが、恐怖も、焦りも、緊張も、ゼロにはできないんだよ、仕方ないだろ！

畜生めとぼやきつつ、俺は気分を変えるためにもモニターの光景に集中する。都合の良いことに、ジェルのモニターに浮かぶ光景は頗る順調だ。

惑星ASJAR‐5125の軌道上を遊弋《ゆうよく》している商連艦隊と進攻降下母艦TUF‐フォームニティは無事に合流し、ゆっくりと軌道上の降下ポジションへ移動していく。

そろそろかと勘繰っていたら、突如としてモーツァルトの調べが途絶えビープ音が鳴り響き始めやがった。

「アラート！　アラート！　地上に対降下陣地です！」

「馬鹿な。いったい、いつ、そんなものを持ち込んだ⁉」

ぷつり、とそこで通信の電源が一時切れやがる。大方、こっちに聞かせるには不適切だって判断したんだろう。

どうにも、雲行きが怪しくなってきやがった。

地上に対降下陣地って意味、正確には分からないが……今から降下する俺にとっては不味そうな響きが心臓によくない。商連の連中め、時間があれば、敵が待ち構えるようになるってことも想像できないのか？　一瞬、連中の頭について本気で心配してしまうが、艦隊司令部の狼狽えってやつは思ったよりも深刻じゃなかったらしい。

「通知：艦隊本隊が降下支援を開始。進路掃討を発令中」

音声の案内と同時に、モニターが開く。映っているのは惑星に向けて動き出す無数の艦艇。

上の連中もまんざら無能ってわけじゃないらしい。

必要なことをやるべく、ちゃんと手配りがされていく。

「状況通達：ＡＳＪＡＲ‐５１２５軌道上へ進攻降下母艦を援護するべく第三戦隊が侵入中。制圧の見込み」

楽観的な見通しだが、実際、きちんと言葉通りに進んでいく。

モニター上では映っているでっかい軍艦が何隻も纏まって先行していく。表示される情報によれば、こいつらが第三戦隊ってことだろう。見守る俺の前で、連中はどでかい砲弾をとにかく大量に地面へ向けて打ち込み始めていた。

「通知：第三戦隊が進路掃討中。発艦隊司令部『進路確保は確実なり。ヤキトリの降下に備えよ』以上」

余裕綽々ってわけだ。悪いものじゃない。緊急出航なんて言われた時はどんな大惨事かと覚悟したが、予想に反して案外と調子が悪くないらしい。

流れている通信がピリピリしていたのは適度な緊張感と、揺らぐことのない自信の発露ってやつだろうか。成功のためには、中々欠かせない大切なやつだ。まぁ、悠長過ぎて、降下前に対降下陣地を構えられたとか……死ねとしか言えないが。準備を待ちかまえた相手にこっちを突っ込ませようってのはふざけた話だろう。

俺は素直にその疑問をユニットの連中と分かちあうが、返ってきたのは意外な返事だった。

「むべなるかなよ。この光景をみれば……納得にもなるわ」

「どういうことだ、アマリヤ」

「軌道爆撃の威力よ。これ、結構な代物よね。地表で準備されたところで、多少の小細工なんて吹き飛ばせるでしょうし……忸怩たる現実として、ヤキトリの損害なんて商連人が気にすると思う？」

アマリヤの軽口は、かなり鋭い。実際、突っ込まされる側の意見なんて『突っ込ます側』はお求めじゃないってことだろう。

普段、たいして意識させられないが……ヤキトリの扱いなんて、そんなものってことか。

ふざけた話っちゃふざけた話だが、人を使い捨てにしやがる連中なんてそれこそ地球でも珍しくない。金を払うだけ、商連の連中は随分とマシな部類だ。地球人よりも、下手をすれば上等かもしれない。

変な物思いに俺が浸りかけている間にも、事態は着々と進んでいく。

第三戦隊の艦艇連中は、仕事をきっちりとやり遂げる。

軌道から精密に計算された質量弾の投下により、軌道を狙って侵入阻止に気勢をあげていた敵陣地はあっけなく壊滅。

軌道爆撃ってやつを生まれて初めて見たが、なるほど、こいつは……宇宙人に地球が抵抗しなかったのも正しかったってやつだ。上からガンガンと落とされるんじゃ、戦いになりゃしない。

「ついでに、地上の工作船も粉砕してくれればいいんだがね」

俺にしてみれば、ごくごく自然なぼやきのつもりだった。地上の工作船を軌道爆撃で木端微塵に吹き飛ばしてやれば、ヤキトリをわざわざ軌道降下させようなんて奇特な発想に商連人が至るとも思えない。

だが……ズーハンの奴にはご賛同いただけないらしい。

「……物証ぐらいは、ほしいのかもね」

「どういうことだ、ズーハン」

「捕虜を捕まえろとは言われていない。けれど、情報が目的じゃないなら軌道爆撃で吹き飛ばしてもいいはずよ。そうしない以上、相応の理由があるはず」

勿体ぶる言い回しは、やはり肌に合わない。結論を言え、結論を。俺が思わず急かしかけたところで、奴もようやく結論を紡ぐ。

「工作船や工作員の遺体という物証ぐらいは、確保したいのじゃないかしら」

そういうものだろうか？　どうせ片付けるんであれば、簡単というか手っ取り早い方がいいと俺なんかは思うんだが……腹黒いことの得意な連中は色々考えているらしい。

背中から刺すのがお好きらしいし、たぶん、腐りきっているんだろう。

「外交の都合と？　ありえる話かな。……宇宙のパワー・ポリティクスもなかなか複雑みたいだね」

訂正、呑気なスウェーデン人まで理解してるってことは常識の範疇らしい。

俺は政治ってやつが好きじゃないが、最低限は知っておいた方が無難かもしれん。時間を見て、勉強するべきかもしれない。アマリヤに頭を下げるのは癪なので、こっそりエルランドに聞いてみるべきだろう。

いや、とそこで俺はついさっきから解説やら説明やらをしてくれている存在を思い出す。

管制ＡＩやら何やらに聞いてみるのもありか？

「通知：軌道爆撃の戦果評価中。暫定評価で効力あり。排除の公算は大」

合成音声と共にモニター上で拡大表示されるのは、大穴が開いた地上の陣地跡地。先ほどの第三戦隊の攻撃はものの見事に大命中ってわけだ。攻撃で巨大な大穴が空いた地面こそは、上手く言葉にできないが……力ってやつを確信させてくれる。

「説明もあり、おまけに特等席で圧倒的な艦隊行動を見物までさせてくれる。こりゃ、確かに楽な仕事になりそうだな」

背後にいる商連艦隊が頼もしいってことは、良いことだ。そんな気持ちで軽く俺が口にした言葉に対し、真面目野郎は相変わらず真面目野郎だった。

「アキラ、油断は大敵だ」

「ご忠告、感謝するよエルランド」

口先でこそスウェーデン人に合わせておくものの、本心ではうんざりだった。思うに、何でもかんでも心配するのは慎重というよりも病気に近い。締めるところはきっちりと締めつつ、オンオフの切り替えが肝だろうに。

死ぬかもしれないと心配し続けるよりも、開き直って楽観視する方がマシ。なんでか知らないが、こんなことも分からず履き違えてうるさい奴っていうのは、どこにでもいるもんだ。賢明な意見ってやつに対し、ヘンテコな反対者はいつの世にも現れるらしい。

あら、と意外な声の主が割り込んできたのはそんな時だった。

「アキラの言い分にも一理はあるんじゃないかしら」

「どういうことかな、ズーハン？」

簡単よ、エルランドという言葉と共に中国人は笑い声で続けて見せる。

「肩の力を抜くのも、大事じゃないの？　力んだところで、地表に降りるまで私たちにできることは限られているのだし」

「ズーハン、君の指摘も分からなくはないが、悲観的に備え、楽観的に行動するというのがセオリーじゃないか？」

セオリー、セオリーねと俺は卵の殻の中で予知能力ってやつに目覚めたことを自覚する。

次の瞬間、イギリス人から放たれた言葉は一言一句まで俺の想像通りだった。

「そうね、セオリー通りにやるべきだわ」

ありがとう、イギリス人。どこまでも、予想通りで最高にくだらない発言だ。現実という糞野郎が、理屈通りに動いているならば苦労はない。

一緒に軌道降下する連れ合いが、こんなお間抜けだって？

降下後のサーチ・アンド・デストロイがどんだけ順調に進むかは知らないが……こんな簡単な制圧作戦でも心配になる。ほかのユニットだって参加することを考えれば、イギリス人のヘマが即座に作戦失敗ってことにはならないんだろう。

だけど、俺の命という要素がどうなっているかの方が遥かに重要だ。

はぁ、と溜息が気密スーツの中に零れていく。きっと、俺の死因は嘆きの吐息による窒息に違いない。……苦しそうで嫌だな。

最悪だなと苦笑したところで、突如としてそいつは飛び込んでくる。

「通知：司令部より全艦通信『アテンション！　HQより全作戦参加艦艇へ。突入路の確保が完了した。惑星への降下シークエンスに移行せよ！　繰り返す、惑星への降下シークエンスに移行せよ！』以上」

それまでは何の前触れもなかった。だが、艦隊の司令部からと思しき音声が流れるや、ぐん、と船体が揺れる。動き始めたかと思った瞬間、今の今まで感じていた人工重力が急に消失。

いよいよ降下へのカウントダウン！　戦場へ送られるってことだ！

「通知：ランチャー区画、重力カット。ほどなく減圧の見込み」

不自然な重力がなくなった瞬間、俺は不思議な感覚にとらわれる。今の今まで、変な感じだったのに失うと急に恋しくて仕方がない。

……無重力ってやつは、何か、不自然だ。気分がささくれ立って仕方ないじゃないか。

「通知：TUF‐フォームニティは所定の位置に移動を完了。射出体制へ移行中」

俺は落ち着かない気持ちを強いて無視するように努めつつ、意識をモニターに表示される情報へと向けなおす。

泣いても、喚いても、もう、射出までのプロセスは止められない。

……いよいよだ。俺は、生き残る。生き残って、前に進むんだ。

「通知：カウントダウンを開始。表示されるモニターを参照のこと。惑星地表までの所要時間は、地球時間にて23分15秒の見込み」

右側に発射までの時間。

左側にでるのは降下終了までの時間。

覚悟なんて、とっくの昔に決めていた。なのに、こんな時に限って……いや、と俺はそこで頭を振る。深呼吸を一つ。気密スーツの中でやったところで……大した意味がないってことのは、理解している。ただ、なにか、俺はきっかけがほしかったんだ。

モニターへ大きく表示されていた片方の数字がゼロとなったその瞬間は、あまりにも平凡だった。

微かに卵が揺れたような気がする。……それだけ。ぽかんとした俺が視線を走らせると、左側の数字が動き始めていることだけが変化だった。

もう打ち出されているだって？

妙なことに、実感がまだない。……なんだろうか。変に現実味がないなと苦笑しつつ、頭の片隅が『現実を見ろ』と警告を発して寄越す。

本当は、分かっているんだ。認めたくないだけだって。

いくら俺でも、初実戦なんだから仕方ないだろう？　軽くぼやき、気を逸らすために俺は表示されている数字を眺める。

完了まで23分６秒。降下完了までは、まだ、まだだ。

短いようで、永遠に感じられるような長さだろう。緊張で実戦前に気がやられないだろうか？　不安を俺が覚えたとしても、それは一瞬だった。

23分を切るかどうかというところで、無線機が突然騒ぎ出す。

「対衛星軌道ミサイル⁉」「フォームニティが照射されています！」「第三戦隊、緊急支援！　ジャマーをばらまけ！　降下支援を最優先となせ！」「対抗爆撃急げ！　発射源を叩き潰せ！」

俺は対衛星軌道ミサイルとやらが何かはよく知らない。だが、声の響きに籠る感情は聞き取れた。慌てたときの本音ってやつは、声色に滲むんだよ。

……だから、艦隊が本気で狼狽えているってことぐらいは理解できちまう。

つまり、不味い代物が、地表にあるってことだろう。そいつは大問題だ。……なにしろ、ここを艦隊が封鎖していたってことは、そのずっと前から持ち込まれていたってことになる。

悪い知らせって糞野郎には友達が多い。連中がやってくるときは、毎回、毎回、あきれ果てるほど連れ立って次が来やがる。

どうなることとやら、と悩む必要すらない。

「全作戦参加艦艇へ、TUF‐ムアルより最優先！　ムアルより最優先！　ユニオンだ！　ユニオン艦隊を光学捕捉！」

ユニオン？

「司令部、こちらTUF‐レガリム！　光学の補正処理が追い付かないものの、ユニオン軍の巡洋戦艦級と思しきシルエットを複数捕捉！」

「馬鹿な⁉」

無線機で泡を吹くような叫び声をあげた奴がどんな立場の商連人か知らないが、俺だって同じ気持ちだった。

説明だと、『ユニオン』とかいう連中の工作船——つまりはトカゲの尻尾がちょろちょろしているから、蹴っ飛ばしてやれって話だった。弱い者いじめのはずだろう？　それが、ユ

ニオンの艦隊様が出張ってくるだって？　話が違いすぎる！　ユニオンとかいう連中、出てこないって話じゃないのか⁉

　どっちが天か分からないが、取りあえず上を向いて俺は嘆いて見せる。そこで、はたと俺は気が付いていた。ひょっとするまでもなく……こいつは、準備されていたユニオン主催の歓迎会なわけだったりするのか？

　最悪極まる。

　簡単な治安作戦。いうなれば、ラッキーな初陣だと宣いやがった調理師にはたっぷりニードル・ガンをご馳走してやろう。

「ユニオン共、戦争をおっぱじめる気か⁉」

「方面軍司令部へ緊急！　コードＡＷ５１３！　コードＡＷ５１３！」

「ダメです！　中継衛星からの応答ありません⁉」

「頭を押さえられたら、上がれなくなる！　第三戦隊、直ちに軌道から上昇しろ！　本隊に合流し、制宙権を……」

　垂れ流しにされている音声を聞く限り、司令部の連中が慌てふためいているってのがあからさまだ。気を回して音声を切るっていう発想すら動かないか。お偉いさんってのは、だいたいが見栄っ張りだ。できないってことは……連中、取り繕う余裕すら吹き飛んだってか？

　どっちにしても、商連艦隊はやりやがった。連中、梯子を外しやがった！　それどころか、殆ど背中を刺すも同然の裏切りだ！　糞野郎！　アホ共、ここでやるか⁉

人間、限度を超えて怒り狂えば逆に冷静になるらしい。憤怒に包まれながら、俺はTUFLEの中で吐き捨てる。

羨ましいねぇ、と。

艦隊の軍艦で狼狽えるなんて、最高の贅沢だろう。軍艦ってことは、撃ち合いを前提に造られてるんだろう。きっと、ここよりは安全だ。ユニオンの砲撃とやらで、死んでしまえ。梯子を外されたこっちは打ち出されてしまったんだぞ。

……右側のウィンドウはゼロすら消えて引っ込み、左に『惑星地表』までの所要時間が映し出されているのが不気味でしょうがない。こんなことならば、射出前に慌てて引き返してくれればよかったんだが。

どうなることやらと、流石の俺も一瞬だけ現実から逃避してしまいたくなる。

「全作戦参加艦艇、司令部より緊急！　地上支援は現時刻をもって即時中止。各戦隊はユニオン艦隊と相対せよ！　輪形陣を形成しつつ、砲戦距離を維持！　各支援艦は直ちに所定の座標へ移動せよ！　第三戦隊は、そのまま護衛にあたれ！」

鋭い声でお偉いさんが叫んでいるのは結構なことだ。対応策ってやつをちゃんと考えようってことだからな。ただ、俺はそこで管制ＡＩ様が沈黙していらっしゃることに不吉なものを感じざるを得ない。

『通知：』とかいう定型句と共に、色々とお節介を焼いてくれたやつが……肝心な時にはおだんまり？

「で？　俺たちへは？」

どうしろとか、どうするとか。何か、何かあるだろう。艦隊の連中だって、こっちに一言ぐらいはあるはずだ。

はずなのだ。あるべきだろう？

だというのに……普段は忌々しいまでに喧しい全部が、喋ってほしい時に限って沈黙し続ける。

「……ないな」

ぽつり、とエルランドが呟いた言葉が引き金だった。

「支援は⁉」

「あるわけないだろう⁉　艦隊の連中、逃げ出しやがったんだ！」

イギリス人が嘆き、タイロンが叫ぶ。

「……裏切りだわ」

呪詛のような一言を絞り出すなり、中国人は何事か、中国語で吐き捨てた。

それっきり沈黙する気持ちは、嫌というほどよくわかる。腹の底がねじれるほど、不愉快極まりない。何度やられても、思い出すだけでも腸《はらわた》が煮えくり返るに十分だ。

人を軌道降下作戦に突っ込んでおいて、途中でとんずら？　おいおい……マジで勘弁してくれ！　傷だらけの背中を更に刺されるってか？　冗談じゃない。

心の底から湧き上がって来る憤怒のまま、思いつく限りの罵詈雑言を商連艦隊に浴びせないのは、ひとえに、無駄な労力だからだ。惑星地表までのカウントダウンだけが順調に時を進めていくが、俺の進路はさっぱりわからない。

考えるべきことが、多すぎる。糞野郎をぶっ飛ばすのは、生き延びてからじっくりと考えればいい。

怒りに染め上げられつつ、しかし、俺は何とか冷静さを保つ。経験則上、糞野郎を殺す前にこっちがやられちゃ話にならんのも理解しているんだ！　くそ忌々しい経験からの学習ってやつでな！　糞が！

惑星にまでたどり着けるのか？　そもそも、たどり着けたところで『未来』はあるのか？

「通知：降下シークエンスに進捗。第一梯団が所定のルートを通過します」

管制ＡＩの無機質な声に、俺は祈るような気持ちで顔をあげていた。今の今まで沈黙していた管制ＡＩが急にお喋り癖を思い出したらしい。

ああ、畜生。見守るしかできないのが、酷く歯痒い。

どうなるんだ。無事に降りられるのか、違うのか。

……惑星への軌道降下ぐらいは、順調にと願うのは儚い願望かもしれない。だが、数分後には、わが身を襲う運命なわけだ。

どうか、と俺は知りうる限りのありとあらゆる神へ祈る。

上手くやってくれ。頼むから、何とかしてくれ。

縋る気持ちの俺の見つめるモニターの前で、しかし、神様って糞野郎は死んでいるか職務放棄をやらかしているらしいって光景が繰り広げられていた。

黒い卵が、他のＴＵＦＬＥが割れていく。

ぐしゃり、と。ぐじゃり、だろうか。どっちにしたって違いは少ない。耐久性ってやつが、足りないんだ。いや、すぐにつぶれたヤキトリはまだしも運がいい方なんだろう。

ＴＵＦＬＥが中途半端に耐えてしまったやつは、悲惨極まりない。

「……クソッタレ！　くそっ、くそっ、く……」「嫌だ！　嫌だ！」「酸素が、酸素が……い、息が」「母さん、母さん!?」

飛び込んでくる無線越しの叫びは、悲惨極まりない。

畜生め。所詮、神頼みなんて気休めでしかないってわけだ。目の前にあるものしか、信じるべきじゃなかったんだろう。

何が、艦隊の、支援下の、単純な、仕事、だ！

商連ご自慢の艦隊とやらは尻尾をまいて逃げ出し、大したことのないと言われていた敵は用意周到どころか万全そのもの。全部が全部、説明と逆じゃないか。降下した先にだって、何が待ちかまえているかも知れたもんじゃない。

トドメに一度打ち出されたＴＵＦＬＥに引き返す手段がなし。左側の時間が、一秒、一秒と減っていくのが心底から忌々しいんだが。

パプキンの野郎、これは、ちょっと、聞いてないぞ。

はっ、ははは と奇妙な笑い声がタイロンから聞こえてきたのはそんな時だった。

「ターキーシュートも良いところだな」

最初は、誰かが壊れたかと思わず俺は勘繰ってしまうが……毛並みが少し違うらしい。こんな時に、カラ元気だ。無理だろうが、見栄だろうが、よくわからないがとにかく、笑おうとするタイロン流の努力ってやつだろう。

強がろうとするのはいいが、声が乾いているんだよ、馬鹿野郎。見栄を張ろうにも、ボロボロに崩れているぞ。思わず喉まで出かかった一言を飲み下し、俺も殊更陽気に続けてやる。

「こりゃ酷いもんだな。こんがり焼かれちまう。知識の詰め込み過ぎで、頭でっかちにならないか不安だぞ」

「ああ、可哀相なアキラ。アマリヤになっちまうんだな」

タイロンめ、肝の据わった一言じゃないか。本気で笑えてくるぞ。俺が、イギリスの白い騒音源と同類に？

「人間、死んだって、それは、ありえないぞ！」

変な声が出てくる。腹の底からこみあげてくる可笑しさ。艦隊から放り出され、敵は地上から訳の分からない攻撃を延々と繰り返し、お仲間のヤキトリ連中が卵の殻ごとつぶされる。こんな時に、俺は宇宙空間で笑っている？　そう、笑っている！

愉快な気持ちに水を差すのは、いつでも、弁えない連中だ。騒がしい声が無線機に飛び込んできたところで、俺は微かに眉を顰めていた。

パニックは、伝染する。やめろよ、馬鹿ども。

「進路を変える！　敵の対空砲火を避けて降りるしかない！　とにかくオートモードを切れ！」「こんなところで、死んでたまるか！」「落ち着け、オート回避モードへ移行しろ！　散開して、各個に回避を……」

聞き覚えのない声の主ってことからして他のユニットからのものだろう。

ルートを変えろってお誘いは結構だが、土壇場で変更なんてできる訳もないだろう。こっちの操作なんて、商連の兵器はどうせ受け付けまいだろうに。

「通知：友軍ユニット複数が作戦エリアを逸脱中。オートモードを解除した模様」

思い込みだった。

現実の前に、商連製品へのイメージが簡単にひっくり返される。セットされていたものを解除できるってことが、俺には驚きだった。他の連中は、そんな知識まで火星で焼かれたんだろうか。呆れるほど、至れり尽くせりだな。変な感心すら俺は抱く。

他人のやることに影響されやすいやつが動いたのは、そんな時だ。

「管制AI、オートモードを切れるのね？　変更後の選択肢はどうなるの？」

「通知：降下対象エリアを再設定できます。要請：オートモード解除時は、作戦目的に適した降下地点を設定してください。補足：減速が可能なエリア内で自動調整し、降下します」

イギリス人の質問に対し、管制AIは律儀に通常通りの言葉を吐き出す。まるで、何一つ、作戦に支障がないかの如き平静な調子は無性に忌々しさを誘うものだった。……これは、所詮、機械だものな。葛藤も、苦悩もなきゃ、そうだろうさ。

「おい、肝心の回避設定はどうなってるんだ？」

回答はなし。

なんで、答えないんだ⁉　返事がないことに苛立ち、叫びかけたところで俺は辛うじて思い出す。『管制ＡＩ』と呼びかけない限り反応しなかった。この無能ＡＩめ、こんな時なんだから、融通の一つも利かせればいいものを！

時間が無くなっていく苛立ちを込めつつ、俺は修正して怒鳴りつける。

「管制ＡＩ、回避の設定を説明しろ！」

「通知：既定のものが適用されます。乱数回避です」

つまり、今と回避は変わらない。こっちにできるのは、降りる地点を修正するだけ。後は指定した目的地へ、ＴＵＦＬＥの機能にお任せ回避で降着ってことになるらしい。

どのみち、今のままじゃいい的だろう。俺と同じ見解に至ったのは、スウェーデン人だった。

「このままじゃ、ハチの巣も良いところだ。いっそ、僕たちもルートを変更するか？」

「エルランド、じゃあ、どこに降りるんだ？」

「……友軍のユニットに続くのが一番安全だろうと思う。そっちならば」

訂正。同じ論法だが、誤った結論に達しやがったスウェーデン人は戯言中の戯言を口にしていやがった。

皆と同じ、右向け右。馬鹿馬鹿しい。多数決が何時だって、正しいとでも？　だとすれば、選挙で選ばれた政治家が何時だって間違わないってことになる。最高の戯言だろう。その通りならば、今頃地球は地球人のものだ。

赤信号、皆で渡って撥ねられるってやつに違いない。俺はまともだ。愚行の巻き添えは勘弁願いたいもんだし、馬鹿どもと同類になるのも楽しくない。いっそ、逆が良い。

半分、冗談みたいな思いつきで俺は管制ＡＩへ投げかけていた。

「管制ＡＩ、一番危険なところはどこだ」

「通知：対降下陣地と推定。回避を推奨」

そりゃあ、そうか。ＴＵＦＬＥをぶっ潰そうってのは、地上の陣地だもんな。

「管制ＡＩ、例えばだが……さっき、艦隊が爆撃した陣地へ降りられるか」

「警告：そのルートは標準基準を逸脱した高リスク行動と推定されています」

管制ＡＩの無味乾燥な音声ガイダンスは、こっちに分かるように説明するって腹じゃないんだ。威圧しようって感じで、単語選びから気に入らない。

殆ど咄嗟のことで、俺自身、よくわからない衝動に突き動かされつつ叫ぶ。

「知ったことか！」

降りて、暴れて、破壊しろっていうんだろ!?　考えてみれば、ぶっ壊した陣地跡地に降りるのがクレバーにさえ思えてきた。

「管制ＡＩ、そこだ！　そこに突っ込めるか、答えろ！」

「通知：針路変更は可能。警告：高リスク行動。回避を推奨」

後半のぐちゃぐちゃは無駄な説明だ。聞かれもしないことを、一々口に出すなんて、この管制ＡＩとやら、イギリス人と同類かもしれない。

「やけっぱちはやめて、アキラ！　カミカゼ精神はごめんよ！」

私は、まだ、死にたくないという一言はまさに余計だ。つい先ほど、アマリヤって人間が管制ＡＩに似ているとかと想像したが……呆れたもんだ！　考えるまでもないだろう？　なんだって、俺が、死ななきゃならないんだ⁉

誰が、こんなところで、死にたがるものか！

逆だ！　生きるために頭を使ってる。頭が飾りじゃなきゃ、それぐらいわかるだろう⁉

「活路ならある！」

「……どこに⁉」

ないなんて今更言いたくない。どこかにないのか。あるはずだ。じゃなきゃ、俺の勘がこんな展開を許すはずがない。

考えろ。

どこかに、勝つ方策があるはずだ。こんなことになったとしても……まて、そもそも、なんで、俺は『降下』している？

スウェーデン人のお株を奪い、奴の真似をして俺は手を叩いていた。あるじゃないか。考えれば、全部、お膳立てされている。

「当然、降りるならば陣地跡地の方が敵の迎撃ってやつも低いだろう？」

ばいいのに。

「アマリヤ、俺が、他の連中の面倒まで知るか」

はぁ、と呆れた声を出すイギリス人はとことん分かっちゃいない。考える振りぐらいすれ

「他の友軍と離れてどうするのよ！」

「対降下陣地の近くには襲撃艇だか何だかがあるだろう？　それこそ、物証がほしいとかなんとか、ズーハンが説明したやつだ。ってことは……そいつをかっぱらえれば、この星からも出られる。違うか？」

「操縦できないだろう⁉」

おいおい、勘弁してくれよタイロン。お前まで、脳みそを使わなくなったとかこんな時に言われたら、何てコメントすればいいのかわからんぞ。

「……ああ、いや、できるやつがいるわ。幸いなことにね」

中国人がぽつりと良い点を突く。正しく、幸いというべきか、とにかくその通り。実際、船の操縦に関してだけは心配がいらない。目途ならば、つく。

「誰ができるっていうの？」

イギリス人は、相変わらず頭が固いらしい。言葉の裏ってやつを読む癖がないのは、困りものだ。分かっていないってのは、哀れですらある。いっそ、管制ＡＩになればいい。

「ＡＳＪＡＲ－５１２５には、工作員がいるじゃない」

「は？」

中国人の言葉尻に、慈悲や哀れみってやつが浮かんでいないのは頗る不思議だった。スウェーデン人といい、中国人といい、馬鹿に優しい態度を取れるっていうのは一種の美徳だろうか。

余裕がある連中特有の偽善ってことかもな。忌々しいことだ。持ってる連中ってのは、違うのかね。いや、今だけは落ち着きぶりも頼もしいと思う。どうせ、同じヤキトリだ。

「アマリヤ、餅は餅屋よ」

船に乗って好き勝手にやっている連中なんだから、船の操縦だってお手の物だろうに。なんだって察しが悪いんだか。アマリヤってやつは、発想に柔軟性が欠如している。

こいつに必要なのは、頭へ知識を詰め込むよりも自分で考える習慣だ。もっとも、俺に言わせてもらえば……いや、俺がイギリス人の心配をすること自体がそもそもおかしいといえばおかしいんだが。

「ああ、ああ！　ようやく得心した。ちょっと、ニードル・ガンを突き付けて、プリーズってお願いするわけか。気に入った。言葉が通じるといいんだがな」

タイロンの言葉に俺も笑う。落ち着けば、知性ってやつを取り戻したらしい。信頼に値し、頼りになる人間が少なくとも一人いるってのは幸いだ。ズーハンには、背中を任せるのがちょっと怖いからな。いや、あいつも頭は良いんだが。

「異文化コミュニケーションってやつは、やり方さえ分かっていれば簡単だぞ」

「アキラが詳しいとは意外だったたな。教えてほしいんだがニードル・ガン以外のボディーランゲージも使うのか?」

ある意味、その通りだ。タイロンの指摘通り、身振り手振りで簡単なやり取りだと俺は殊更に明るい声で続けてやる。

「勿論だ、タイロン。秘訣は言葉にある。まずはスリランカ語で丁寧に頼んでみるんだ。ニードル・ガンに喋らせるのは、それからでいいだろう?」

「万国共通ってやつだな。地元でもそうだったよ」

はっはっはっ、と俺はタイロンと改めて馬鹿笑いする。不思議なことに、他の三人は俺の小粋な言い回しに対して感銘を受けなかったのか特段の反応もなし。

センスってやつが、致命的にかけているんだろう。哀れなことだ。生き残ったら、マクナルド一食と引き換えに教育してやろう。ボランティアってやつだ。

「OK、アキラ。君の提案が正しそうだ。管制AI、ルートを再設定だ。アキラの指定した、商連艦隊の爆撃済みエリアへ軌道を修正して……」

エルランドが言い切る前に、ジェルのモニターが明滅し嫌なアラート音が唐突に鳴り響き始める。

「警告:対空砲火の推定ゾーンエリアに侵入」

単なる音に過ぎない。しかし……無線越しに聞いていた奴と迫力が大違いだ。背筋が寒くなる代物としては十分すぎる。

遅すぎたんだ。くそが。

気が付けば、保護ジェルに浮かぶモニターが警告と飽和する輝点で赤一色に染まっていく。一個一個が、こっちを叩き落とさんと打ち上げられているミサイルと砲弾ってことだろうか。

「警告／最優先：照準波を検知。デコイ、緊急射出中」

なんだって、と思わず通知を二度読み返していた。デコイ？　商連人の用意した装備だが、そいつは、効くのか？

半信半疑の俺だったが、ＴＵＦＬＥから分離した光源は良い仕事をやってのける。近寄ってきていた直撃コースと思しき数発が、逸れていくじゃないか！　デコイってやつは、有効だ！　いいぞ！

囮に引き寄せられる敵弾を見るのは安堵しかない。これで、何とかなるかもしれん。だが、頼もしさを覚えた瞬間に命綱はぶった切られる。

「警告／緊急：射出用デコイ残弾なし。照準波を検知。……緊急乱数回避開始」

なんで、もっと、そいつを載せていないんだ！　商連の間抜け共、数発なんて焼石に水だぞ！　畜生！

「ぐおっ⁉」

「タイロン⁉」

「かすったっぽいぞ⁉　くそっ、これじゃいい的だ⁉」

いざ当たり始めると、とても平静でいられない。撃たれるってのは、初経験だ……演習の時、判定装置が鳴るのとは訳が違う。

ニードル・ガンをキッチンで向けられるのとは次元が違っていた。

ぶっ殺し、ぶっ殺される。

分かっているつもりだったってか？　くそっ、くそっ、くそっ。

「本当に、大丈夫なの⁉」

慌てふためいたイギリス人め、こんな時ぐらい、管制ＡＩのような鈍感ぶりを発揮しろよ！　俺が知るか！　知るわけ、ないだろうが！

「さっさと進路を変更しろ！　ここから、離れ……」

タイロンの言葉は、そこで途切れる。

一瞬のノイズ。

付近で爆発したミサイルの余波か何かで、俺は固定しているにもかかわらず無茶苦茶に揺さぶられていた。

「警告：飽和弾幕を確認」

落ち着き払った管制ＡＩの台詞に、俺はあきれ果てる。緊張感のある声色にするぐらい、気を利かせればいいものを！

「くそが！　おい、全員進路を変更したな⁉」

「俺はしたぞ！　タイロン！」

「エルランド、アマリヤ、ズーハン、とにかく降り次第」

合流とか、何とか、タイロンが叫びかけたところで再び通信にノイズが走りやがる。揺れるだろうと覚悟する俺だが、しかし、拍子抜けしていた。

がたん、と軽く振動がきただけ。さっきのとは比較にならない軽さだ。弾幕をそろそろ抜けられるって期待してもいいのか？

「警告：至近弾多数」

報告の声を聴きつつ、俺は通信状況の回復を待つ。幸い、今回は回復も早くレシーバーの音もすぐに正常に戻ってくれた。降下中の会議ってのは、ろくでもないが……だからこそ、俺は時間が惜しいと口を開く。

「地上で合流したら、とにかく侵入経路を探すぞ。格納庫への入り口を見つけないことには、どうにもならん」

そうだろう、と俺は返事を期待し、いつまで待っても返事がないことに違和感を抱く。さっきも通信が途絶えたが、まだ回復しないのか？

「管制ＡＩ、通信とリンクの状況を説明しろ。まだ、回復しないのか？」

「通知：否定。状況：通信システム－許容値内で稼働中／リンク機能－全力稼働中」

は？　なんだ、それは。

ガクン、とまた揺れるＴＵＦＬＥの中で俺は管制ＡＩを問いただす。じゃあ、なんだって、つながらないいんだ。

「通知：本ＴＵＦＬＥに異常なし。周辺にシグナルなし。全系統は正常」

「異常なし？　異常なしって……おい」

他の連中は？

……K321の、一緒に降下しているはずの連中のシグナルとやらは⁉　やられる音も、何も……ああ、いや、そうか。判定装置なんて、ここには、ないんだ。

ついさっきまで、人の声で騒がしかったはずがあっという間に警報音だけの空間。頭がどうにかなりそうだ。いい加減、黙れよ、ビープ音ども！

おい、イギリス人、スウェーデン人、なんだっていい。タイロン、馬鹿笑いしてみせろよ、この野郎。この際、中国人でも文句は言わない！　胡散臭い声でいい！

何か、誰か、喋れ！

「状況確認中：ユニットK321の消耗80％超と推定。……判定：全滅」

「黙れ！」

「状況更新：商連軍の規定により、降伏の権利があることを通知いたします。投降後の権利について、商連軍は被契約者の権利保護者を星間法に基づき……」

ああ、この、ぽんこつめ！　諦める敗北主義者は、いらないんだ。俺は、諦めるってのが絶対に嫌なんだよ！

「管制AI、黙れ！」

「警告：重要情報です。通知義務があります」

聞かれてもいないことを、ペラペラと喋るっていうのを俺は求めちゃいないんだ。勝利に貢献できないいなら、もう、貴様は、いらん。

「この糞管制ＡＩ、いいか、よく聞け。さっさと、針路を最後の提案通りにしろ。そして二度と、その、たわけた口を開くな」

何事か、管制ＡＩが囀りかけた瞬間、がつん、と何かがぶつかったような衝撃が俺の入ったＴＵＦＬＥを襲う。

一瞬にしてモニターが即死。保護ジェル状の狭苦しい中が、一斉に光源を喪失し暗闇に包まれる。数秒後、非常用らしい微かな明かりが辛うじて点灯。卵の中を薄暗く照らしはじめる。慌ててぐるりと周囲を見渡せば、殻に傷らしいものはなし。

ジェルが漏れる不安はないだろう。少なくとも、当座は。

お喋りな糞ＡＩを立ち上げれば、尤もらしく説明してくれるんだろうが……僅かに『管制ＡＩ』と呼びかけることが頭によぎるも、俺はそれを脳内から躊躇の末に蹴りだす。

頼らないと決めたものを、もう一度呼び出す理由なんてない。

左側の数字が数分となり、ぐん、と気持ち悪い揺れと感覚が俺を襲う。無重力よ、さようなら。どんどん目減りしていくＡＳＪＡＲ‐５１２５降着までの秒数を脇目に、俺は嗤う。

いつもは、もうちょっとだけ煩かった。騒がしい雑音だし、ちっとも好きになれない代物だったが……いや、どっちにしたって、ひとりぼっちには慣れている。昔の通りだ。

パラシュート降下することになるのか、無事に地面に降りられるか知らないが……やるべきことをやるまでだ。決意と共に、俺は固定してあったニードル・ガンを摑む。

絶対に、生きて、ここを脱出する。見捨てやがった商連艦隊の糞どもには、ニードル・ガンを満腹で死にたくなるほどぶち込んでやる。

やれるだけ、やってやる。どうせ、死ぬんだったら、もう、知ったことか。

突如としてジェル内部の非常灯が点滅し始める。こいつのおかげで、俺はＴＵＦＬＥが最終コースに入ったことに気が付く。管制ＡＩのようなおしゃべりと違い、ライトってのは悪くない。

ＡＳＪＡＲ－５１２５まで、もうすぐ。

いよいよだ。

忌々しいカウントダウンが、ゼロになる。後は殻が自壊してジェルも飛散し、俺を放り出すって段取り。

いくぞ、と意気込んだ俺はそこで違和感に気が付く。

……変化が、ない。

軌道降下時に、どこかが敵弾で壊れたか、不良品かで……閉じ込められている？

こんなところまできて、こんなつまらない結末なんて、認められるか。認められるわけがないだろう！

「ふざけるな!!!　出せ！　戦わせろ！」

「強制起動－通知：プログラム－マリアナを終了します。修了、ご苦労様でした」

「は？」

次の瞬間、沈黙していたはずのモニターが一斉に再起動し始める。急に眩しくなり、俺の眼か頭が壊れたんじゃなきゃ、映っているのは進攻降下母艦ＴＵＦ－フォームニティの射出ベイだ。『飛び出し後にしたはず』だから、あり得ない。

にもかかわらず、この光景はなんだ。気密服越しにもかかわらず、俺は思わず目を擦ろうとしてバイザーを擦っている自分に気が付く。

馬鹿馬鹿しい。見間違いなものか。だが、俺は、宇宙空間にいたはずじゃないのか？ＴＵＦＬＥで、ＡＳＪＡＲ－５１２５へ、突っ込まされて……。

「通知：デブリーフィングが開始されます。全ヤキトリは、直ちにＴＵＦＬＥより退出してください。艦隊司令部の標準談話：勇者たらんとするものよ、諦めることなかれ。以上」

そして、ＴＵＦＬＥはあっさりと上部を開放し、以前と同じように梯子をジェルが形成する。登った先にあるのは、やはり、軍艦内部としか思えない光景だ。

狐につままれたような気分のまま、俺はぽかんとした訳が分からないという表情と共にＴＵＦＬＥから這い出てくる他のＫ３２１の連中と顔を見合わせていた。

なんだ、これは。

訓練支援母艦／（偽装呼称：進攻降下母艦）ＴＵＦ－フォームニティ

射出ベイ区画に偽装した訓練施設に設けられた視察ブースは、空席が目立っていた。体裁を取り繕えているのは、臨席するTUF－フォームニティのクルーの存在があればこそ。

彼らですら、艦長の判断で士官以上が『出席を推奨』されない限りは自発的に顔を出したかどうか疑わしい。自発的な商連軍出席者という意味では、パプキンに付き添われたエッグス武官だけが唯一無二の存在であった。

理由としては、一応、プログラム－マリアナそのものが定例業務であると言えなくもない商連艦隊クルーにとって、何度となく繰り返した業務をもう一度視察せよと求められたところで、好奇心はなかなか刺激されまい、といったところだろうか。

……もっとも、実際の原因はより単純だ。ヤキトリに対する艦隊司令部と本国の嘘偽りなき無関心、低評価の裏返しだろう。大々的にパプキンが臨席を求め、成果を発表すると称したお披露目にもかかわらず、或いはだからこそか。

ヤキトリに対する期待値を如実に商連軍は出席率で示していた。

眠そうにしていた進攻降下母艦士官らからして、礼儀正しく眠気を振り払う様などお義理とお愛想だけで臨席している雄弁な証明のようなものだろう。

故にというべきか、誰も予期し得なかった。想像すらしえなかっただろう。

危機に際して諦めず、動じず、最適解を模索した挙句、断固たる意志で行動する『ヤキトリ』！

消耗品同然の安価な代替品が、商連軍海兵隊同然のガッツの発揮だ。パプキン以外、室内にいた全員が唖然とモニターの光景を覗き込む羽目になったのもむべなるかな。

海兵隊士官として、エッグス武官は断言できる。あれは、本物だった。

わざわざ足を運んだ甲斐があったと認めるに吝かではない。

「ASJAR－5125事件を諦めずに生き残った、か」

プログラムの合格条件は実に単純だ。全滅を回避しつつ、任務概要の敵地へ降下を成功させるだけ。ただし、諦めることなく。

任務を理解し、なおかつ自分の頭で考え、断固として実行する意志があって初めて合格できる。

ヤキトリに、合格は不可能だとみなされている理由もそこだった。考える真似まではできても、真に自分の頭で考えられないと断定されて久しいのだ。焼かれた知識は、所詮、付け焼き刃と露呈するのが常だったのだが。

合格者だ。それも、ユニット一つが。

厳密に言えば、得点差があるので同列合格ではないのだが……前代未聞の合格者が5体。

「連中に限っては、綺麗な新品と笑えまい」

諦めというのは、どんな勇者も殺す。英雄ですら、諦めた瞬間には死者だ。死中に活を求められるのは、死を受け入れなおも生を諦めぬ気力があって初めて叶う。

逆を言えば、試練を超えていないものは信じられん。死線を潜ったことのないものは、全て新品と軽蔑的に言わざるを得ない由縁である。

ヤキトリだろうが、商連軍の海兵隊に属する新参者だろうが、例外はない。

己の死という差し迫った恐怖を身近に初めて感じた新品どもは狼狽える。商連が、経験知という費用対効果の悪い教師に否応なく教え込まれた残酷な事実だ。

認識、混乱、拒絶、逃避、絶望、諦観。

商連の本国軍人だって、最初は例外じゃない。そんなはずじゃないと叫び、喚き、泣き散らし、そしてぷつりと糸が切れたように『諦める』。おおよそ、教育された商連軍人の卵どもですらそうなのだ。ヤキトリの新品なんて、エッグス武官の知る限り……端から期待しえるはずもない。

訓練とは、畢竟、認識の段階で対応策を思考の流れに挟み込み、別の道へとずらすことにある。最悪を知るということこそが、訓練兼予防接種として最適だ。

故に、教育的措置の一環として臨死体験プログラムが商連軍では標準採用されている。ヤキトリら向けに選ばれたのは、商連艦隊史上でも稀にみる大惨事となった降下作戦を『追体験』させるコースだ。

冷戦が熱戦と化す全面戦争の恐怖に囚われたあの時期に、商連艦隊は無数の失策を犯したが……その中でもＡＳＪＡＲ－５１２５事件は飛びぬけての醜態だった。ヤキトリの運用が始まった最初期における一番の大失敗だ。

治安作戦、ちょっとした掃討戦。端から断定と予断に基づいた思い込みで、即応艦隊司令部を軍事氏族で固めたのが致命的破局に至った最悪の事例だ。

惑星ＡＳＪＡＲ－５１２５に現れた『所属不明』の襲撃艇への対応中に、突如として現れたユニオン艦隊に対し、商連艦隊司令部は狼狽凄まじく、商連人にあるまじきことながらも全面戦争を念頭に砲戦距離を取るべく『揚陸支援』を放棄。

軍事思考に偏るあまり、彼らは可能性という多様性を念頭に置き損ねていた。外交儀礼が頭からすっぽ抜け、一触即発の空気の中、砲撃寸前までいったところで……ユニオン艦隊は列強同士の礼儀作法へ忠実に礼砲を放つや悠々と商連艦隊の前で回頭してみせたのだ。

あげく、通信状況の不備を先方が詫びつつ『表敬訪問』の申し出を先方の提督が口にしだす始末。唖然とした商連艦隊司令部の連中が、状況を理解した時にはすべてが手遅れだった。

ユニオン艦隊の存在に気を取られ過ぎた商連が惑星封鎖を解除した隙を突き、『所属不明』の襲撃艇は一目散に逃走。

商連人が、無粋なユニオン人に手玉に取られたというインパクトは絶大極まりない。軍事氏族にとって、とてつもない痛手だった。影響は、今でも尾を引いている。エッグスのような世代が違う系統まで、士官学校で繰り返し『広範な視野』とやらを持つように促されるほどなのだ。

「命令を再解釈し、必要な決断を自分で。……ダミーでユニット全滅の情報を流してなお降伏しないとは」

史実のASJAR‐5125事件において軌道降下する代用歩兵ことヤキトリにとって致命的な問題となったのは、艦隊からの明瞭な指示が一時的に途絶えたことだった。彼らの誰もが最初は愚直に指示を待ち続け、司令部からの指示がないことに気が付くや即座に連鎖的パニック状況へと陥ってしまう。

最後には絶望が蔓延していたと推定されている。すべてを諦めてしまったのだろう、あっけなく全滅した。自殺者まで出たという。

だが、エッグスらの艦隊士官の目からみれば確かに厳しい状況ではあったが、それでもヤキトリは諦めが早すぎるのだ。

それは、商連軍の他部隊がたたき出す生存率の差に浮き出ている。

プログラム－マリアナと呼称されているASJAR－5125事件は軌道降下作戦に従事する全関係者の必修であり、商連海兵隊もその例外ではない。ヤキトリの生存率が0％を連続更新中だったのに対して、平均的な海兵隊の生存率は四割強と高水準に至っている。

だからこそ、比較されたヤキトリは馬鹿にされるのだが……とエッグス武官は眼前の光景を俄かに信じかねるとばかりに頭を振り、尻尾を項垂《うなだ》れさせる。

諦めないどころか、降着してのけたアホが出た？

いかがですか、と得意げなパプキンの方へ向き直るなりエッグス武官は嘆きの声をこぼして見せる。

「驚いた。まさか、調理師がリークしていたとは」

臨死体験プログラムの類は、ネタバレをされると新品の教育に悪影響が出るのは言うまでもない。結果、実戦における死亡率が跳ね上がる公算なために、漏洩した者には反逆罪が準用される規則が用意されている。

「私が？　本気でいらっしゃる？」

「いや、冗談だ。そこまで軽薄なタイプであれば、私はもう少し遣り易かっただろうからな」

本国財務氏族と似ているというのは、世辞でも罵倒でもなく純粋な本音だ。至極厄介極まりないタイプ。自ら氏族を立てるとしたら、こういう類の奴だ。これが、つまらん種や仕掛けであればむしろどれだけ楽なことか。

詐術の類というのは、種が割れたときに一瞬で朽ちる代物に過ぎない。けれど、種も仕掛けもなければ、現実という世界を動かす。

「……頗《すこぶ》る興味深いな。ヤキトリというのは、自分の頭で『考えたつもり』の連中だと思っていたが、自立思考できるとなれば軍の兵士として使える」

「資材扱いする理由が一つ減りましたね」

迂遠かつ丁重で無味無臭を装った言い回しではあるのだが、言外に微かな苛立ちを込めた発言でもあった。パプキンというやつは、仲間思いということだ。エッグス武官にしてみれば、氏族の連帯かと苦笑するほかにないほどだ。

「ドローンの延長として極めて安易に使っていたことへの批判かね？」

「商連流に申し上げるのであれば『勿体ない』とだけ」

ちくり、と刺さる一言だ。

こちらの流儀に合わせ、最上の作法でもって商連側の不手際を正論と共に突く。上手いやり口だ。手練手管の類としては、最上級だろう。

「本国の財務氏族が発狂する発言だな。現場からの辛辣な意見として、正式な書式にまとめて提出しておく」

「おや、よろしいので？　本国の精神衛生にご配慮なさらないのでしょうか」

　心にもない言葉を耳にし、エッグス武官は笑い出していた。地球人が、本国財務氏族の安眠を案じる！　そんな妄言、一体、どんな値段をつければ商連で信じる振りをするやつが出てくるんだろうか。

「パプキン、私は艦隊の人間でね。財務氏族は列強以上に憎たらしい怨敵なんだ」

「つまり？」

「モデルケースとして、K321を上に報告しておくのは艦隊にとって有益だ。運用次第では、地球の人的資源とやらも有益な兵士供給源たりえるだろう。副次的な利益として財務氏族の鼻も明かせる。拒む理由がない最良のディールだ」

　悪意のない賞賛の言葉。……少なくとも、エッグス武官にしてみれば最大限、手放しも同然の賛辞のつもりだ。

　けれど、パプキンはそこで微かに表情を歪める。

「兵士のつもりなんですがね、皆」

　初めて、生の表情を見た思いだった。エッグス武官にとって、パプキンの矜持とでもいうべき呟きは敬意と理解を払うに値する。

「……ヤキトリは、兵士とみなされていない。変えたいのであれば、これからだろう。信用と信頼は積み重ねていくものだ」

「ええ、そのつもりですとも」

大それたことを口に出す地球人に対し、エッグス武官は小さく、しかし職責からはっきりと釘を刺さざるを得ない。自分が艦隊士官としてみれば例外的だという自覚はあるのだ。ぬか喜びさせるのも、道理ではない。

「過剰な期待はやめておきたまえ。今、生き延びたK321群にしても将校や下士官として、先導するという気質がない。兵士となるにしても……自分たちだけというのは、あまり、私は好きになれん」

「エッグス武官、一つ、よろしいですか？」

曖昧な笑みを顔面に張り付けた地球人はそこで軽く肩を竦めて見せる。器用なことに、礼儀正しく。毒気を抜かれたというより、感心せざるを得ないうまさだ。

「なんだろうか」

「義務というのは、結構なことでしょう。ですが、権利に先立つものだと？　商連流ではないようにもお見受けしますが」

取引とは双務的。義務の履行というのは、無条件に期待しうるものじゃない。商連流に血も涙もないやり口というのは、そういうことだ。

もっとも、期待するというのは『相手』に対する評価があってのことでもある。

ダイヤモンドと同等の値段をごみ屑に期待するのは、あほだ。磨くにたる原石だと認めなければ、期待という言葉も出てくる道理があろうか。

「……永遠の真理ではあるな。しかして、私がここにいる理由を思い出してもらいたい。商連士官として私が、見て、聞いて、そして知った。これでは、足りないのか」

「僭越ながら、武官にご期待しても？」

「私は、私の義務と名誉に従うまでだ」

満足げに頷くパプキンの野郎は、相変わらずよく読めない地球人だ。財務氏族のような狡猾さがあるかと思えば、軍事氏族のような名誉の概念にも忠実。

全くもって不思議な奴だ。

「文句の一つも出る程度には、気に入っていただけたと」

「コメントを控えよう。私も商連の流儀に忠実でありたい。自身の心情については途轍もなく高い値札をぶら下げることを憚らん。相場が下がるまでは、今しばし待ちたまえ」

「情勢が順調になると、セールに？」

なるんでしょうねぇと言外に決めつける発言だった。全く、大した度量というべきなのだろう。本来であればヤキトリが成果を出し続けるなんて、賭けにもならない話だ。

現役の商連軍の士官で、ヤキトリに期待するような手合いなど、艦隊広しといえど、どれだけいることか。エッグス武官自身を入れなければ、片手の五指だけで数えられるかもしれない。現行の教育改善プログラムにすら、懐疑的な視線が向けられていることだって、パプキンの奴も承知しているはずだろうに。

自信過剰、自意識過多、或いは、誇大妄想狂の類とされても故なしとは言えまい。だが、そんなパプキンの妄言に対し、エックス武官は好意と共に肩を竦めて見せる。

「そうなると、いいだろうな」

相槌を打つぐらいの期待ならば、まぁ、大したコストじゃない。

第六章
『結末』

可能性に乾杯

パプキン／調理師

緊急出撃とやらは全部商連の用意した演習用シナリオで、ＴＵＦＬＥで降下したと思ったのは高度な追体験装置による仮想体験。至近弾で他の連中が全滅したように見せかけたのすら、プログラムの一環。

全部、大掛かりな嘘だった。

意気消沈する他のユニット連中をよそに、俺、ああ、いや、俺たちＫ３２１組は大憤慨ものだ。こっちが覚悟を決めて、実戦で殺し、殺されるつもりになっていたのを手玉に取りやがった。商連の連中ってのは、人を舐め腐っているに違いないとね。

そんなときのことだ。

どこからか突如として現れたパプキンの奴が、満面の微笑みで『おめでとう』って胡散臭い祝辞を寄越しやがった。

ぽかんとしたこっちに、奴は『合格証書』とやらを仰々しく寄越しやがる。ちゃっちいというか、勿体ぶる割になんとも安っぽい紙切れ一枚だ。

「色々と聞きたいことがあるだろうがね。全部、後で話そうじゃないか」

たったそれだけ。後は、軽い口調で約束するよと結んでおしまい。唖然とするこっちを放り出し、パプキンの野郎は慌ただしく立ち去っていきやがる。

そこからは、急転直下だった。

演習終了と同時に寝床へ戻れとのご命令。やることもないので寝床に転がり、支給される『大満足』の味わい深い滋味にヘドロのような感動を抱いて茶で一服。ほどなくしてひと眠りした頃には訓練母艦TUF‐フォームニティが火星港に入港していた。

数少ない合格者（後に知ったが、前代未聞だったらしい）である俺とK321の面子はパプキン共々、入港と同時にキッチンに放り出される。下船者は、俺たちだけだった。

ドックに艦が接舷していたのもほんの数分だけ。こっちが火星港に足を下ろすや、訓練母艦は慌ただしく火星港から再出港していく。

何が何だか分からない間に、後にしたはずの訓練施設に戻されたこっちだが、そこで妙に機嫌の良いパプキンから事情を説明される。

曰く、『予定は未定』。

さっぱり訳の分からないことだと訝しげに睨んでやれば、ご丁寧な補足説明。要するに、商連様は、ヤキトリに期待なんかしていなかったってことらしい。

プログラム‐マリアナってやつでは、合格者が出ないことを大前提にすべての予定が組まれていた。不合格者への補習プログラムはたっぷりってわけだ！　不合格のヤキトリ共へ施すマリアナ補習と称される再講習のために、他の惑星に向っていく手配まで商連軍は手配済み。

その反面、合格者へのコースなんぞ用意されちゃいなかった。おかげで、ＴＵＦ－フォームニティ艦長様のご判断で『別命あるまで』合格者は火星待機ってご命令らしい。

そりゃ、大慌てでこっちを火星に放り出し、次の予定地へ飛んでいく羽目になるわけだ。人を馬鹿にし腐った予定ってやつを俺たちがぶっ壊してやったってのは、中々痛快だった。勝利ってのは、良いもんだ。一度味を覚えると、中々抜けない。そのためにならば、タイロンのアホと肩を組み、いけ好かないイギリス人とスウェーデン人を腐しつつ、どうにも怪しい中国人とでさえ茶を啜るだろう。

まったく、Ｋ３２１ってユニットはろくでもない連中の集まりだ。それでも、まぁ、そいつらとだって……勝利のためにならば一緒にやる必要がある。

とはいえ、俺は俺だ。

連中は、連中だ。

一緒に働く理由はあっても、馴れ合う理由まではなし。

そんな具合で、俺と連中は結構適度な距離感を保ちながら火星で与えられた束の間の休暇って自由を満喫していた。

束縛からの解放はいいものだ。慣れ親しんでしまったキッチン内部ですら、職員区画で味わう『大満足』となれば味わいが違ってくる。

具体的には、二つほどの大きな違いだ。

悲しいかな『大満足』そのものはパッケージも、中身も、量も何一つとして変わっちゃいない。だけど、モーツァルト尽くしの環境じゃないってだけで雰囲気がちょっと違ってくる。音楽からの解放っていうのは、間違いなく特権ってやつだろう。

うれしいことに、更に大きな特権すら暫定的にせよ俺たちには与えられていた。

『個室』だ。そう、個の部屋である。

K321の連中と四六時中顔を合わせる必要があり、耐えられるようになったにせよ自分だけの時間・空間ってやつは堪らない。

自分の、自分だけの空間。もちろん、火星のキッチンだ。真空中の船とは、くらべものにもならないほどスペースがあるのは事実っちゃ事実。宇宙空間の船では、望むべくもないんだろう。だけど、地球の日本ですら手にしえなかった最高級の贅沢なんだ。火星のキッチンにあるさびれた部屋だって、俺が初めて手に入れた城に違いはない。

憧れだった自分の部屋って空間は、全てが愛おしい。キッチンのフィルター越しな循環空気だとて、自由の空気が満ち溢れている。深呼吸を一つすれば、違いってやつが分かるだろう。他人の吐息が混じってない。すごいことだ。

パプキンが俺の『個室』に顔を出したのはそんな時だった。

時候の挨拶と相変わらず胡散臭い微笑みの仮面。ミスター呼ばわりしてくる似非紳士ぶりなど、もはや一種の様式美だろうか。こいつは、たぶん、いつだって変わらないんだろう。ご苦労なことだ。

「私の奢りだ。……少し、食事でもしながら話でもどうだ」

「『大満足』を奢ってくださると？　であれば、お断りですね」

追い出すのさえも俺の自由！　個室ってやつは、部屋の主が自由にやれるんだ。自由の行使をやりたいところだったが、奴が口にする誘い文句は一蹴するにはちょっと惜し過ぎる代物だった。

「ミスター・アキラ。私だって、選択の自由があれば自由を行使するとも」

そりゃ、そうだ。好き好んで、誰が『大満足』を流し込むものか。

パプキンの奴は調理師だ。ヤキトリと違って、だいぶ金も持っていそうだからな。違うものを食べる選択権ぐらいあるんだろう。愚問ってやつだった。

「火星のキッチンは野暮な訓練施設だ。実用本位、徹底したけちん坊。だが、小さな娯楽用の区画ぐらいは最低限にせよ整っている。どうかな、火星で食べるのが『大満足』だけってのも味気ないだろう」

認めよう。実際、偶にどころか一回ぐらいは違うものが食べたい。実利ってやつに釣られ、俺はパプキンの誘いに応じていた。

巨大な訓練施設といったところで、職員区画なんて小さなものだ。まして、娯楽用のエリアなんて歩いてすぐのところにある。パプキンと連れ立って自室を後にし、数分もすれば、なけなしの給与で茶を何度か買ったPXの前だ。そこを通り過ぎれば……俺にとって渇望したネオンのサインがみえてくる。マクドナルドの光だ。香ばしく、涎を誘うハンバーガーがそこにはある。

手が届くところに、手が届かない価格でぶら下げられている飴玉。拷問のようなもんだ。ヤキトリとして品質が認められていないときの給与では、手が出ず、辛抱するのは恐ろしく過酷な試練だった。いっそのこと、マクドナルドがなければ火星の食事に諦めもついたのだが。

もっとも、合格したら合格したで『マリアナ合格者給与規定』が未策定のため、確定後に遅滞補塡利息なんたら付きで電子口座へ振り込みらしい。つまるところ、色を付けるから後で金の話はさせてくれってことだ。商連の連中、金についてだけは妙に律儀だったはずなんだが。

いや、それだけこっちが不合格になるものだと頭から決め込んでいたんだろう。ガツーンと思い込みを粉砕してやったのは悪い気持ちじゃない。

とはいえ、そのせいでマクドナルドに手を出しかねていたというのが実情だ。ここで今日ばかりはパプキンの奴がおごりだっていうじゃないか。遠慮無用だろう。

奴には問い糺したいことが山のようにあるし、言ってやりたい恨みつらみもたっぷりとあるが……一部は奴の財布で勘弁してやろうじゃないか。

ズーハンの口癖にならえば、貸し借りってやつは回収しないといけない。そんなことを考えながら、マクドナルドへ足を向けていた俺にとってそれは意外な光景だった。

てっきりマクドナルドで豪遊だとばかり算段をつけていたんだが、パプキンの奴はあっさりとMって輝いている看板の前を通り過ぎようとしやがる。

「パプキン、ここじゃないのか」

「そっちは、ビーフ100%でね。今日の私は、チキン100%の気分なんだ」

思わず口を挟んだ俺に対し、奴は訳の分からないことを口に出す。挙句、何が楽しいのか陽気に鼻歌まで始めやがった。

こっちの調子が外されて仕方ない。

「ミスター・アキラ、こっちだ」

手招きしつつ、狭い一角をずんずんと進んでいったパプキンが壁際にある認証装置に手をかざすと、分厚い壁があっという間に開く。

「ようこそ、大人の隠れ家へ」

仰々しく格好をつけようとするやつの流儀に付き合うのは馬鹿馬鹿しい。

「商連の連中と、職員だけの内緒だ。チキン諸君には、こいつの所在は内緒だぞ？ 暴動ものだからな」

だんまりが一番だと強いて黙殺する俺の態度に何を感じ取ったかは知らないが、反応を引き出すことは諦めてくれたんだろう。奴は肩を竦め歩き出し、俺もそれに続く。

その先にあるのは……なんだ、あれは、暖簾か？

義務教育か何かで『偉大な日本の歴史』って没落前の社会をひたすら懐かしむ馬鹿な時間があった。見たような記憶がある。

ド無能糞教師共の戯言なんて、大半は忘れてしまったもんだが……飲食店で自由に注文ができるって話は印象的だったんで妙に頭に残っていた。

どんなもんかと昔は関心もあったんだが、まさか、火星で足を踏み入れる日があるとは！

さっと一瞥する限りでも、随分と狭い空間だった。火星だからなのか、この手の店が最初からそうなのかはわからない。席は木製のカウンターが一つあるだけ。8人も座れば満席だろうか。マクドナルドの開放的な空間と違って、手狭という印象は拭い難い。

カウンターの中に立っているのは、初老に近い男性が一人だけ。入店するこっちに興味があるのか、ないのか、さっぱりわからない。

おまけに、何か……燻るというか、変な匂いだ。ぱちぱちという音は、火災か何かだろうか？　はっきりいえば、ちょっとばかり落ち着かない。

「君には、少し馴染みのある内装じゃないかな」

「……あるとでも？」

ぶすっと、やや憤りを込めた言葉が反射的に零れ落ちていた。

こんなところに、俺が足を運ぶ機会があったとパプキンが本気で信じているならば、そいつはとんだ驚きだ。

「貨物船の船室よりは、馴染みがあるんじゃないか？　まぁ、いいさ。かけたまえ」

腰を下ろす奴に続き、カウンターに場を占めつつ俺は周囲を見渡す。あるべきものが、どうにも見当たらないんだが。

「メニューは？」

選べる自由ってやつを、俺はマクドナルドで覚えた。『大満足』の自販機が並んだブースでもあるまいし、この店もさっさとメニューを出せばよいものを。

「ミスター・アキラ。ここは、お任せ専門さ」

「つまり、選べないって？」

「考え方の違いだね。……専門家というやつに、任せてみようじゃないか」

そういうなり、パプキンの奴は店員に『よろしく頼みますよ』とだけ投げ、ニコニコと笑い始める。選択肢がないってのは、また、随分としけた店じゃないか。

期待がぐんと下がる俺の気も知らず、店員は頷くなり湯呑をこちらに押し出してくる。不愛想というか、寡黙というか、スマイルの一つも浮かべればいいんだろうに。

なんだろうか、この店は。

「とりあえず生っていう感じのビールじゃなくて恐縮だが、乾杯といこうか」

「乾杯？」

ぽかんとした俺が反復した言葉に対し、奴は呆れ顔を浮かべていた。

「おいおい、焼き鳥屋なんだ」

一瞬、俺はパプキンが何を口にしているのか理解が及ばなかった。ヤキトリ屋？　いや、ニュアンスが違うぞと戸惑い、間をおいて漸く『焼き鳥』という単語に思いが至る。

理解が及ぶや、思わず俺は拳を握りしめる。つい先日、俺はTUFLEで丸焦げになるかもしれないという痛ましい覚悟を決めさせられたばかりだ。

「ヤキトリが焼き鳥を食べるって⁉」

「共食い上等だろう。違うかな」

ちょっと、いや、かなり辛辣な表情でパプキンは笑う。だが、俺には無理だ。とてもじゃないが、快活に話を合わせられる気分じゃない。あんたのドヤ顔を見ると、どうにもむかっ腹っていうか、ひねくれた一言を投げたくなるんだ。

「パプキン、あんた、趣味が悪くないか」

「ミスター・アキラ。君は、焼き鳥なのかね？　ヤキトリかな？」

「言葉遊びはやめてくれ。俺は、そういうのを……」

「じゃあ端的に行こう」

説教ぶった口調を一転させてパプキンは表情を緩めて見せる。

「飲み食いが最初、それから道徳が来るというわけだ。道徳的に『大満足』を楽しむぐらいならば、道徳なんて捨ててしまえ」

「そいつには、同感だ」

「そうだろうさ。君も、自分も、欲望塗れの普通な人間だ。しいて言えば、兵士だがね。焼き鳥を食べることぐらい、いちいち、気にする必要があるのかね」

その言葉と同時にことりと小さな音と一緒に差し出される皿。上には、妙にいい匂いを放つ串が数本並んでいやがった。

店員が、こっちをそれとなく眺めているのが気になる。なんだ、食べろってか？　そんな確認を込めた視線で見返す俺に対し、初老の店員は串に視線を下ろしやがる。

そういうことなんだろう。

食えっていうならば、食うさ。

がぶり、と俺は肉に齧り付く。

滴る肉汁、塩と胡椒のまじりあった味わい。……これが、肉を食べるってことなんだろうか。

「ビーフも悪くはないが、チキンだって大したものだろう。どうだね、ヤキトリとしての感想は？」

『ヤキトリとしての感想』だって？　素直に美味しいと言えなくなる余計な言葉をあんがとよ。……ところが、実際、旨い。俺は噛み締めていた肉を飲み込み、味を堪能していた。これで、パプキンの余計な口上って雑音がなければ、素直に焼き鳥を楽しむこともできたんだろうに。

はぁ、とため息をこぼし俺は口直しとばかりに疑問を腹から吐き出す。

「パプキン、一つ聞かせてくれ」

何なりと聞いてくれとばかりに肩を竦めて見せる奴に対し、俺は率直な疑念を放つ。

「そもそもの話だ。なんだって、俺たちはヤキトリと呼ばれているんだ？」

「歴史さ」

事も無げにパプキンの野郎は断言する。

「昔話をしよう。軌道歩兵が選抜された時、作戦ごとの死亡率は9割近かった。プログラム－マリアナで体験しただろうし、説明もあったはずだ。ヤキトリは、本当に、恐ろしいパーセンテージでやられる。全く、酷いもんだった」

まだ、ヤキトリとは呼ばれていなかった頃の物語さと続けつつ、パプキンは湯呑を呷《あお》る。

「たぶん、少しばかり歴史に詳しい人間がいたんだろう。マリアナのターキーシュートってやつを思い出し、最初のころはターキーと称しかけたらしい」

「ターキー？」

「七面鳥さ」

よく知らないが、そいつはチキンじゃない。馬鹿馬鹿しい間違いを指摘してやるかと俺は口を開く。

「ヤキトリじゃないじゃないか」

「ま、それは、最初期の軌道歩兵にはアメリカ人が多かったのが原因だろうね」

「タイロンのような連中か」

その通りと頷きつつ、パプキンは手元の焼き鳥を口に運ぶ。ついでに、という口調で奴が語るのは本当にくだらない言葉遊びの世界だ。アメリカ人とかやら曰く、『七面鳥には感謝祭の恩赦がある。俺たちには、降下前の恩赦なんてないぞ！』だとか。

「要するに、ガクガク震えた軌道歩兵が黒焦げになって地表に突っ込むんだ。真っ黒焦げのチキンってのを、誰かが焼き鳥と呼んで、スリランカ語で『ヤキトリ』になったんだろうな」

「悪趣味極まりないな。馬鹿じゃないのか」

「馬鹿じゃないとやってられなかったのさ。正気で軌道降下なんて、何度もやるべきじゃない。君たちの教官は、そういう意味で本当に稀有な人材だったんだがな」

言われて、俺は仮想体験したシナリオで『失敗』した軌道降下の意味合いをやっと悟る。二度も失敗して生き残ったってのは、想像を絶する。どうやれば、あいつは、生き残れたんだか。火星を離れる前に、一度、確認しておくべきだろう。

もっとも、今は、パプキンの話だ。

「これまで、ヤキトリは兵士ではなく『備品』扱いだった。消耗品と言い換えてもいい」

暗い声で奴は嗤う。いつもの胡散臭い仮面がずれているのだろうか？　奴にしては、随分と……いや、俺がパプキンの野郎を存じ上げているわけじゃないんだ。

「誰が言ったのか、一銭五厘さ。ヤキトリなんて地球から、いくらでも志願者がいるんだ。凄まじい高失業率を思えば、各地の自治政府が奨励する理由も理解できるだろう。赤紙を配って受領者を無理やり招集ってわけじゃないが、商連にしてみればはした金で大動員できる便利な道具にすぎなかった」

薄々は察していたことを、パプキンは露悪的なまでにはっきりと口に出す。流石に、気になる展開だ。

「パプキンさんよぉ、あんた、なんだってそんなことを俺に？」

「君は、日本人で、地球人で、そして、ホモサピエンスだ」

一言、一言をはっきりと区切って強調しつつ、パプキンは笑う。

「私は、ロシア系で、地球人で、当たり前だがホモサピエンスでもある。とどのつまり、私と君はこのちっぽけな宇宙では案外と類似点の方が多いわけだよ」

馬鹿馬鹿しい戯言だと俺は首を横に振る。同じとは、とてもいいがたい。

「あんたは、調理師様だろう」

「もとはヤキトリさ。無様に生きながらえたがね」

は、と俺は間抜けな疑問の声をこぼしかけていた。こいつが、ヤキトリだった？

「悪いが、過去の物語は別の機会だね。それにしても、火星で焼き鳥を食べるなんて、かつての地球人は夢想だにしなかっただろう。そういう意味では、不思議な時代だ」

「……随分と不思議な視座で語るんだな」

俺にはさっぱり理解できない感性だ。いっそ、聞かれたくないらしい過去をほじくり返してやろうか。いや、流石にそいつは踏み込み過ぎかもしれない。

こっちが微かに葛藤しているのを知ってか、知らずか、パプキンの奴は愉快そうに笑う。

「不思議？　とんでもない」

手元の湯呑に手を伸ばし、茶を啜りつつ奴は吐き捨てる。

「すべてはエゴの命じる業だよ。つまり、エゴだ」

「エゴ？　どこが？」

「私の我儘さ。商連の連中に金を吐き出させ、君たち若いヤキトリをこき使い、たった一つ、私の欲望で締めるのだよ」

こっちを見ているようで、パプキンの奴はどこに視線の焦点があるのかすら曖昧な目で虚ろに笑う。

「地球人ってのは、可能性に満ちていると証明したいんだ。なにしろ、今、我々は碌に思考能力がないと侮られてすらいる。とんだ話だとは思わないかい？」

そいつは、なんとも、ご勝手に。付き合うしか未来のないこっちにしてみれば、たいそうなご迷惑ってやつだ。だが、俺は否定の言葉を口に出すことができないでいた。パプキンの雰囲気に飲まれたってわけじゃないんだろう。

なんだ、これは。

「……私はね、とても、とても、これが気に入らない」

軽薄な感情モドキを張り付け、いつも誤魔化し笑いを浮かべている野郎とは思えぬ生々しい言葉だった。ふざけた男の皮を剝いだ下にあるのは、激情だ。

……なんだ、これは。どうして、俺は共感しかけている？

ホモサピエンスってやつは、案外、大したもんだと目に物みせてやってくれと続けつつパプキンは一瞬、言い淀む。

やがて葛藤を払うように頭を振るや、僅かな衒いと共に奴は言い放った。

「期待させてくれ」

勝手なことに、それっきり、奴は余計な言葉をこぼさず、淡々と焼き鳥を貪り喰らう。俺だって、おしゃべりじゃない。パプキンの隣で無言のまま焼き鳥を口に運ぶ。

美味いものだ。

『大満足』に比べれば、おいしいのは当然だろう。それに奢り飯だ。

だが、それにしたって『期待』って調味料が初めて掛けられた食事だったからか？　ふん、馬鹿馬鹿しい。俺もついにスウェーデン人のように感傷屋にでもなったか？　そのうち、ニコニコと手を打ちながらイギリス人と握手するとでも？

ありえんな、と俺はそこで妄想を頭から追い出す。

所詮、俺はヤキトリなんだ。ニードル・ガンを担ぎ、ＴＵＦＬＥに詰め込まれ、惑星に打ち出される一銭五厘も同然の使い捨て要員。

赤紙とやらを貰ってもいないのに、自分から飛び込んだおまぬけ野郎ってか？

……ふざけた話だった。

考えれば、考えるほど腹が煮えくり返りそうになるやつだ。

ああ、まぁ、だから。ちょっとばかり、他の間抜け共と違うってことを見せつけるぐらいは良いんだろう。

それぐらいは、俺だって、やってやるさ。

数日後、宙ぶらりんだったK321への命令が更新される。辞令を持参したパプキンのやつ曰く、大抜擢の大朗報。『おめでとう』の連呼と共に、奴は仰々しくこっちに書類を寄越しやがった。

勿論、俺だって学習済み。

調理師全員がそうなのか、単純にパプキンの野郎が商連人に似ているだけなのかは知らないが、話半分に聞いても真剣に受け止め過ぎってやつだ。

どこへ飛ばされるにせよ、生きて帰れればそれでいい。過剰な期待も、無意味な不安もなしだ。

大抜擢とやらで、俺、いや『俺たち』K321の配属先は商連軍の本国艦隊とされていた。てっきり、ステーションや惑星への配属だろうという予想は裏切られる。

艦隊？　それも、本国の？

どうせ、パプキンの野郎が勝手なことをしたんだろう。

なるほど、あいつは、エゴの塊なんだろうな。こっちの都合なんて聞いちゃいない。ふざけた糞野郎じゃないか。

ところで、と今更ながら俺は疑問を抱いていた。
商連の本国ってのは、どんなところなんだろうか。

『ヤキトリ2』へつづく

あとがき

ハヤカワ文庫JA愛読者の皆様、はじめまして。カルロ・ゼンです。一部の方には改まったご挨拶かもしれませんが、著者名ではなく『ヤキトリ』というタイトルや so-bin さまの表紙イラストで手に取っていただいた方、はたまたハヤカワ文庫JAの一つとしてお手に取っていただいた皆様も多いのではないかなと半ば祈りつつ自己紹介を。

早川さんでカタカナ名ですと、外国の方かとも思われがちですが日本人です。積徳でも有美でもなく、蓬屋の資とでもいうべきか、兎に角ものぐさな人間で、美味しいものを食べ昼寝するようなことが本望な一介の小人でしょう。どうしたことか、趣味で書いていた小説が人様の目に留まり、気が付けばついに早川書房の担当編集さんからお声がけを頂くに至りました。とまれ、たいして面白くもない身の上話はこれぐらいに。

四方山話のような流れで恐縮なのですが、新シリーズを始めるというのは、いつでも緊張と楽しみの連続です。まして、小さいころから愛読していた『早川』でとなると猶更でした。実のところを言えば、この本のお話は随分と前に頂いていたのですが、担当編集さんが倒れたり、自分がアニメの方に追われていたりとドタバタしているうちに随分と遅くなってしまう形になっています。

もっとも結果的にですが考える時間をたっぷりと取ることができ、当初のプロットをかなり変更し、物語の軸を明確にすることができる様になったのではないか。手前味噌ではありますが、そんな印象を抱いています。

一番初めの打ち合わせから、ヤキトリは『使い捨てにされる兵士』という構想ではありました。この点は貫徹しているテーマです。ただ、今になって振り返ると『持たざる者』の物語としては余りにも中途半端でした。

枠組みを疑うというのは、言ってしまえば至極当たり前のことです。実際、『批判的思考』という言葉を学校で教わったという方も多いのではないでしょうか。往々にして『頭ではわかっている』つもりでも実践するとなると所与の枠組みの中でベストを尽くすという方向に向かいがちで、いうなればパラダイムの中にとどまりがちなのかなというところも事実です。

『ヤキトリ』を書くに際しても、同じことが起きていました。

プロットを作成し、曖昧模糊とした中で方向性を模索している最中、第一次・第二次の両大戦において『使い捨てにされた徴募兵士』というようなイメージが無意識のうちに念頭にあったためか、『志願制』で『使い捨ての傭兵業』へ『志願』せざるを得ない『持たざる人々』の物語としては奇妙な捻じれがあったように思います。

ちょっとばかり既成概念を棚上げし、『持たない側』の主人公像を形成しようとするのにだいぶ手間取りました。工夫が小細工に見え、修正がキメラを生み出し、結局、やり直した方が早いと気が付くまでに随分と時間をかけてしまったものです。

カレーと同じか、ワインと同じか、そんな立派なものじゃないにせよ、仕込みの段階からやり直し、ちゃんと寝かせて考え、試行錯誤の果てに何とかヤキトリ1を絞り出し、年配の紳士に試し読みしていただいた際、『言葉遣いが汚すぎる／口が悪すぎる』というご指摘を頂けたとき、『やったぞ！　成功だ！』という手ごたえを感じていました。

私の独断と思い上がりやもしれないのですが、『ヤキトリ』の主人公アキラは多くの方々にとって、かなり異質なバックグラウンド・思考のキャラクターとして描けたのではないでしょうか。そのような感想を頂けるのであれば、正に本懐とでもいうべきものがあります。

或いは、逆に『わかる』や『なんていうか、まだ甘いな』などという方々の手に取っていただけたのであれば、拙さをご海容いただければ幸いです。どうぞ、ご容赦を。

さて、『ヤキトリ』というタイトル・物語はいかがだったでしょうか。随分と前口上が長くなり過ぎましたが、一つのシリーズとして皆様にお楽しみいただけるのであればこれに勝る喜びはありません。長くご愛顧いただければ幸いです。なにしろ売れてくれればホクホクですし、続けることもできますからね！

宣伝も兼ねた半ばお遊びではありますが、『商連』というご主人様の価値観・ずれを演出するために、早川さんにお願いして『@YAKITORI_PR』という Twitter のアカウントを作成していただきました。早い話が、商連広報アカウントに擬したもので、鳥頭の呟きを呟いているはずです。こちら、面白がっていただければ。

さて、『ヤキトリ1』の物語はこれにしておしまいです。

次巻以降では、『商連』という珍妙な連中のことをアキラの視点からお届けすることになるでしょう。よく言えば無頓着な支配者であり、悪く言えば傲慢極まりない宗主国な彼らですが、彼らには彼らなりの価値観・パラダイムが存在し、一巻で読者の皆さんが抱いたイメージ通りの姿のままかどうか。

とはいえ、実際に書いている最中にどうなることか分からない部分も多いのも事実です。プロットを書き上げたときにイメージしていた通りではなく、全く別の物語になっているやもしれません。

正直、ズーハンやタイロンが主人公の物語かもしれないのです。

これればかりは、串焼き屋で焼き鳥をつまみながらぼーっとしている未来の自分にしか分からないことでしょう……最近の好みからすれば、注文しているのがタレのつくね、塩のネギま、そして手羽先というラインナップであるのは間違いないのですが。

最後になりますが、この一冊を仕上げるまでに大勢の皆様にお世話となってしまいました。末筆ながら、お力添え頂いた方々に厚く御礼申し上げます。

いつもながら遅くなりがちな原稿をご容赦いただいた早川書房の担当編集奥村さま、素敵な表紙イラストを頂けたso-binさま、直前に修正をといいだすご面倒な校正を引き受けていただけた校正者さま、『ヤキトリ』をインパクトある表紙に仕上げてくださったデザイナーの世古口敦志（coil）さま、そして宣伝へのご協力をご快諾頂けた幼女戦記のイラストレーターの篠月しのぶさま、皆様のおかげで『ヤキトリ』を世に放つことができました。

『ヤキトリ』と題名を冠する本を一緒に作っておきながら、ただの一度も大半の方々と焼き鳥をつまんだことがないのは甚だ遺憾とするところであり、機会に恵まれ次第、焼き鳥屋でつつきたいと思う次第です。どうぞ、焼き鳥屋へご一緒させてくださいませ。

そして何より、この一冊を手に取っていただいた読者の皆様に改めてお礼申し上げます。

ヤキトリシリーズ共々、なにとぞ引き続きご愛顧のほどをなにとぞ。

どうぞ、よろしくお願いいたします。

２０１７年７月

カルロ・ゼン拝（@sonzaix）

本書は書き下ろし作品です。

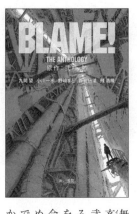

誤解するカド
ファーストコンタクトSF傑作選

野﨑まど・大森 望編

羽田空港に出現した巨大立方体「カド」。人類はそこから現れた謎の存在に接触を試みるが——アニメ『正解するカド』の脚本を手掛けた野﨑まどと評論家・大森望が精選したファーストコンタクトSFの傑作選をお届けする。筒井康隆が描く異星人との交渉役にされた男の物語、ディックのデビュー短篇、小川一水、野尻抱介が本領を発揮した宇宙SF、円城塔、飛浩隆が料理と意識を組み合わせた傑作など全10篇収録

ハヤカワ文庫

著者略歴　作家。著書〈幼女戦記〉〈約束の国〉『銃魔大戦　怠謀連理』他多数

HM=Hayakawa Mystery
SF=Science Fiction
JA=Japanese Author
NV=Novel
NF=Nonfiction
FT=Fantasy

ヤキトリ１
一銭五厘の軌道降下

〈JA1280〉

二〇一七年八月十日　印刷
二〇一七年八月十五日　発行
（定価はカバーに表示してあります）

著者　カルロ・ゼン
発行者　早川　浩
印刷者　矢部真太郎
発行所　株式会社　早川書房

郵便番号　一〇一 - 〇〇四六
東京都千代田区神田多町二ノ二
電話　〇三 - 三二五二 - 三一一一（大代表）
振替　〇〇一六〇 - 三 - 四七七九九
http://www.hayakawa-online.co.jp

乱丁・落丁本は小社制作部宛お送り下さい。
送料小社負担にてお取りかえいたします。

印刷・三松堂株式会社　製本・株式会社フォーネット社

ISBN978-4-15-031280-0 C0193

本書は活字が大きく読みやすい〈トールサイズ〉です。